大東亜忍法帖 上

The Hommage to Cthulhu

クトゥルー・ミュトス・ファイルズ
The Cthulhu Mythos Files

荒山徹

創土社

〈目次〉

第一章　これは、誰だ！

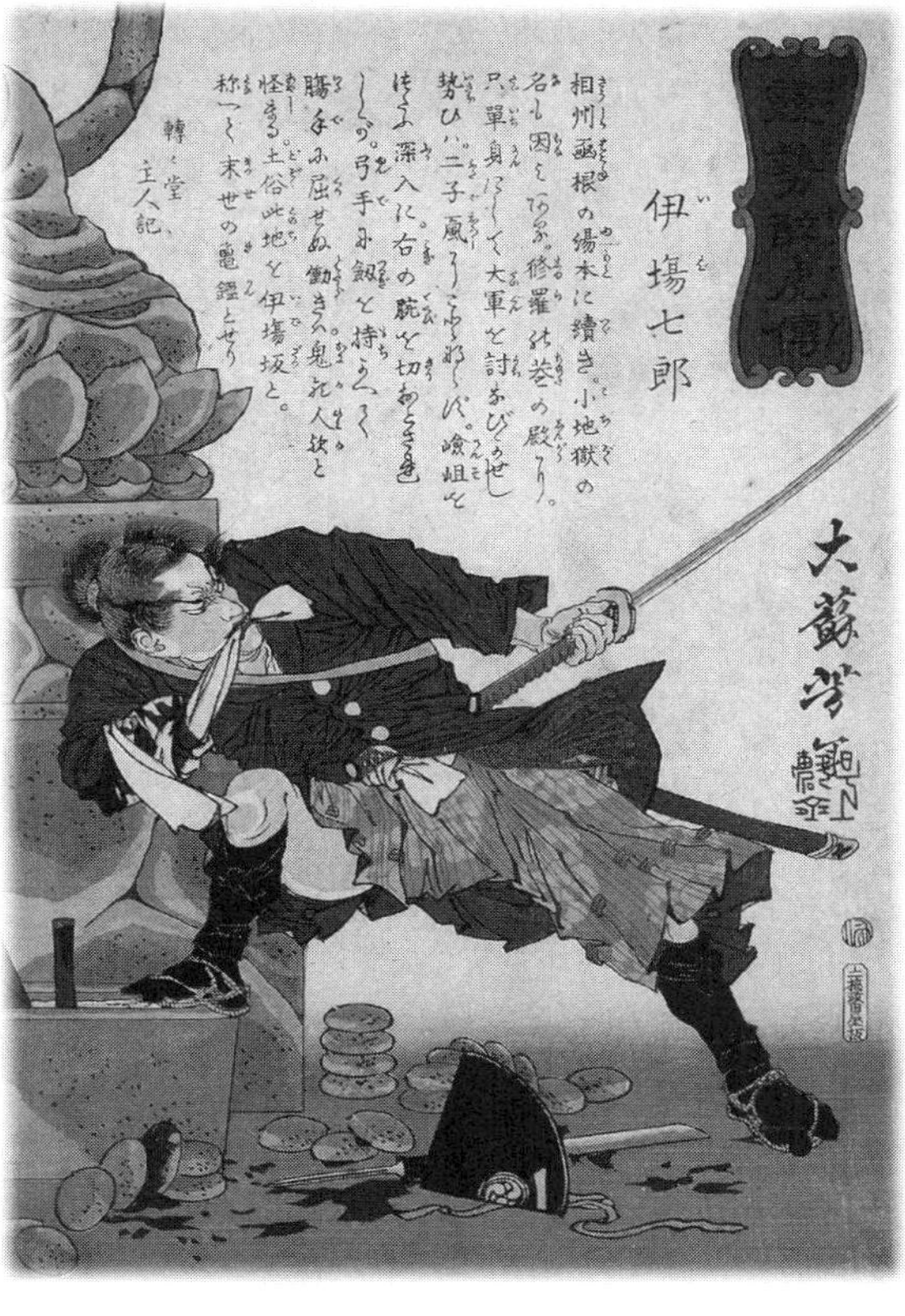

一

果てしも知れずひろがる暗闇の底に、おびただしい篝火《かがりび》が燃えていたのは、しかし篝火と見えて篝火ではない。燃えているのは街であった。早朝より熾烈《しれつ》な艦砲《かんぽう》射撃をあびせられ、辻という辻まで残らず紅蓮《ぐれん》の炎につつまれた街が、夜の帳《とばり》がおりてからも、なおあちこちで戦乱の余燼《よじん》を赤々とくすぶらせているのである。

あやめも分かぬ闇のなか、海鳴りにのって夜風《よかぜ》が煙を運んでくる。木材の焼けるにおい、人馬の肉の焦げるにおい、血の、硝煙《しょうえん》の——そして、べっとりとした潮の香も。

城壁の上で、夜番の若い兵士は力なく肩を落とす。悄然《しょうぜん》と視線を転ずれば、彼の拠《よ》るべき城は深く闇にしずんで、輪郭《りんかく》すらも見定めがたい。籠城戦《ろうじょうせん》がはじまって半月にさえならぬというのに、すべてのものが死に絶えてしまったかとも錯覚される静寂であった。

と、夜気《やき》を震わす足音を耳にした。背筋をのばし、目をこらし、本営のある方角に炬火《きょか》の炎がぼうっと浮かびあがるのを見た。

「おい、誰か来るぞ」

すかさず下方にむかって警告を発した。

頭上から降ってきたその声に、城門を守る衛兵四人が即応する。腰だめに槍をかまえ、近づいてくる者たちを待ちうけた。本営より来るからには敵でないのは自明だが、時間が時間。このところ夜ともなれば脱走者があいついでいる。

「とまれ」

足を急がせていた四、五人が、ぎりぎり近くまで歩み寄ってきた。

「とまれっ。何者かっ」

誰何《すいか》の声に応《こた》え、一人の男が進みでると、自ら炬火をかかげて顔をさらした。

「こ、これは、総裁――」

衛兵たちは息をのみ、ただちに槍を引く。

「ご苦労」

ねぎらいの言葉をかけたのは、三十代半ばと見える総髪《そうはつ》の美丈夫《びじょうふ》。頬《ほほ》の肉はそげ、眼は疲労に血走っていたが、性来的にそなわった慈愛《じあい》の色は、それでもなおにじみ出るがごとく靄々《あいあい》と放たれている。

上着に整然と列をなす金ボタンが、炎にきらきら輝いた。

「彼らが出ていって、いかほどになる？」

急《せ》いた口調《くちょう》で訊《き》く。

「彼ら？」

衛兵たちは顔を見合わせたが、すぐに一人が心づいたように、

「陸軍奉行並《ぶぎょうなみ》の土方《ひじかた》さまでしたら、かれこれ四半刻《しはんとき》前でしょうか。なあ？」

同意を求めた衛兵も、それにうなずいた三人も、どうしたものか、そのときちょっと妙な顔になった。

総裁と呼ばれた金ボタンの男は、彼らのその表情に気づきはしたものの、それを問いただしている余裕はないらしく、

「四半刻か――。ならば間に合おう」

自問自答するように云うと、開門を命じた。

そのとき、背後にあらたな足音が聞こえた。炬火を揺らめかせながら馳《は》せてきたのは、十数人からなる兵士

の一団、

「総裁、お供いたします」

いずれも洋装だ。ベルトに大刀《だいとう》、脇差《わきざし》をぶちこんだ若者たち。髷《まげ》を落とした者と結ったままの者、その比率は半々といったところ。

金ボタンの男は、わずかにためらう気配を見せたが、

「いいえ、その人数では心もとない。ここはぜひ霍之丞《かくのじょう》をお従えになってください」

統率者らしい、きりりとした面貌《めんぼう》の青年に強く圧《お》されると、

「では、頼む」

あらがわず、首を縦にふった。

二

五稜郭《ごりょうかく》の城門を出ると、榎本武揚《えのもとたけあき》の前には一筋の夜道《よみち》が西にむかって延びた。たった一日で灰燼《かいじん》に帰《き》した箱館《はこだて》へと到る道。箱館の手前に千代ヶ岡砲台《ちよがおかほうだい》が健在だ。しかし彼の拠点は、もう一つの弁天崎《べんてんさき》砲台をのぞけば、本営の五稜郭を残すのみ。それがこの日——明治二年五月十日もまもなく終わろうとする、蝦夷《えぞ》共和国政府の国土のすべてであった。

武揚は小さく身震いすると、夜空を見上げた。かかっていた厚い雲がはれたところで、半月から満月に向けて太りはじめた月は中天にあり、微弱にまたたく星影とともに夜道を照らしだしている。

大塚《おおつか》霍之丞が横にならび、歩行を共にした。

「総裁が、あの男にそれほど執心《しゅうしん》とは思いませんでした」

「引き留めにゆくのではない。別れを告げんとしてのことだ。彼は、このわたしに一言の挨拶もなしに出ていってしまったのだ」

武揚が土方歳三《としぞう》に初めて会ったのは、前年八月、場所は仙台伊達藩《だてはん》領下の港町だった。かたや旧幕府艦隊をひきいて新天地の蝦夷へとむかう叛乱《はんらん》軍の総帥《そうすい》。いっぽうは奥羽越列藩《おううえつれっぱん》同盟にくみして戊辰《ぼしん》戦争を転戦する新選組《しんせんぐみ》の残党として。

それまでは同じ幕臣《ばくしん》ながら一面識もない二人だった。もっとも武揚は武士の家に生まれたが、土方歳三は多摩の豪農の倅で、幕臣に取り立てられたのは二年前のことにすぎない。そんな二人が以後は行動を共にすることになったのだから、やはり奇《く》しき縁というしかなかった。

蝦夷地に上陸して新政府の箱館府と松前藩《まつまえはん》を制し、その年のうちに所期の目的である蝦夷島政府を樹立。しかし、それは半年とつづかなかった。四月になって新政府が攻略《こうりゃく》軍を送りこんでくると、装備でおとる蝦夷共和国軍は連敗を重ねて防衛線を縮小せざるを得ず、江差、松前を放棄。頼みの海軍が全滅したのは三日前の五月七日のことで、今日になって箱館が陥ちた。もはや如何《いかん》すべき——。

夜の軍議では結論を得なかった。いや、いちおう結論らしきものは出たのである。明日未明をもって箱館奪還戦を遂行《すいこう》する、と。それを最も強力に主唱したのが土方歳三だ。賛同者もあいついだ。けれども誰が総指揮をとるのか、どんな作戦でのぞむのかについての取り決めは結局なされぬまま、なしくずしに軍議は終了してしまった。

退席する歳三を武揚はその場で呼びとめようとした。しかし、山積《さんせき》する諸事情がその時間を与えてはくれなかった。さらに幾時間か、彼は副総裁の松平《まつだいら》太郎《たろう》、陸軍奉行《ぶぎょう》の大鳥圭介《おおとりけいすけ》らとむなしい議題を処理しなければならず、それがようやく終わって歳三の宿営に足を運んだところ、すでに出陣した後だと知ったのだった。

「こんな別れってないだろうが」

独りごちるように武揚はいう。べつに霍之丞に聞いてもらいたいわけではなかった。

「彼とわたしは戦友なのだ。すくなくとも、わたしはそのつもりでいる。彼のほうにはその気がなくとも……」

「何にしても、あの人の戦い方は見事というほかありません」

霍之丞が促すような合いの手を入れた。

「そのとおりだ。あればかりの小人数で二股口《ふたまたぐち》を守り通したのだから。彼がいなけりゃあ、我々はもっと早く苦境に陥っていたよ。やはり京都で修羅場をくぐりぬけてきた男は人物が違う」

「ここだけの話ですが、土方さんのほうが大鳥さんより陸軍奉行にふさわしいという声を、あちこちで耳にしています」

「惜しい。実に惜しい男だ」

このまま死なすには。そう先をつづけようとして武揚は言葉を呑みこんだ。使い古された表現になるが、土方歳三という漢《おとこ》は死に場所を求めているのだろう。木曾義仲《きそよしなか》、楠木正成《くすのきまさしげ》、真田幸村《さなだゆきむら》らの系譜《けいふ》につらなる——もののふなのだ。

だが、自分は違う……。

武揚はそれきり口を閉ざした。足を急がせることに専念した。

一刻余りも経過した頃、前方に勢いよく火の粉を吹きちらす千代ヶ岡砲台の篝火が見えてきた。

「榎本総裁である」

霍之丞が大声で呼ばわると、柵が開かれ、陣屋の中から中島三郎助《なかじまさぶろうすけ》が二人の息子を従えて飛びだしてきた。

「これは和泉守《いずみのかみ》さま。何用あって、かようなところへお出ましに？」

三郎助の役職は砲兵頭並《ほうへいかしらなみ》。最前線の砲台を死守せんとする気力が、きびきびとした挙措《きょそ》に表れている。

総髪、洋装が多勢を占める蝦夷政権の閣僚《かくりょう》のなかにあって、旧来どおり髷を結い、月代《さかやき》を剃《そ》り、家紋入りの陣羽織《じんばおり》に袴《はかま》をはいて大小を差した彼は、今なお幕臣を自負する少数派。その胸中では、蝦夷共和国ではなく、あくまで徳川亡命政権という位置づけがなされているはずだ。武揚を総裁とは呼ばず、和泉守という受領名を用いるのもその意志の闡明《せんめい》であろう。

「土方くんは？」

その一言で、武揚の意図《いと》を察したものか。三郎助、両の目尻に柔和《にゅうわ》なしわをきざんで、

「間に合うてござる。さ、こちらへ」

陣屋の前庭を速足でぬけ、砲台の正面へと武揚をいざなう。

正面とは、函館《はこだて》湾内に向けてありったけの砲列をならべた西の出入り口のことで、厳重に構築さられた柵から、五十人ほどの縦隊《じゅうたい》が今まさに闇の中へ消えてゆこうとするところだった。総出でそれを見送る砲台の守備兵たち――。

追いかけようとして、逆に、あっと武揚は足をとめた。

「こ、これは――」

三

棒立ちになったのは、篝火の炎に照らされた一団の姿が、実に意表をつくものであったからだ。

ここ蝦夷地では、彼ら新選組とて洋装に転じていたはずだが、今、隊士はうちそろって羽織袴に草鞋《わらじ》を履いている。しかも羽織の色は浅葱色《あさぎいろ》。それは武士が切腹する際に着用する裃《かみしも》の色ではないか。そのうえ袖口《そでぐち》とき

ては、山形のダンダラ模様に白く染めぬかれている。

さきほど城門の衛兵が見せた奇妙な表情は、これが原因だったか——と武揚は思いいたり、我にかえると柵を抜けて彼らを追った。

土方歳三の姿は隊列の先頭近くにあった。追いついた武揚に気づき、歩を休めた。そのとたん行軍もぴたりと停止した。

——土方くん、水くさいじゃないか！

隊士たちの前で、そこまで個人的な感情を丸出しにするわけにもゆかず、

——榎本釜次郎《かまじろう》、見送りに参上つかまつった。

と、せめて通名を用いることで親密感をかもしだしつつ、同時に総裁らしく威厳ある声をかけるつもりでいた。

ところが口を衝《つ》いて出た言葉は、己の耳にもはなはだ愚かしく聞こえた。

「土方くん、そ、その恰好は、いったい？」

まぬけもまぬけ、大まぬけもいいところで。

土方歳三は微笑した。隊列をぬけ出てくると、歩を進めて武揚に相対した。

見慣れぬ姿に武揚はなおもとまどう。仙台で初めて出会った時から土方歳三は総髪、洋装だった。白いシャツにサスペンダー、チョッキのポケットからのぞかせた懐中時計《かいちゅう》の金鎖、そして、いつも磨きこまれている黒長靴——留学経験のある武揚にもおよばぬほど、その姿は洒脱《しゃだつ》で、いたについていた。

「六月五日の夜でしたよ、あれは。今でも目をとじれば聞こえてくる、心浮き立つ祇園囃子《ぎおんばやし》の艶《あで》やかな音色が——」

土方のやわらかな声が流れた。

「わたしたち新選組はね、榎本さん、この姿で三条橋畔《さんじょうきょうはん》の旅宿を襲い、尊皇攘夷《そんのうじょうい》派の浪士《ろうし》たちを一網打尽《いちもうだじん》にした。やつらは京都を火の海にして、その隙に乗じ公武合体《こうぶがったい》派の要人を皆殺しにする計画だった。

もっとも、わたしが踏みこんだほうはもぬけの殻《から》で、がせをつかませられたんだが、急いでもう一軒のほうに駆けつけてみれば、すでに斬り合いは始まっていた。鉄砲という西洋の野暮《やぼ》な飛び道具になんかじゃまされない、剣と剣との純粋なやりとりがね」

坦々《たんたん》とした口調で歳三は云う。世上《せじょう》に名高い池田屋事件のことか、と遅ればせながらも武揚は気づいた。帰国してから彼はそれを伝聞したのだ。

「それが、たった五年前のことだとは」

と歳三は口もとをゆがめ、隊列から離れてゆっくりと歩きだした。武揚は肩をならべた。

「今にしてみれば、あのときが新選組の絶頂《ぜっちょう》期だった。そして、池田屋の一件で本邦の剣戟《けんげき》史には幕がおろされた。思いもしませんでしたよ、榎本さん。五年――たった五年たらずで、このとおり、海を渡って北の果てに追いつめられていようとは」

「五年前か」

「あなたは何をしていました？」

「わたしはオランダにいた」

「ああ、そうでしたね」

その相づちは素っ気なかった。

「ロッテルダムやハーグで造船術を学んでいたんだ。ほかにも航海術や国際法などをね」

文久《ぶんきゅう》二年から慶応《けいおう》三年まで足かけ六年だ。だから幕末のいちばん激動の時期を武揚は知らない。二年前に帰国してみれば、その年のうちに将軍慶喜《よしのぶ》は大政《たいせい》を奉還《ほうかん》し、王政復古《おうせいふっこ》の大号令が発せられて――武揚にしてみれば、わけもわからず、いきなり時代の渦にひきずりこまれてしまったようなものだった。

こうして蝦夷地で戦うなど、もちろん自分が企図《きと》したことではあったけれど、オランダ留学生だった時分には思ってもみなかった。土方歳三の措《お》くあたわざる感慨、それは同時に榎本武揚の感慨でもあった。いや、五稜郭に籠城する全員の所懐《しょかい》でもあるにちがいない。

不意に、武揚は目の前の異装の男が、三十四歳の自分より一つ年上であることを思いだした。お互い死ぬには早すぎる齢《よわい》だ。

「なあ、土方くん。きみの軍略には、薩摩《さつま》の――」

「榎本さん、あなたには軍議の席で別れを告げたつもりだった」

歳三の声音が冷ややかになった。

武揚は辺りをはばかりつつ先をつづけた。

「薩摩の指揮官は、きみへの賞賛の言葉をおしんでいないのだ。軍事方面におけるきみの傑出した才能は、出帆《しゅっぱん》してまもない新政府にこそ必要な――」

「薩摩の指揮官、黒田了介《くろだりょうすけ》」

その声は、武揚を黙らせるだけの鋭さを持っていた。鞭《むち》打たれた者のごとく武揚は口を閉ざした。

「――の使者が、あなたのもとに出入りしているとか」

「…………」

「航海術に国際法か。この先、時代の荒海をわたってゆくには、いかにもおあつらえ向きだ。この土方の見るところ、あなたは人生を二度生きる人だ。一度目は蝦夷共和国の総裁として。二度目は……」

「…………」

「そうだな、榎本さんは外交官なんかに向いている」

その言葉に嘲《あざけ》りや侮蔑《ぶべつ》の調子はなかった。あれば武揚はひるんだはずだった。だから勇を鼓《こ》した。引き留めにゆくのではないと霍之丞には弁解したけれど、本心はそうではなかった。見送るためなどであるものか。自分は、かきくどきに来たのだ、この稀代《きたい》の漢を――。

「きみは、人生を二度生きたくはないかね、土方くん」

なおも歩を進めて隊列から距離をとりながら、ずばりとそう訊いた。

「このまま北辺の僻地《へきち》にむなしく命を散らして何になろう。それよりは、一時の恥をしのんでも生きのびることだ。きみも武人なら会稽《かいけい》の恥の故事を知っているだろう。越王《えつおう》の勾践《こうせん》が呉王夫差《ごおうふさ》を降すことができたのも、ひとえに会稽の恥を耐えしのんだからこそだった」

「薩長《さっちょう》政府に仕《つか》える気なんざ、これっぽっちもありゃしませんよ」

歳三はさらりと云って、肩をすくめた。一瞬、不敵な笑いがその面貌をかすめた。

「とはいえ、果たしてほんとうに人生を再び生きられるものなら、その誘惑を拒む気もないが。もっともその時は、彼らを引きしたがえて――」

身振りで背後の隊列を示し、

「天子《てんし》のおわす皇居《こうきょ》を、第二の池田屋にしたてまつらん」

「て、天皇を――」

武揚は絶句した。斬るというのか、この男は。

言葉にはならなかった武揚のその問いに、歳三は明確にうなずいてみせた。

「それが土方歳三、再度の生き方です」

その時、武揚は不思議な感覚をおぼえた。それは肉体上の感覚ではなく、心の動きでもない。物理でもなく、感情ですらなく、しいて言葉にすれば、自分が何かよどみのなかにいるらしいという感覚であった。土方歳三の身に怪異が発動したのはこの瞬間であったかと武揚が思いいたるのは数年後のこと。このときはただ、よどみのようなものを感覚しただけであり、しかも、それを感じたのは須臾《しゅゆ》の間のことにすぎなかったから、一瞬後には、彼の口は何事もなかったかのように言葉を口にしていた。

「これは土方くん、戯《たわむ》れを」

返ってきたのは含羞《がんしゅう》の笑みである。本心を明かすときだけ、土方歳三という男はこんな微笑をそよがせる。

「榎本さん、そのまま」

「何？」

辺りが暗闇に包まれた。

天空を流れる群雲《むらくも》が月影をさえぎったのだ。直前、武揚は歳三が大刀の鯉口《こいくち》を切るのを見た。抜きだされてくる刀身に反射した月光は、一瞬のうちに右腰に消えた。

凄まじい刃風《はかぜ》が左肩をかすめるのを感じた。骨肉《こつにく》を斬りさげる鈍い音とともに、背後で低い呻《うめ》き声があがる。熱いしぶきが武揚の背にびゅうっと勢いよく噴きかかった。

目の前から歳三の姿がいなくなっていた。

闇のなか、ダンダラ模様の白い袖口が彼の周囲で一瞬ごとに場所を移しては翻《ひるがえ》っている。袖口の先には、星影を照りかえす刀身の細いきらめき。それは矢のように一直線に疾《はし》り、銀蛇《ぎんだ》の妖しさを見せてうねくり、稲妻《いなずま》のごとく闇を裂《さ》いた。

いや、裂いているのは肉であり骨である。その情景を、何か夢幻《むげん》でも見るように痺《しび》れた思いで眺めやり、武揚は自分が十数本の刃に包囲されていたのを悟った。

いつのまにか歳三と彼は竹林のそばに来ていたのだ。大塚霍之丞たちからも、新選組の隊列からも離れたところに。離れすぎたところに。彼らは二人をはばかって遠巻きに見守っている。

そこへ突然、雲が月を隠した。闇が落ちた。竹林にひそんでいた襲撃者たちにとって、今を措いて逸《いっ》すべからざる絶好の機会だったに違いない。

しかるに――。

これを剣戟といえようか。武揚はただの一度として刀身のぶつかり合う金属音を聞かなかった。耳にしたのは、生身の断《た》たれる音、呻き、悲鳴、血しぶき――それだけだ。その連続だ。

月輪が雲をぬけだし、地上に月光が戻り、異変を察して護衛たちが駆けよった時、すべては終わった後であった。土方歳三は背後の武揚をかばって右腕を水平にあげ、左手に大刀をにぎり、正眼《せいがん》に残心《ざんしん》をとっていた。周囲には、十数人が血みどろになって折り伏している。

「総裁、お怪我《けが》は？」

大塚霍之丞は、武揚がかすり傷一つ負っていないと知って安堵《あんど》のため息をもらした。

土方歳三を見つめる新選組の隊士たちの目には讃仰《さんごう》の色のみがある。

「あっ、こやつら――」

死体を検《あらた》めるや、歯軋《はぎし》りせんばかりの声をあげたのは、遅れて駆けつけた中島三郎助だ。

「では、砲台の？」

武揚の問いに、三郎助は眉根を寄せて痛恨《つうこん》の色を刷《は》いた。

「今夕《こんせき》より姿が見えなくなった者どもにござる。脱走したに違いないと考えておりましたが――」

「帰服《きふく》するには手土産《てみやげ》が必要、と浅知恵をはたらかせたに違いない。それが運のつきだ。身一つで逃げるべきだった」

息一つ乱すことなく歳三は云った。彼は返り血一つ浴びていなかった。左手で大刀をザッとひと振りして血を飛ばすと、鞘《さや》にもどしかけたが、その前に刀身を武揚の眼前に示してみせた。

「兼定《かねさだ》ではないが、ふふ、榎本さんを守る役には立ったようです」

歳三が数日前、人に託し形見の意味で故郷に還送《かんそう》した愛刀は、銘を和泉守《いずみのかみ》兼定という。二尺八寸の大業物《おおわざもの》だ。

武揚の受領名《ずりょうめい》にかけた咄嗟《とっさ》の洒落《しゃれ》だったと思い至ったのは、後になってからのこと。このとき武揚は、大刀がすいこまれていった先に目をうばわれた。鞘は、歳三の右腰にあった。脇差も。

「土方くん、きみ――」

土方歳三は背を向けた。新選組の隊士たちは彼をつつみこむようにして縦列をくんだ。訓練のゆきとどいた整然たるうごき――というよりは、バラバラにちぎれた軟体《なんたい》動物の結合再生を見るようだった。

月は西へとかたむきはじめ、すでに日付があらたまったことを知らせていた。

「出発！」

隊士の誰のかけ声であったろうか、新選組は箱館に向かう闇の中へ黄泉路《よみじ》の行軍《こうぐん》を再開した。

赤地に「誠」と金色に染めぬいた隊旗《たいき》を妖々《ようよう》とひるがえして――。

四

武揚は明け方ちかくに仮眠をとった。それ以外は土方歳三のことを考えつづけた。

彼の出撃は二つの点で、武揚の心に強烈な印象を刻印した。歳三を翻意《ほんい》させようという目的、それがかなわずば奇縁で結ばれた戦友との別れを惜しまんかという感傷《かんしょう》、それらはどちらも爆風をくらったかのように吹きとばされてしまった。

一つには、歳三が彼の説得に対し、もし二度目の人生を生きることがかなうなら、皇居を第二の池田屋にしてやると抱懐《ほうかい》を明かしたことである。

それは天皇を斬殺《ざんさつ》するという恐るべき宣言にほかならない。

歳三の胸中を忖度《そんたく》すれば、天皇に遺恨《いこん》あってのことでないのはもちろんだ。幼冲《ようちゅう》の天子《てんし》――とは、土佐《とさ》の山内容堂公《やまうちようどうこう》が小御所《こごしょ》会議の席上で口をすべらせた酔言《すいげん》だが、幼いとはさすがに云いすぎで、一年半前のこの時、天皇は十六歳だった。年齢についてはさしおくとしても、新選組副長たる歳三の使命は京都の治安を、究極的には若き天皇をまもることにある。それが一転、朝敵《ちょうてき》の汚名《おめい》にまみれたのは、薩長の手の中に天皇を奪われたためであった。

――幼冲の天子を擁《よう》して、権力を私せんとするものならんか。

容堂公の予言の、何と見事に的中したことよ。

薩長に私物化された権力は天皇に淵源《えんげん》する。よって権力の源泉そのものを玉と砕いてしまえ、という歳三のほのめかしは、さればこそ筋にかなったものと云わねばならぬ。

――天子のおわす皇居を、第二の池田屋にしたてまつらん。

云いも云ったりな、土方歳三！

武揚は戦慄《せんりつ》と、讃嘆《さんたん》とを禁じえない。

自らの胸底にも歳三に同調する心情あるを見出《みいだ》して、武揚は身ぶるいした。彼は幕臣《ばくしん》としての自覚こそ強すぎるほどにもっていたが、自分が天皇の臣下《しんか》だと思ったことは一度もない。天皇家とは、あくまで徳川将軍の好意で存続をゆるされた、石高《こくだか》たかだか数万石《ごく》の名家にすぎぬ――。それが武揚の認識だ。

かててくわえて、彼はオランダに留学したことで共和制というものの存在を知った。オランダそれ自体は王を戴《いただ》く国ながら、フランスの都パリに足を延ばして共和制を実見《じっけん》した。聞くならく、革命で成立したフランス共和国は敢然《かんぜん》と王政を廃絶《はいぜつ》した。ブルボン朝の王を断頭台に送ったのは、七十年ほど前であるという。

そもそも本来の留学先はアメリカで、それが内戦の拡大によってだめになり、オランダに変更となったのだったが、そのアメリカも共和制の国だ。建国のはじめから王をおかず、人々の選挙でえらばれた大統領が、憲法で定められた任期の間のみ国を統治する体制である。

そして武揚じしん、共和制の理想に共鳴したればこそ彼の国をこう名づけたのではなかったか。

――蝦夷共和国
と。

それは、天皇などという古色蒼然《こしょくそうぜん》たる存在を掌中《しょうちゅう》ににぎって全国支配を図ろうとする薩長勢力に対しての、武揚なりの反発であり、反骨《はんこつ》であり、挑戦であったのだ。

薩長政府は江戸を東京と改称し、軍事取扱の勝安房守《かつあわのかみ》をたぶらかして無傷で手に入れた江戸城に天皇を遷《うつ》し、これを皇居としているやに聞きおよぶ。土方歳三に率《ひき》いられたダンダラ袖の一団が、剣光をきらめかせて皇居に討ち入る。その情景を武揚は幾たびも妄想した。妄想を重ねるごとに場面は鮮明になってゆく。勝鬨《かちどき》、そして幼冲の天子の首級《しゅきゅう》が――。

さりながら、その妄想にもまして彼の胸中を烈《はげ》しくかき乱したのは、土方歳三が左手で剣をふるったことなのである。

謎、といっていい。

土方歳三が左利きの剣客《けんかく》であったとは、ついぞ聞かぬことだ。歳三は洋装であっても常に愛刀の和泉守兼定を手放さずにいた。それが左腰にあったのは疑いを容《い》れぬ。武士として自明の理である。

ならば、あの剣戟の場で、ということになる。

まず武揚は己の記憶を入念に点検した。見まちがい、思いちがいの類《たぐ》いではないか、と。そして首を横にふった。剣戟の後、歳三が大刀を斂《おさ》めた鞘は確実に右腰にあった。見慣れぬものを目にしたからこそ異常に気づいたのである。

では、抜刀《ばっとう》した時は？　鯉口が切られ、鞘走った刀身のきらめきは、月光が雲にさえぎられたことですぐに消えたが、思いかえせば確かに歳三の右腰に出現していたと思う。つまり左手で柄《つか》をにぎり、抜刀したのだ。

剣戟の渦中にあっては、さすがは天然理心流《てんねんりしんりゅう》の遣い手、その高速の太刀筋《たちすじ》は武揚の目に追いきれるものではない。さなきだに闇のなかの斬り結びだったから、かろうじて目にしえたのは、ひるがえるダンダラ模様の袖口と、一筋の刀身だけであった。だが推測はできる。剣戟、というより一方的な斬殺を終えた歳三の大刀は、どちらの手にあったか。

——左手だ。

もういっぽうの右腕が、武揚をまもって、それ自体ひとふりの剣身のごとく水平にのばされていたのを、眼前にありありと髣髴《ほうふつ》させられる。

さすれば、いつからだ。行軍する土方歳三に追いすがった時、隊列を離れた彼と談じこんだ時は、どうであったろう。西洋かぶれと陰口をたたかれながらも武揚とて武士の子である。大小が右腰にあればすぐに気づく。気づかぬはずがない。気づかなかったのは、気にするまでもなかったからで、すなわち歳三は普通に左に差していたことになる。

だが、そうなると、かえって謎はふかまる。いつ大小をうつしかえたのか。その場面を見た記憶はなかった。歳三からは片時も目を離さなかったにもかかわらず——。

五

土方死す、の一報が飛びこんできたのは、十一日昼過ぎのことだった。一本木関門《いっぽんぎかんもん》で奮戦中、長州《ちょうしゅう》軍の一斉射撃を浴びたのだと伝えられた。

武揚は天を仰ぎ、歎息《たんそく》し、瞑目《めいもく》し、そして虚脱状態におちいった。予期されたこととはいえ、その死は想像していた以上の衝撃を彼に与えた。土方歳三は蝦夷共和国陸軍そのものといっていい存在だった。これで海軍につづき陸軍も潰滅《かいめつ》したことになる。

だが現実には戦争はなお継続中である。武揚をいつまでも虚脱させてはおかなかった。弁天台、千代ヶ岡の二砲台は最後の力をふりしぼって薩長軍と凄《すさ》まじい砲撃戦を展開しているのだし、砲弾は五稜郭にも雨霰《あめあられ》と撃ちこまれてくる。艦砲射撃による被害は甚大《じんだい》をきわめた。

武揚は陣頭指揮に忙殺《ぼうさつ》された。歳三を思う余裕など消えた。脅威《きょうい》にさらされ、そのうえ去就進退《きょしゅうしんたい》を厳然と迫られた身に、皇居への討ち入りという自慰《じい》は夢物語にひとしい。歳三が左手を使おうが右手を使おうが、些細《ささい》な問題であるどころか、もはやどうでもいいことだった。

戦闘は数日つづいた。千代ヶ岡砲台はついに陥落《かんらく》し、中島三郎助は二人の息子とともに壮絶な戦死を遂《と》げた。烈々たる砲撃は日没を期して中断し、長い夜は和議交渉の時間となる。わけても薩摩の使者が連日連夜《れんじつれんや》おとずれてきた。薩軍の総指揮をとる黒田了介が武揚の人物にほれこみ、一命にかけても請《う》け合うとまで執心しているという。黒田の提示する和議《わぎ》の条件は、日をおって難度をさげていった。気前のいい叩き売りのごとくである。箱館に孤立した病院に対しても、黒田は手厚い保護をほどこした。

武揚は厚意《こうい》を謝し、オランダから大切に持ちかえった『万国海律全書《ばんこくかいりつぜんしょ》』を贈呈した。幾度も読みかえし、びっしりと書きこみを入れた座右の書だが、もはや彼には必要のない代物《しろもの》だった。

折りかえし黒田からは酒樽《さかだる》が届けられた。

その芳醇甘美《ほうじゅんかんび》な液が舌に浸潤《しんじゅん》した瞬間、武揚は白旗《しろはた》をかかげる決意をかためた。ほかの者たちも思いは同じだった。となれば衆議は一決《いっけつ》、あとは受諾《じゅだく》を告げるタイミングの問題を残すのみとなった。

翌日から、新政府軍は攻撃をひかえた。はやく意思表示せよとの催促《さいそく》であろう。武揚は慎重《しんちょう》に時期をさぐった。

伊庭軍兵衛《いばぐんべえ》が命旦夕《めいたんせき》にせまっているという悲報がもたらされたのは、その最中、十五日の日没のことである。

——軍兵衛が！　これは何をおいても臨終《りんじゅう》に立ち会わねば。

武揚は身をひるがえすようにして、療養所へと急いだ。

六

伊庭軍兵衛。遊撃隊をひきいて各地を転戦、蝦夷共和国政府では歩兵頭並にえらばれた。先月二十日の木古内《きこない》の戦いで胸に銃弾をあび、いったんは箱館病院に収容されたものの、長くはないと見きわめるや五稜郭にもどってきていた。この城をこそ終焉《しゅうえん》の地とさだめるべく。

軍兵衛は、直参《じきさん》旗本にして剣客である。

生家は心形刀流《しんぎょうとうりゅう》の宗家《そうけ》で、軍兵衛の実父が御徒町《おかちまち》にひらいた剣術道場「練武館《れんぶかん》」は江戸四大道場の一つとして名高い。心形刀流とは、徳川綱吉《とくがわつなよし》が第五代将軍職を襲《おそ》ってまもないころ、伊庭是水軒秀明《いばぜすいけんひであき》が立てた剣術の一派だ。

軍兵衛というのは代々の当主にうけつがれる通名で、十代目を継ぐべき彼の本名は秀穎《ひでさと》、字《あざな》を八郎《はちろう》という。年齢は武揚より八つ下の二十六歳。幕臣に武術を指導する講武所《こうぶしょ》が設置されるや、まだ十代半ばにして教授方に抜擢《ばってき》されたというから、そうとうの剣の腕だったのだろう。将軍の親衛隊である奥詰《おくづめ》に任命され、奥詰《おくづめ》が遊撃隊に改組《かいそ》すると、ひきつづきその一員にくわえられた。

鳥羽《とば》・伏見《ふしみ》の戦いで幕府軍は手ひどい敗北をこうむったが、軍兵衛のひきいる小隊は薩軍に夜襲をかけ、一時は敗走に追いこむ勢いだった。指揮官の後藤正則《ごとうまさのり》が戦死、軍監の野津七左衛門《のづしちざえもん》はあれよ鬼神かと戦慄し、示現流《じげんりゅう》の遣《つか》い手として聞こえた伊集院正雄《いじゅういんまさお》を斬ったのは軍兵衛の一刀であるという。

江戸にもどった将軍慶喜は開城することで謝罪恭順《しゃざいきょうじゅん》の意を表し、さらに水戸に去って謹慎した。これに憤激《ふんげき》した軍兵衛は徹底抗戦を決意。新政府軍の江戸入りを阻止すべく立案したのが、天下の険《けん》をうたわれた箱根の関所を占拠《せんきょ》する計画で、このため遊撃隊は関所を管轄《かんかつ》する小田原《おだわら》藩と干戈《かんか》を交えることとなった。戦闘中に左手首を皮一枚残して斬られたものの、傷口からほとばしる血を吸いながら戦いを継続、のちに左手の肘《ひじ》から下を自ら切断した。

その治癒療養のため榎本艦隊の江戸脱走に間に合わず、軍兵衛は遅れて蝦夷の大地をふんだ。北の空から霏《ひ》々《ひ》と舞いちる雪とともに来着した隻腕《せきわん》の剣客を、武揚はどれほど心強く思ったか。

烈しい砲撃で瓦解《がかい》した建物の間をぬって歩を進めながら、

——またひとり、もののふが逝《い》く、か。

粛然《しゅくぜん》とそう心を動かし、数日ぶりに土方歳三を脳裡《のうり》にうかべた。

なるほど、歳三は伊庭軍兵衛とこそ好一対《こういっつい》であろう。どちらも剣客、かたや天然理心流《てんねんりしん》、かたや心形刀流。京都と江戸、新選組と遊撃隊、歳三は色白で彫り深く、軍兵衛も白皙《はくせき》美好、眉目秀麗《びもくしゅうれい》。どちらも芝居や錦絵《にしきえ》に出てくる役者のような美男子で、女にもてたという。剣に生き、剣に殉《じゅん》じる、その滅びの美学もみごとに通底している。

それならば末期《まつご》に臨《のぞ》み、剣客伊庭軍兵衛の心に去来《きょらい》するものは何か。何を望む。二度の生あらば、果たして彼はどのように生きんとするか。

ふと、それを訊きただしたい衝動にかられて武揚は動揺した。その心の動きは、城下の盟を選択した自分に、もののふの死を見届ける資格ありやと問いをつきつける、後ろめたさであるに違いない。

療養所の一室に足を踏みいれた。夏至《げし》は三日前であったか、仲夏《ちゅうか》五月の長い陽《ひ》はおち、燭台《しょくだい》にはすでに蝋《ろう》燭《そく》の炎がゆらめいている。縁側《えんがわ》ちかくに敷きのべられた布団《ふとん》をかこんで、何人かが居ながれ、風はそよとも吹きこまず、鼻をそむけたくなる悪臭がこもっていた。

「総裁、よくお越しくださいました」

うなだれていた顔をあげたのは、武揚に急を知らせた大塚霍之丞だ。霍之丞は、京都見廻組《みまわりぐみ》の残党である。江戸に敗退してからは彰義隊《しょうぎたい》に加わり、彰義隊が潰滅《かいめつ》すると武揚の傘下に馳せ参じ、今では彼の秘書役をつとめているが、軍兵衛とは京都時代から好誼《こうぎ》を結ぶ仲と聞いていた。

武揚はうなずき、枕頭《ちんとう》に進んだ。

昏睡《こんすい》する隻腕の剣客の身体には、肩まで薄い麻の布がかけられてあった。思いのほか穏やかな顔だった。汗もかいてはいない。幾つもの修羅場《しゅらば》をくぐりぬけてきたとは信じがたい静謐《せいひつ》さが香《かお》っている。

「伊庭くん。——」

思わず武揚は呼んだ。

返答はない。

もしや死んでいるのではあるまいかという疑いが脳裡をかすめたが、耳をすませば、軍兵衛の呼吸は限りなく浅いながらも、あるにはあった。

「もう誰の呼びかけにも答えません」

霍之丞が力なく云った。

「だめなのかね、ほんとうに？」

「今夜は越せまいとの診断でした。だから総裁にご足労ねがったのです」

「………」

ならば安らかに逝くがよい、もののふよ、と武揚は心の中で声をかけた。軍兵衛があまりに苦しんでいたらモルヒネを投与することも考えないではなかったが、そこまでする必要はないと見た。

と、軍兵衛のまぶたが開いた。飛びだすがごとく出現した眼球は、見かけの穏やかさを裏切って、生への未練にあさましく燃え、妄執《もうしゅう》の光をギラギラとおびている。熱っぽいその視線は、虚空《こくう》の一点にすいつくように固定した。

つぎに、唇がわなないた。わななきながらも、ゆっくりと開かれてゆく。硬いうろこを思わせる歯が見えた。口腔の陰翳《いんえい》の中で、舌が妖魚の腹のようにうねった。

ぜいぜいという荒い喘《あえ》ぎにつづいて、声が吐きだされてきた。

「……だ、だくっ、だくっ、だくっ」

勢いこみ、たたみかけるように云う。武揚は軍兵衛の変貌《へんぼう》に息をのんだ。これは何のうわごとだ。断末魔《だんまつま》にうながされた譫妄《せんもう》作用というものか。

「……伊庭軍兵衛、承知つかまつるぞ……疾《と》く、いざなえ……われを……まがい……」

承知つかまつる？ ――では、だくとは諾のことであったか。幻覚に、何を諾《うべな》う、伊庭軍兵衛。

「まがい、とは何のことであろう」

武揚はくびをひねった。打てばかえってくるはずの返事がない。霍之丞に顔を向けた。

霍之丞は肩を落とし、気づかわしげに軍兵衛を見やった姿勢のまま――ではあるものの、どこかしら変だ。

妙に、おかしい。

「霍之丞？」

やはり返事はない。ないどころか、武揚を見ようともせぬ。ぴくりとする気配すらなく、まったくの無反応なのである。

「どうしたというのだ、霍之丞」

声を高めたが、結果は同じことで、なんと霍之丞の全身からは動きというものが完全に失われているのだった。

答えをもとめんと周囲に視線を走らせ、あっと武揚は声をのんだ。

室内に詰めているのは遊撃隊の隊士や、軍兵衛の従者といった者たちだったが、それがみな動作半ばにして身体を静止させているのである。腰をあげかけた者、声をかけんと身を乗りだした者、膝《ひざ》を進めにじり寄ろうとする者。誰もが中途半端としかいえない状態にある。その状態で一時停止している。

武揚じしん不思議な感覚に見舞われた。肉体上の感覚にはあらず、心の動きにもあらず。物理にてもあらず、一分の感情でさえもなく、あえてこれを言葉にしようとするならば、奇怪なよどみにはまった感覚といったらいいか。

いや、そうではない。時の流れのよどみにはまっているのは霍之丞たちであって、この場では軍兵衛と自分だけが――。

刹那《せつな》、武揚は肌に粟《あわ》立つ恐怖を感覚した。飛びあがって背後をふりむいた。今までにおぼえ得なかった気配を感知したのだ。

彼は見た。部屋の一隅、蝋燭の暗い炎がチロチロと投げかける沈鬱《ちんうつ》な明かりと、悪臭とともにわだかまる不浄の闇とのあわいに、異形《いぎょう》の人物が出現しているのを――。

円錐形《えんすいけい》に尖りたった立烏帽子《たてえぼし》をかぶり、薄紫の欠腋《けってき》の袍《ほう》を身にまとって、裾《すそ》をながくひいている。大刀を佩《は》き、笏《しゃく》とも、あるいは何かの呪術具ともしれないものを手にしている。

そこまで見えていながら顔立ちはふしぎと明確でなく、左右に伸びた総髪と眉、目、鼻、口の構成が渾沌《こんとん》と……いや、それらが字画を構成して、風という文字を連想させた。

「――これで十一人」

風は、云った。

そのくちびるが動くのを、しかと目にしたわけではなかった。しかし武揚は、声がまさしく彼から発せられたものと確信し、と同時に、異形の装束の何たるかを思いだした。

――陰陽師《おんみょうじ》!

「やっ、何者かっ」

あとになって思いかえしても、自分が実際に声をあげて誰何したのだったかどうか――。

記憶に明確なのは、そのとき二つの事柄が重なって起きたということである。蝋燭の炎が消え、陰陽師もまた暗闇に溶けこむように消えうせた。と時を同じくして、咽喉《のど》をつく瀕死《ひんし》の叫びが彼の耳底をふるわせた。

はっと武揚は布団に向きなおった。

伊庭軍兵衛は布をはねのけ、一本しかない腕を虚空に突きだしていた。何をつかみ取ろうとしてのことであろう、五指を必死におりまげている。

すぐにも腕は力なく垂れ落ちた。

霍之丞が手を伸ばした。脈をとる。室内の空気がぴいんと張りつめた。霍之丞はくちびるをかみ、首を横にふった。

「隊長!」

「軍兵衛さまっ」

枕頭に、すすり泣きが満ちる。伊庭軍兵衛は死んだ。幕末の快男児、心形刀流の遣い手にして隻腕凄愴《せいそう》の剣客、花の遊撃隊隊長は、北辺の要塞五稜郭に若い命を散らした。帰らぬ人となった。その悲劇的な最期が伝えられれば、江戸の女たちは一人として紅涙《こうるい》を惜しまぬ者はないであろう。

そのとき武揚は、飛びのくような激しさで立ちあがった。その勢いのただごとではなさに、霍之丞が涙で濡らした顔をふりあげたほどだ。

武揚は仁王《におう》立ちになった。軍兵衛の遺骸《いがい》に凝然《ぎょうぜん》と視線を注いだ。注ぐ、注ぎつづける。そして、やおら枕頭に進むと、片膝をつき、軍兵衛の手首を握って、隻腕を高く掲げてみせた。

一同はあっけにとられた。臨終の席におよそふさわしからざる総裁榎本武揚の奇行。とまどい、いぶかしんだ。

まだわからぬかとばかり、さらに武揚は布をめくった。ひじから下が失われた、もういっぽうの肩と二の腕を、彼らの視線に晒《さら》してやった。

やがて誰かの口から「あっ」という驚きの叫びがあがった。それがきっかけとなったものか、武揚のいわんとするところを察した者が続出し、室内をおおっていた哀惜《あいせき》の波はみるまに引いた。

理解不能の状況に直面したとき特有の、あの、恐怖めいた空気がおしよせた。

最後に気づいたのは、軍兵衛の脈をとった当の本人である大塚霍之丞だ。

「――ひ、ひ、左手！」

うわずったその叫びは、もはや悲鳴にちかい。

武揚に握られた軍兵衛の手首は左、それは小田原の戦闘で皮一枚を残して敵に斬り落とされたものではなかったか。

真相の一端をすでにうがっていた、と云えなくもない洞察《どうさつ》めいた言葉を、しかし、このとき武揚はたんに驚きの修辞《しゅうじ》として口走ったにすぎなかった。

「これは、誰だ！」

明治二年五月十一日、土方歳三死す。三十五歳。
同年同月十五日、伊庭軍兵衛死す。二十六歳。

第二章　呪文だ、呪文を教えよ

千葉周作　©Markus Lösch

一

幕末の江戸四大道場と称される剣術道場は、心形刀流の宗主伊庭軍兵衛が主宰《しゅさい》した「練武館」のほかに、まず「士学館《しがくかん》」がある。鏡新明智流《きょうしんめいちりゅう》の初代桃井春蔵《もものいしゅんぞう》が日本橋南茅場町《みなみかやばちょう》にひらいたもので、のち南八丁堀大富町《みなみはっちょうぼりおおとみちょう》蜊河岸《あさりかし》にうつった。

著名な門弟《もんてい》に、武市半平太《たけちはんぺいた》、岡田以蔵《おかだいぞう》、上田馬之助《うえだうまのすけ》らがいる。土佐勤王派《とさきんのうは》の半平太と以蔵は悲劇的な最期をとげるが、志士ではなかった肥後《ひご》の馬之助は維新をへて警視庁に武術師範として奉職《ほうしょく》した。

つぎには神道無念流《しんとうむねんりゅう》の「練兵館《れんぺいかん》」だ。越中《えっちゅう》からでてきた百姓出身の斎藤弥九郎《さいとうやくろう》が開設。はじめ九段坂下《くだんさかした》の俎板橋《まないたばし》ちかくにあったが火事でやけ、九段坂上《くだんさかうえ》に移転し、いまは靖国神社の境内になっている。

ここで神道無念流を学んだ門人としては桂小五郎《かつらこごろう》、高杉晋作《たかすぎしんさく》、品川弥次郎《しながわやじろう》、「長州ファイヴ」の山尾庸三《やまおようぞう》、西南戦争で熊本鎮台《くまもとちんだい》司令長官として西郷隆盛《さいごうたかもり》軍を阻止した谷申太郎《たにしんたろう》といったところが有名だ。

そして北辰一刀流《ほくしんいっとうりゅう》で名高い千葉周作《ちばしゅうさく》が日本橋品川町《にほんばししながわちょう》にもうけた「玄武館《げんぶかん》」である。手狭になって神田《かんだ》お玉ヶ《たまが》池《いけ》に引っ越したが、弟定吉《さだきち》も剣の達人で、やはり道場をかまえ、こちらのほうは京橋桶町《きょうばしおけちょう》にあったから、北辰一刀流の道場といえば、お玉ヶ池千葉か桶町《おけまち》千葉かと呼んで区別した。

玄武館の出身者には山岡鉄舟《やまおかてっしゅう》、浪士組《ろうしぐみ》の清河八郎《きよかわはちろう》、新選組の山南敬助《やまなみけいすけ》らがいる。

さて、伊庭軍兵衛の「練武館」をのぞいて江戸三大道場とも一般にはいうのだが、「士学館」の桃井春蔵は四代目をかぞえ三十二歳、「練兵館」の斎藤弥九郎は五十九歳——の年。

六十三歳の千葉周作は、お玉ヶ池の「玄武館」で死にかけていた。

二

師走《しわす》十日の寒い日である。

昨夜のうち手水《ちょうず》にはった氷は昼過ぎになってもとける気配をみせず、肌肉にくいいる冷えこみは骨髄《こつずい》までも凍らせるかと思われた。とはいえ、そこは剣術をなりわいとする家だ。この程度の寒さのごときは何するものぞ——のはずであった。

それがこの日にかぎり厳冬のほしいままにさせているのは、隣接する道場から、いつもながらの熱気あふれるかけ声、はげしく竹刀《しない》の打ち鳴らされる活気などが、まったく聞こえてこないからである。

それもそのはずで、道場には門弟たちの姿が一人もなかった。森閑《しんかん》と静まりかえっている。冷えびえと沈みこんでいた。そこに、道場には本来ありうべからざるもの——一揃いの夜具が運びこまれて、豪奢《ごうしゃ》な布団を取り巻き、家族、親族、選ばれた高足《こうそく》たちが、その時を悲痛な思いで待っている。

夜具の中に仰臥《ぎょうが》するのは、北辰一刀流の創始者にして玄武館の主人である。おのれの死期をさとった彼は、生涯《しょうがい》をかけた彼の城、剣の城である道場で死ぬことを欲したのだった。

不世出の大剣客、千葉周作——。

その出自をいえば、彼は寛政《かんせい》五年、陸奥国《むつのくに》気仙郡《けせんぐん》気仙村《けせんむら》に、郷士《ごうし》千葉幸右衛門《ちばこうえもん》の次男として生をうけた。その前年に蝦夷地の防備策をたてた老中松平定信《ろうじゅうまつだいらさだのぶ》が、将軍家斉《いえなり》と対立し、国防の志なかばで罷免《ひめん》された年である。

周作は祖父の創始した北辰夢想流《ほくしんむそうりゅう》を父よりさずけられ、江戸に出ては、剣名高い浅利又七郎《あさりまたしちろう》に一刀流を学んだ。

又七郎はあさり売りから身を起こしたという立志伝中《りっしでんちゅう》の剣客で、しかも姓とするにその前職を以《もっ》てしたほど洒脱な異才であった。

周作の上達はめざましく、二十三歳で師より免許皆伝《かいでん》を受け、しかもその娘まで娶《めと》ったが、なお師の剣に満足できず、廻国修行《かいこくしゅぎょう》を重ねて工夫《くふう》をこらしたすえ、ついに一派をたてた。家伝の北辰夢想流と一刀流を折衷《せっちゅう》した北辰一刀流の誕生である。

なお、北辰の由来《ゆらい》は、祖父が北辰妙見《ほくしんみょうけん》（北極星）の宮に参籠《さんろう》して啓示を受け、北辰夢想流と名づけたことによるというが、本朝《ほんちょう》剣術史において最北の地に誕生したとの気概、自負がこめられてもいよう。

北辰一刀流、千葉周作の剣名はあがり、道場は殷賑《いんしん》をきわめ、弟子三千六百を超すにいたった。

「孔子《こうし》の門下三千人。自分もそれに並びしは、これに勝る喜びはない」

と門弟の名を連ねた額を浅草観音堂《かんのんどう》にかかげたのは五年前のことである。

のみか彼の身分はもはや郷士《ごうし》ではなかった。諸藩の召しかかえ希望が殺到した中、烈公水戸斉昭《なりあき》の懇請《こんせい》に応じ、弘道館の剣術教授、十六人扶持、百石馬回り《ひゃくごくうままわ》と昇進を重ね、今や奥詰の身。れっきとした武士である。それも御三家《ごさんけ》の一、水戸藩士だ。さらには異例なことながら、与力格《よりきかく》三百俵で幕臣にも取り立てられている。

——都をば霞《かすみ》とともにたちしかど　秋風ぞ吹く白河《しらかわ》の関

京からの遠さをそう歌に詠んだのは平安時代の能因法師《のういんほうし》だが、京より東の江戸からにして、なお霞のかなたに望まれる白河の関。それをさらに越えたみちのくの郷士の倅《せがれ》としては、千葉周作、破格の出世というべきであろう。我が人生に悔いはない。老いたり、病みたりとはいえ、その死を、まずもって大往生《だいおうじょう》と人は見る。

人は、だ。

周作じしんは、死に臨みながら満腔《まんこう》の不服にまみれていた。いわば「おのれの人生に歯がみするほどの悔いと不満を抱」いて、かなうことなら「もうひとつ別の人生を送りたかったと熱願《ねつがん》して」いたのである。

その不満は大要、三つあった。

一つは子に対する不服である。果報《かほう》にも彼は四男子をさずかった。長男寄蘇太郎《きそたろう》は先年、二十一歳で若死にしたが、残る三人が、いま父を見送るべく枕頭にはべって――はいるのだけれど。

次男栄次郎《えいじろう》、二十三歳。

三男道三郎《みちさぶろう》、二十一歳。

四男多門四郎《たもんしろう》、十八歳。

いずれ劣らぬ北辰一刀流の御曹司《おんぞうし》、お玉ヶ池千葉の小天狗《こてんぐ》たちよ、と人はほめそやす。

人は、だ。

父として見れば周作は落胆していた。人の目はごまかせても父の目は欺《あざむ》かれようか。三人そろって剣の腕は水準より少しく上といった程度。しかもこの先の上達はまず絶望的、というのが父として、師としての、見立てである。

そのうえ彼らにはどこか薄倖《はっこう》の気配があった。よもや寄蘇太郎につづき弟たちも、という暗い予感を禁じえない。先走ったことを書けば、周作のこの逆覩《ぎゃくと》は不幸にも的中して、まず四男の多門四郎が五年後の文久元年に二十四歳で、翌年次男の栄次郎が三十歳で、そして三男の道三郎も明治五年に三十七歳を以て、次々と世を去る。

息子たちの技倆《ぎりょう》は、他道場の後継者たちと較《くら》べてもお寒いかぎりであった。斎藤弥九郎の練兵館は嫡男新太郎《ちゃくなんしんたろう》が二代目館主を継いで安泰《あんたい》である。斎藤新太郎には、三兄弟が束《たば》になっても敵《かな》うまい。

また、伊庭軍兵衛の練武館でも八郎という俊才がまだ十二歳ながら麒麟児《きりんじ》ともてはやされている。実をいえば、機会あって伊庭八郎の稽古《けいこ》ぶりを垣間《かいま》見た。そのときの衝撃が、周作をして息子たちへの落胆を決定的たらしめ、果ては病に臥《ふ》すにつながったのである。

千葉周作なき後、それを彼は憂《うれ》える。

――玄武館の衰退まぬがれがたし。うべくんば生まれかわって、そのときこそは寧馨児《ねいけいじ》を得ずんばあらず！

いや、羨望《せんぼう》するに、ことさら他者を以てするまでもなかった。彼は死出の床で薄目を開き、混濁《こんだく》した目で、己《おの》が三子のそばに居並ぶ者を見やった。

周作の弟、桶町千葉の道場主定吉。傍らに、その長男重太郎《じゅうたろう》と娘の佐那《さな》がひかえている。周作には甥《おい》と姪《めい》にあたる。重太郎と佐那。「北辰」の名に恥じぬ剣才、北辰の血脈を真にうけついだのは、実にこの兄妹であった。

――なぜ弟の子たちなのだ。この千葉周作に、いかなる落ち度あって、運命のかかる依怙《えこ》ぞ。答えよかし、北辰妙見！

天を呪ったところで詮ないことながら、死に臨んでなおも嫉妬《しっと》の炎に身を焼かずにはいられぬ。

弟の子ながら重太郎はすでに三十三歳、今年から父に代わり道場主をつとめている。練兵館の斎藤新太郎に立ち向かえるのは彼であろうか。往年の自分が対手でも腕は互角――いいや、それよりも佐那だ。

――佐那の技倆は、兄をもしのぐ！

周作は秘かにそう看破《かんぱ》している。女だてらに剣を使って、などと世間はいうが、剣を使うどころではない。彼女こそ真の達人。女であるからには、男尊女卑の世をはばかって、自己の腕を全開にしえぬだけ。それが真相であるにちがいない。

周作の濁《にご》った眼が佐那に固着してゆく。いっそう激しく燃えあがる炎に身が焦《こ》がされる。それは欲情の炎であった。

三

なんと千葉周作は、人もあろうに姪を恋しているのだった。齢六十三。十有五にして剣を志し、三十にして立ち、不惑《ふわく》、知天命《ちてんめい》と進んで耳順《じじゅん》をこえた。いま、まさに黄泉路《よみじ》に旅立たんとするも、恋というにはおぞましい近親相姦《そうかん》への妄執《もうしゅう》を断ちきれずにいる。

さなり。

心の欲するところに従いて矩《のり》を踰《こ》えんと欲しながらも、ついに踰ゆるあたわず終わった。あからさまにいえば美しい姪を女として犯せなかった！　それが千葉周作ふたつめの大後悔だ。

若きころ――廻国修行中の出来事であった。

浅利又七郎のもとを二十七歳で飛びだした周作の剣の旅は、上野国高崎《こうずけのくにたかさき》にはじまり信濃《しなの》、甲斐《かい》、遠江《とおとうみ》、三河《みかわ》と巡歴《じゅんれき》した。ふたたび高崎の地を踏んだとき、白梅のように可憐《かれん》な乙女《おとめ》に出会った。伊香保《いかほ》神社の神官の娘で、名を佐那といった。剣術一筋の彼の目に、佐那はおよそこの世のものならざる美しさと映り、ことに赤い袴の巫女《みこ》姿には劣情をそそられてやまなかった。

彼は佐那を犯した。人目をはばかって伊香保温泉に逃避行し、連日連夜、獣の交わりを強いた。そして佐那のほうでも周作の肉体になじみだした頃、周作は翻然《ほんぜん》と正気にかえったのである。せっかく編みだした北辰一刀流が、このままでは滅ぶ！

剣か、女か――。

彼は前者をとり、後者をすてた。とはいえ心を鬼にして、泣くなく諦《あきら》めた。だから佐那の面影《おもかげ》はその後も長く心に残った。世をはかなんだ彼女が、榛名湖《はるなこ》に身を投げて死んだ、と聞いてからはなおさらのこと。

弟の定吉から、兄者、なにとぞ娘の名づけ親にと請われたのは、そんな時である。まよったすえに名を佐那としたのは、心中ひそかに彼女をしのんでのことであった。思いきや、齢を重ねるにつれて姪が佐那そっくりの美しい娘に成長しようとは。

千葉佐那は花もはじらう十九歳だ。その美貌はかねてより人の口にのぼるところ。今では桶町千葉の看板娘と称されている。彼女の剣の腕がさほど世評に聞こえないのは、容姿ばかりが喧伝《けんでん》されるためだろう。世人《せじん》は思いもしないのだ、絶世の美女が同時に絶世の剣客であるという可能性を。

しかし姪の美しさは、周作に地獄の苦しみを与えた。何はおいても欲情を隠し通さねばならないのである。

これは自死した佐那の恨み、冥界《めいかい》の佐那が復讐《ふくしゅう》をしかけてきたのであろうか。何度そう疑い、煩悶《はんもん》にのたうったことか。そして幾たび妄想の中で、四十五歳も年のはなれた姪を犯したか知れぬ。あのときのように佐那を奪って伊香保温泉につれこみ、朝な夕な、おのが肉の真剣を打ちこみたい。いつの日かそれを現実にしてくれん。

悟りすました剣師の面のしたに、そんな歪んだ情炎をくろぐろと燃やしつつ、だがしかし彼は着実に老い、病み、なすすべもなく死期を迎えてしまった。

——もう一度、生きたい！　誰はばかることなく佐那を犯したい！

しかも、これが一石二鳥でなくて何だというのか。千葉周作のほとばしる剣精をあび、北辰の血を分けた姪、それも美貌と剣技において無敵を誇る姪の胎内から生まれてくる児——その宿命の剣侠児《けんきょうじ》、北辰の申し子に祝福あれ！

南無弓矢八幡《なむゆみやはちまん》、必ずや日本の剣術界を覇《は》するであろう！

すると、そのとき、声が聞こえた。

「ならば、生きてみませぬか、二度目の生を」

四

周作は目を剥《む》き、力をふりしぼって枕頭の人々をねめまわした。おのれっ、誰が愚弄《ぐろう》する、と。

怒りは瞬時に驚きに変わった。

みな、動きを止めていた。微動だにせず、呼吸さえもしているとは思われない。だのに生気はそのままである。

「ど、どうしたというのだ、これは」

時の流れがとまったようではないか、と心の中でつづけた言葉が、

「時の流れがとまったようではないか」

現実の声として、今しがたの男の声として、周作の耳に流れこんできた。

「――そうお思いになられるのもむりはない。されど、時は人間の叡知《えいち》をこえて太古《たいこ》より永遠に存在するもの。天の理、地の理を操る陰陽の術をもってしても、これればかりはとめることがかないませぬ。ただし――」

そのとき周作は、涙をぬぐおうとして袖をあげかけ、そのまま静止したと思しき佐那の背後に、黒い狭霧《さぎり》が凝集《ぎょうしゅう》してゆくのに気づいた。それが、声のつづきとともに、次第に人の形をととのえてゆく。

「海《うみ》つ路《じ》の凪《な》ぎなむ時も渡らなむ――凪がしばし凪ぐように、時間にも、そうなることがある。それならば我が術でも操作が可能。人工的に時を凪《な》がせてやればよいのです。時をして凪ぎにもどかせる、これなるは、術名を『なぎもどき』と申します」

「や、陰陽師か！」

周作は叫んだ。

佐那の後ろに現れたのは、いかにも陰陽師めいた扮身《ふんしん》の男だった。円錐形に高々と尖った黒い立烏帽子、薄紫の欠腋の袍、腰には大刀、手にしているのは笏であろうか。

「何ようあって参った、算置《さんお》きが」

算置きとは易者のことで、算木《さんぎ》を使って占うことからこの名があるが、陰陽師に対する蔑称《べっしょう》としても用いられた。

「凪、とお呼びください。千葉先生」

「凪だと？　どうせ偽名《ぎめい》であろう」

これほど目のつりあがった男がいるのかと、それが、まずはさておき印象《いんしょう》的な顔だ。切れこみをすっと入れただけのような目の細さ。しかるに、その糸のように細い目からあふれだす眼光の勢いたるや尋常《じんじょう》ではない。まるで奔流《ほんりゅう》である。

凪と名乗った陰陽師はうっすら笑った。

周作は叱りつけるように云った。

「何ようあって参ったかと、それを訊いておる」

さすがは千葉周作だ。彼はこの異変を怪しまなかった。

廻国修行に出た武芸者は、必ず一度や二度は怪異に遭遇《そうぐう》するものと決まっている。それが武芸者たるの証《あかし》といってもよく、どうやら剣が彼らを懲《こ》らしめんとして呼び寄せるようなのである。周作も妖異のものを対手にしたことが再三ならずあった。その経験を通して、かんじんなのは、我を忘れず冷静に対処することであると学んでいた。

陰陽師は答えた。

「先生に呼ばれて吹き寄せられました」

ぬけぬけと――。あくまで自分を凪になぞらえるつもりであるらしい。

「おまえを呼んだおぼえなどない」

「いいえ、先生は確かにわたしをお召しになられました。などてこのまま死ねようか。二度目の、新たなる人生をおくらばや。その内心の声に応えて、凪はここに」

「なんと！　人の心を読むか、陰陽師」

「読みます。先生のお心のなかには、不満と後悔とが渦をまいてござろう。まず、不肖《ふしょう》のご子息たちに対する失望、そして――」

風と名乗った陰陽師は、佐那の後ろから片手を伸ばし、その唇にふれた。なれなれしく、愛撫のように、指先で輪郭をなぞった。

「な、何をするかっ」

周作は怒気を発し、切歯扼腕《せっしやくわん》した。彼にはもう起きあがるだけの力はない。

「美しい姪御に一指も触れえず、ついに男女の交わりを持てず終わったという、悔やんでも悔やみきれぬ千載《せんざい》の悔恨《かいこん》」

「ぬうっ」

そこまで心を読まれたか……しかし羞恥《しゅうち》は一瞬で去った。どうせすぐにも死ぬ身、いまさら知られたところで何の恥ずかしさであろう。

陰陽師はつづけた。

「それだけではござらぬ。先生の内心には、その二つに倍する、さらなる大不満、大後悔が狂瀾《きょうらん》しております。それは何かと、僭越《せんえつ》を承知のうえで申しあげるなら、しょせんは道場剣術の高名で終わったという不服、いや、身のおきどころのない恥ずかしさでございましょう。どうです、違いますか」

「…………」

周作は答えなかった。陰陽師の言葉が肯綮《こうけい》に中《あた》ったことを物語る、重い沈黙であった。

「惜しいかな、先生には武勇伝がない。新免武蔵《しんめんむさし》が赤間ヶ関《あかまがせき》の船島《ふなしま》で佐々木巌流《ささきがんりゅう》の額を割り、荒木又右衛門《あらきまたえもん》が伊賀国《いがのくに》鍵屋ノ辻《かぎやのつじ》で三十数人の大集団を向こうにまわして奮戦し、讃岐丸亀《さぬきまるがめ》では美少年剣士の田宮坊太郎《たみやぼうたろう》がみごと父の仇を討ちはたした。……そのような死闘を欠いておるのでございます、華やかであるかに見える千葉周作先生年譜は！

白刃を握り、生死のやりとりをしてこそ剣客。すなわち人を斬ってこそ真の剣士。この規矩準縄《きくじゅんじょう》を以てせば我は剣客にあらざるなり。真の剣士を称すべけんや。忸怩《じくじ》たり、千葉周作。それが先生の第三の、なかんずく最大の後悔事ではございませぬか――如何？」

「…………」

「だから先生は死に臨んでこうお望みだ。もし二度目の生をおくりうるならば、そのときこそは千葉周作、門弟三千余人の師父たるおこないすました仮面をかなぐり捨て、思う存分あばれてみたい。こころのおもむくまま剣をふるい、斬って斬って斬りまくり、死体の山をきずかずにはおかぬ。――それがための北辰一刀流、それでこそ真の剣士、それなればこその千葉周作なれ、と」

「…………」

「いいえ、愚弄しているのではございませぬ。いかなる嘲笑とも、侮蔑《ぶべつ》ともわたしは無縁です。先生の心情、胸底深く秘められた耐えがたく忍びがたき真情をこうして非情に剔抉《てっけつ》する、そのわけと申しますは――」

「是非もなし」

ようやく周作は云いかえした。その一言で、ずっと糊塗《こと》しつづけてきたのだ。眼前の陰陽師が容赦《ようしゃ》なく衝いた大不満、究竟《くきょう》の屈折を。

「おまえの申すとおりだ。否定はせぬ。いさぎよく認めよう。千葉周作の北辰一刀流は道場剣術、竹刀剣法だ。だが、わしだけか。わし一人だけが剣士ではないのか。そもそも我が師、浅利又七郎先生からしてそうであった。桃井春蔵、斎藤弥九郎、伊庭軍兵衛――彼らとてみな同じ。聞かざりき、男谷精一郎《おだにせいいちろう》の真剣を把《と》りて立ち合いしを。知らざりき、大石進《おおいしすすむ》が人を殺めしを。泉下《せんか》に旅立たれた中西忠太《なかにしちゅうた》、高柳又四郎《たかやなぎまたしろう》、白井亨《しらいとおる》、島田虎之助《しまだとらのすけ》らの大先達《だいせんだつ》もまたかくのごとくしかり。わしだけにそれを云いたてて何とする」

「先生、それは誤解です。わたしは――」

「是非もなし」

周作はまた云った。

「それというのも、今は時代が違うからだ。新免武蔵、荒木又右衛門、田宮坊太郎、さらにいえば宝蔵院胤舜《ほうぞういんいんしゅん》、柳生如雲斎《やぎゅうにょうんさい》、柳生但馬守《やぎゅうたじまのかみ》、それに天草四郎《あまくさしろう》らが名を馳せたのは、戦国の気風のこる慶長《けいちょう》、元和《げんな》、寛永《かんえい》のころ。せいぜいいって慶安《けいあん》、正保《しょうほう》の世までであろう」

「はて、天草四郎とは？」

と陰陽師が小首をかしげたのにも意に介せず、なお周作は反論の言葉をつむぐ。

「それからは平和がつづいた。すでに太平の世となって二百年余を閲《けみ》する。いまさら真剣をもって立ち会う必要がどこにあろう。何事にもくじけざる強い精神を涵養し、非常時のため腕をみがいておく、それこそ今の世が剣術に求めるものである。その頂点に、この千葉周作は君臨してきた」

「と強がって、ご自身を誤魔化してこられたというわけですな。なるほど、なるほど」

「何っ」

「いや、よくわかります。時代は変わるもの、変化に応じ剣術も変わらねばならぬ理屈です。しかし先生、まもなく時代はまた変わりますぞ。いま先生がおっしゃられた、非常時が来る」

「上喜撰《じょうきせん》」

「どういう意味だ」

と陰陽師はいい、

「たった四杯で夜もねられず」

とつづけた。

五

「二年前の騒ぎをご記憶でしょうが。あのペルリが再び来航し、武蔵国神奈川《むさしのくにかながわ》にて日米和親条約《にちべいわしんじょうやく》がむすばれたのが昨年三月のこと。かくて下田箱館の二港がひらかれ、下田には領事の駐在も認められた。太平の眠りはさまされました。二百年余の天下太平を担保した鎖国は終わりをつげたのです。

来年あたり条約にもとづいてアメリカから総領事がやってまいりましょう。その狙いは、ずばり通商条約の締結にある。すなわち商売交易をはじめようというものです。これに異をとなえる、いわゆる攘夷《じょうい》の声は全国津々浦々で澎湃《ほうはい》と起こっております。

はばかりながら、今の幕府の力でこれをおさえることができるとお思いですか」

「乱れるというのか、世は」

「まず確実に。天文《てんもん》、弘治《こうじ》、永禄《えいろく》、元亀《げんき》、天正《てんしょう》に比すべき乱世となるは必定《ひつじょう》。麻のごとくに乱れましょうぞ。さあ、先生。そんな世の中なれば、大手を振って真剣をふるえるではありませんか。好き放題に人を斬れるではありませんか。北辰一刀流の、千葉周作の出番です」

周作は長大なため息をついた。それが最期の息になるのでは、と陰陽師がいささかあわてかけたほど長い吐息だった。しかし死ななかった。なまぐさい声をふりしぼり、

「さような世に生きてみたかった！　乱世の雄《ゆう》として戦い、武蔵、又右衛門、十兵衛《じゅうべえ》におとらぬ名をあげてみたかった！」

と秘められた渇望を露《あらわ》にした表情は、どこか獣めいている。

「十兵衛？」

陰陽師はまた首をかしげたが、

「されば、生きてみられませ。戦って、真の剣名をおあげなされませ。およばずながら、この風が、先生にお力添えいたします」

と、せきたてるように云った。

「たわけたことを。どうしてそんなことができるというのだ」

「できるのです。二度生きる秘法がある」

「秘法とな？」

「陰陽道家に連綿と秘伝されし最高機密にございます」

「では生まれ変わると申すか。よみがえるというのか。別人ではなく、千葉周作として」

「生まれ変わる、よみがえるというのとはちょっと違いますが、細かいことさえ気にしなければ、まあそれで当たっております。しかり、まさに千葉周作本人として」

「いかにして？　秘法と申すからには、複雑なものであろう。わしはすぐにも死ぬ身なのだぞ」

「ほほう」

陰陽師は興をおぼえた顔で問いをかえした。

「複雑なもの、ですと？　たとえば？」

「たとえば……そ、そうだな、若い女と媾合《こうごう》して女体に精を放つ。わしは死ぬるが、孕《はら》んだ女の体内からそっくり同じに再生する、などという秘法だ」

陰陽師はしばし、まばたきをくりかえした。

「先生、少し黄表紙《きびょうし》を読みすぎたのではございませぬか」

「な、何を申すっ」

「なるほど、女体を用いるとは、複雑というより理に則した高尚《こうしょう》、高等の術。でも、そのようなのは真の天才作家――あ、いや、作家と申しましたのは黄表紙のたとえに自分でひきずられてしまってのことですが、ともかくそれは、およそ天才的な術者のみが為しうる妙技でございましょう。

わたしのは、もっと単純。いたって簡便。これを握って、教えられた呪文を唱えればそれでよろしい」

手にした笏のようなものをふってみせた。

周作は失笑した。

「子供だましを。いいや、それでは子供も欺かれまい」

「なーんだ、というお顔ですな。しかし先生、術理《じゅつり》とは、単純にして簡便なるを以て旨とします。手妻《てづま》もそうではありませんか。こはいかなる複雑怪奇な仕掛けなりや、と怪しんでも、タネが明かされたが最後、なーんだ、そんなことかと拍子抜けするがごとしです。先生の流儀にも、千変万化して、而《しこう》してまた一刀に帰す、とありますが」

「こやつ」

北辰一刀流の極意《ごくい》まで動員しての説得は、しかし裏目に出たようだ。陰陽師の意図に反し、千葉周作に萌《も》しかけた興《きょう》を醒ます方向に作用した。

「もう失せい。おまえの長広舌《ちょうこうぜつ》はあきた。わしは心やすらかに死にたい」

「いや、お気に障《さわ》ったのならあやまります。わたしとしては、何とかご納得いただきたい一心で、道の奥儀《おうぎ》の普遍性に言及したつもりでしたが――」

「去《い》ね」

すると、陰陽師は笏のようなものの先端を口許《くちもと》にもってゆき、小さく笑い声をあげた。

「それを聞くのは二度目です。一度目は、先生の師たる浅利又七郎どのから」

「何と申すか」

「浅利先生が亡くなられたのは二年前、嘉永六年二月二十日でございましたなあ。享年《きょうねん》七十六の、あれこそ大往生。このわたしも、さながら『死の匂いをかぎつける大空の鳥』となって枕頭に舞いおり、先生、二度目の生を送りたくはと訊ねたところ、かえってきた答えというのが――」

「…………」

「生まれ変わったら、今度こそは一介のあさり売りとして生涯をまっとうしてみたい、と。

ああ、何たる無欲！　何という恬淡《てんたん》！　そもそも我が術は再誕への強い意志なくてはじまりませぬ。それが前提条件です。で、浅利先生はおっしゃった。去ね、と。

そっくり同じ言葉を、千葉先生、今あなたも口にされました。まさにこの師にして、この弟子あり――いや、そうではないはずだ。浅利先生は分を知る人だった。見切りのいい人でした。自分はこの程度でよいと見定め、それ以上の高みは目指さなかった。

千葉先生、あなたはそれに反発して浅利先生のもとを離れたのではありませんか。だからこそ、尋常一様の一刀流が、永劫不滅の北辰一刀流として生まれ変わるを得たのです。さなり、北辰一刀流こそ再誕の剣。その再造主たる千葉周作ともあろうお方が、死に臨んで、低劣凡器《ていれつぼんき》に終わった師をいまさらながら真似《まね》るなど――笑止！」

「挑発は無益と知れ」

周作は剣豪らしく応じた。

「妖しの者の誘いにのるほど、千葉周作、妄執に血迷っておらぬわ。剣は時代とともにあり。剣は世につれ、世は剣につれ。わしは竹刀剣法の大家として生涯をまっとうして可なり。去ね、疾《と》く去ね！」

「なるほど、これは――」

陰陽師は周作の顔に表れた死相をまじまじと眺めやり、合点《がてん》したようにうなずいた。

「この風めがまちがっておりました。と申して、先生が秘めた再誕への意志を量り誤ったという意味ではござらぬ。先生の三大不満、その最大なるものを道場剣術の悲哀、武勇伝の欠如《けつじょ》、と推量つかまつりました。が、さにあらず、どうやら二番目のものであったようですな。すなわち、美しき姪御への執着」

「聞く耳は持たぬ」

死にゆく剣客は泰然といったが、陰陽師が次にこう言葉をつづけると、クワッと目をひきむいた。

「しかし先生、遺憾ながら、あなたの姪御はもはや生娘《きむすめ》ではございませぬぞ」

「な、何と！」

「うそではありません。佐那どのには、惚《ほ》れあった男がいる。そのものに、身体をゆるしております」

「誰だ、それは」

「知りたいと仰せですか、先生」

「申せというに」

「今年、土佐からやってきて、桶町の道場に入門した青年です。名は坂本――確か、坂本龍馬《さかもとりょうま》とか」

「……さ、佐那が……生娘にあらず、と……」

「お気の毒です。姪御さんを女にするのが千葉周作先生の無二の望みでございましたが、その夢、星と砕け散ったわけでして……やっ、先生？」

からかうように言葉をくりだしていた陰陽師が狼狽《ろうばい》の表情を走らせた。千葉周作は目を閉じ、そのまま死んでしまったかと思われた。が、次の瞬間にはまた目をむき、

「佐那！」

と、瀕死《ひんし》の人間にあるまじき声を響かせた。ギリギリと歯がみをして、

「わ、悪い娘め！　淫《みだ》らな娘め！　この伯父《おじ》に、よくも無断で……佐那よ、おまえを罰してくれん！」

「そうです。罰してやるのです。この身体――」

陰陽師は佐那のえりもとに手をかけ、ぐいっと左右にくつろげた。

時の凪ぎに嵌《は》まった佐那は、抵抗しない。寸分たりとも動かない。

まろびでた乳房に、千葉周作の昏迷《こんめい》におちいったような目がくぎづけになった。熟れる手前の白桃を思わせる美しい乳房であった。

「佐那は、この胸を、坂本龍馬なる土佐っぽに揉みしだかれておりますぞ」

陰陽師は乳房をつかみ、妖しく指を動かした。すぐに手を離したが、離ししなに乳首を指先でピンとはじいた。

「これなる可憐な乳頭を龍馬に吸わせ、乱れた喘ぎ声をあげておりまする」

えりもとを元どおりにすると、

「さあ、先生。ぞんぶんに罰しておやりなさい、先生の純情を裏切った、この淫らな姪御を」

千葉周作はがばっと布団をはねのけ、最後の力をふりしぼって上半身を起こした。そして、ぐっと手をのばした。

のばした先には、陰陽師が待ってましたとばかり差しだした笏のようなものがあった。それが果たして笏であるのか何なのか、ろくに見ようともせずにひっつかみ、大音声をあげて急きたてた。

「呪文だ、呪文を教えよ！」


「まずは一人――」

満足げな声がした。まったく同じ声が、これで十一人といった、その十四年前のことである。

声とともに、時の凪ぎは終わった。

ほどなくして玄武館主の臨終が告げられ、人々のしめやかなすすり泣きが道場に流れた。

「佐那、どうしたか」

妹の居ずまいに不審なものを感じ、千葉重太郎はささやいた。

「……いえ、兄上」

えりもとをさりげなくかき合せて、首を横にふった佐那の顔には、敬愛する伯父を失った悲しみにまぎれつつ、かすかなとまどいの色が——。


安政二年十二月十日、千葉周作死す。六十三歳。

第三章　われ、武蔵を得たり

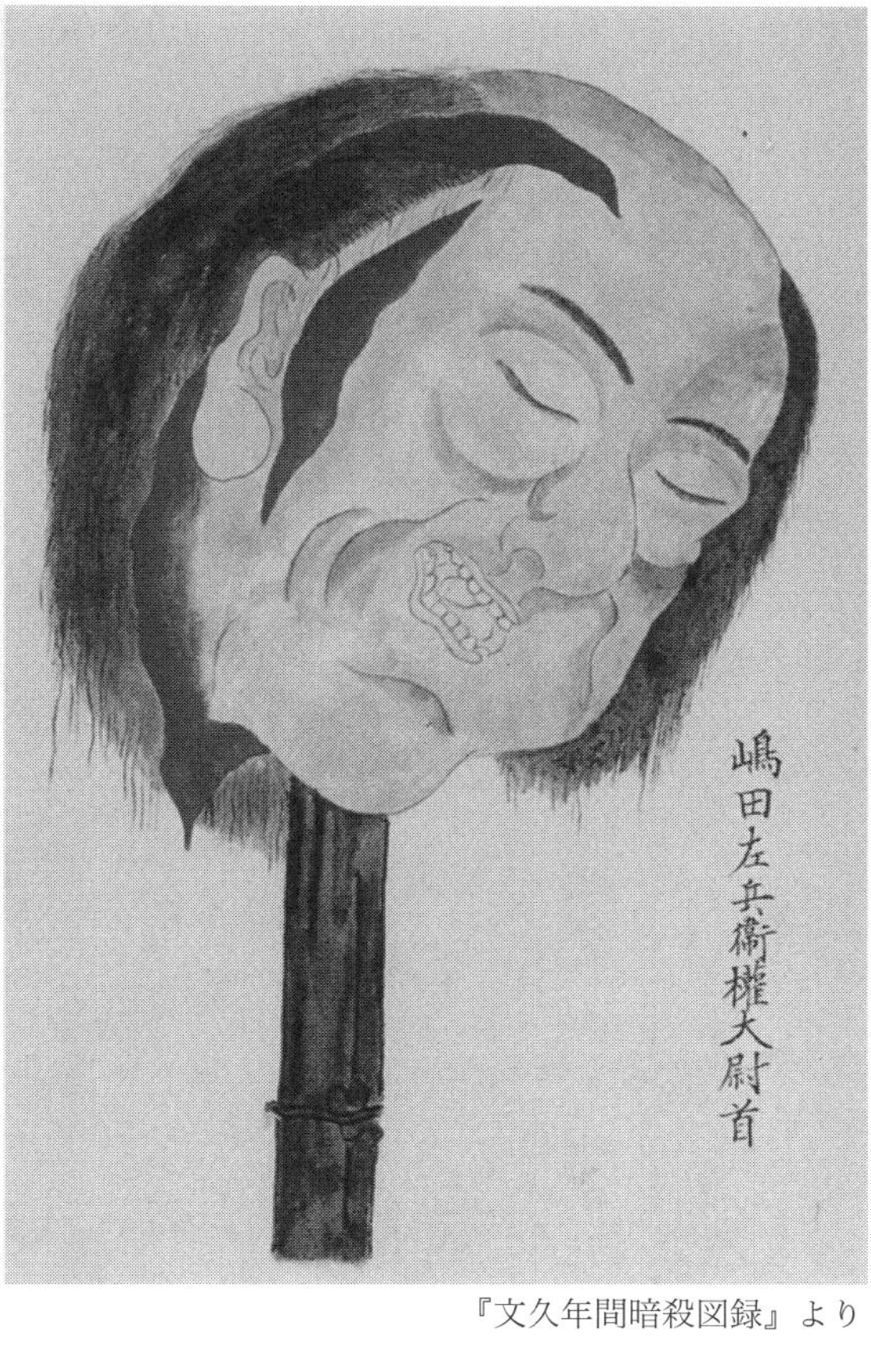

『文久年間暗殺図録』より

一

千葉周作が没した安政二年という年は、風と名のった陰陽師の言葉にもあったごとく、ペリー初来航から二年後で、黒船出現の一大衝撃がなお余韻を引いていたとはいえ、世上かくべつの乱れらしい乱れは見られなかった。事実、この年の特筆事項をあげるとするなら、オランダとの間に「日蘭和親条約《にちらんわしんじょうやく》」が調印されたことぐらいである。

ちなみに榎本武揚は二十歳。蝦夷地・樺太巡視団《からふとじゅんしだん》の一員としてのつとめを終え、昌平坂学問所に二度目の入学を果たした年だ。

土方歳三は二十一歳。実家に伝わる秘薬「石田散薬」の行商《ぎょうしょう》をしながら、独学で剣術修行を積んでいる。近藤勇の天然理心流「試衛館《しえいかん》」に正式入門するのは、これからの話である。

伊庭軍兵衛は「練武館の麒麟児」として早くも名があがりはじめてはいたが、なんといってもまだ十二歳にすぎない。

そして祐宮《さちのみや》、のちの明治天皇は四歳で、母の実家である権大納言《ごんだいなごん》中山忠能《なかやまただやす》の邸宅ですくすくと育っていた。八歳年上の腕白な叔父、十二歳の忠光《ただみつ》が遊び相手である。

とはいえ、来《きた》るべき新たな時代への播種《はしゅ》は着実にはじまっていた。

榎本武揚が幕命でその一員に擢《ぬ》かれた蝦夷地・樺太巡視団の派遣もそうである。さらに幕府は洋式小銃の製作を決定、大名旗本に洋式銃陣《じゅうじん》訓練を命じた。長崎に海軍伝習所をもうけ、天文方蕃書和解御用掛《てんもんかたばんしょわげごようがかり》を独立させて洋学所（のちに蕃書調所と改称）とした。これら矢継ぎ早の措置は、すべて安政二年の出来事であった。

翌年には早くも駒場《こまば》で洋式訓練が行われ、講武所が築地《つきじ》に設置された。長州萩《ちょうしゅうはぎ》では、ペリー再来のさいアメリカ渡航をこころみて失敗した吉田松陰《よしだしょういん》により、新時代の人材育成を目的とする松下村塾《しょうかそんじゅく》が開かれた。藩主の島津斉彬《しまづなりあきら》が率先垂範《すいはん》して開明的改革を推進中の薩摩藩では、江戸田町の藩邸で建造していた日本初の蒸気船「雲行丸《うんこうまる》」を完成させた。〃たった四杯の上喜撰により夜も眠れなくなった〃、そのわずか二年後に、同じ江戸湾をメイド・イン・ジャパンの黒船が黒煙を噴きあげて航走したのである。

と、ここまでのところは、黒船来航と和親条約締結に対する、まずは順当堅実なリアクションといっていい。幕府権力のゆくさきに暗雲がたれこめるのは、安政四年、第十三代将軍の家定と会見した米国総領事タウンゼント・ハリスが、通商条約の締結を要求したことによる。通商、すなわち貿易関係を結んでこそ真の開国である、という至極《しごく》まっとうなことをハリスは強面《こわもて》でせまった。

かくて、いわゆる「条約勅許《ちょっきょ》問題」が浮上、幕権をゆるがすこととなる。

老中首座《ろうじゅうしゅざ》の堀田正睦《ほったまさよし》はみずから上洛《じょうらく》して条約調印の勅許を奏請《そうせい》したが、孝明《こうめい》天皇はにべもなく拒絶。にもかかわらず大老の井伊直弼《いいなおすけ》が独断でアメリカをはじめ五カ国と修好通商《しゅうこうつうしょう》条約の調印にふみきったことは、全国の尊王攘夷派を大いに憤激させた。

自らを国の柱石《ちゅうせき》と任じる井伊大老は動じず、むしろ強権の発動をもって対抗した。安政五年、水戸の徳川斉昭《とくがわなりあき》らの大名公卿《くぎょう》に謹慎を命じたのを皮切りに、志士百余名を片端から投獄、苛烈《かれつ》な拷問《ごうもん》を加え、吉田松陰、梅田《うめだ》雲浜《うんぴん》、橋本佐内《はしもとさない》、頼三樹三郎《らいみきさぶろう》らを死刑に処した。その年の干支《えと》をとって「戊午《ぼご》の大獄《たいごく》」、より知られた名では「安政の大獄」という。

血で血をあらうというたとえの通り、その報いとして井伊が桜田門外《さくらだもんがい》で水戸・薩摩の浪士たちに襲われて、首を斬り落とされたのが安政七年。

二年後の文久二年には、公武合体の主唱者であった老中安藤信正《ろうじゅうあんどうのぶまさ》が坂下門外《さかしたもんがい》で襲撃を受け失脚、幕府の権威は完全に失墜《しっつい》した。代わって天秤の棒を傾きかえすがごとく朝廷の権威が浮揚《ふよう》し、ここに時代を動かす巨大台風の目は江戸から京都へと移行するのである。

京都――。

桓武大帝《かんむたいてい》が建造した千年の古都。いや、この時すでに千年はすぎていた。

とはいえ鎌倉幕府の成立以来、国権は武士の手に奪われ、都は応仁《おうにん》の乱で丸焼けとなる。豊臣秀吉の手で新たに再建されたが、江戸幕府が成立して強圧的な禁中 並 公家諸法度《きんちゅうならびにくげしょはっと》が制定されると、その厳しい締めつけにより天皇公卿《くぎょう》たちは経済的にも逼迫《ひっぱく》した。古都とは名のみ、冴えない一地方都市におちぶれていた。

その京都が、突如として時代の中心、焦点として復古したのだ。攘夷を呼号する孝明天皇は、時代の寵児《ちょうじ》、偶像であった。天皇をかつぐべく、尊皇攘夷の志士というアウトローどもが全国各地からぞくぞくとのりこんできた。

従来、京都の治安を取り締まるのは京都所司代《しょしだい》である。それが幕権の衰退とともに機能が麻痺したも同然となり、かくして京都は無警察状態、無法地帯におちいった。

この情況で勃発《ぼっぱつ》したのが「天誅《てんちゅう》」だ。尊攘急進派は、安政の大獄の恨みを晴らし、かつ公武合体運動の阻止をもくろむ。時代の趨勢《すうせい》として開国へと向かった国の針路を攘夷に転舵さすべく、京の町を血に染める陰惨《いんさん》な暗殺をくりかえした。

和宮降嫁《かずのみやこうか》に尽力した九条家諸大夫《しょだいぶ》の宇郷玄蕃《うごうげんば》、同じく千種《ちぐさ》家雑掌《ざっしょう》の賀川肇《かがわはじめ》、志士の摘発《てきはつ》に血眼《ちまなこ》になった目明《めあ》かし文吉、井伊直弼の懐刀《ふところがたな》として知られる長野主膳《ながのしゅぜん》の妾《めかけ》の村山たか、その息子で金閣寺 侍《てらざむらい》の多田帯刀《たてわき》らが次々と犠牲になった。文久暗殺年とも称される二年から三年にかけて、被害者は五十人にのぼるという。

その口開けとなった、いわば天誅第一号は、文久二年七月二十日に木屋町で起きた九条家の家士島田左近《しまださこん》の暗殺事件である。安政の大獄で尊攘派志士弾圧の先頭に立った左近の首は、秋風の吹きはじめた四条河原にさらされた。

暗殺者の名を、田中新兵衛《たなかしんべえ》という。

二

翌文久三年の五月、田中新兵衛は京都奉行所で取り調べをうけていた。

新兵衛、三十二歳。薩摩藩士だ。飛蝗《ばった》のように細長い面が特徴で、そこに大きなギョロ目がはめこまれている。やや小柄なほう、鍛《きた》えあげられ引きしまった身体がどこか不自然っぽく見えるのは、虚弱児に生まれた名残《なごり》があるからだろうか。

もとはといえば船頭だった。彼の身体をつくったのは、第一に海での重労働である。第二には剣の修行だ。その腕を見こんで、雇主である豪商の森山新蔵《もりやましんぞう》が彼のために士分を金で買ってくれた。それで新兵衛は武士に取り立てられた。

新蔵は、商人ながら薩摩藩の志士集団「誠忠組《せいちゅうぐみ》」に参加し、おもに資金面でその活動をささえていた。薬丸示現流《やくまるじげんりゅう》の頭抜けた遣い手である新兵衛を有為の人材と見ての投資であったろう。

新兵衛は期待を裏切らなかった。上京してまもなく島田左近を手にかけ、それからも休むことなく暗殺の刃をふるった。新蔵は、藩主斉彬《なりあきら》の急死で藩権を握った異母弟の島津久光《ひさみつ》による尊攘派弾圧、世にいう寺田屋騒動に連座して泉下の人となる。新兵衛は自刃を強《し》いられた旧主のためにも、ひたすら殺戮《さつりく》を重ねた。むろん、新蔵に代わる、新たな司令者の命令を受けてのことだ。

やがて彼は人斬りとして高名になった。土佐の岡田以蔵《いぞう》とその名を競った。「人斬り新兵衛」か「人斬り以蔵」か、と。もっとも二人は初対面で意気投合し、義兄弟の契りを交わすほどの仲だった。

名をあげたとはいえ、それはあくまで志士たちの慷慨《こうがい》のなかで喧伝されるもの。自らのしわざと誇示したことは一度もない。自分とむすびつく直接間接いかなる証拠も現場に残すことなく事を運んだ。剣の技倆ばかりか、その点でも彼は優秀な実務家であった。

だから、その日の朝、京都奉行所の捕吏《ほり》が現れた時、彼は少しも動じなかった。かけられた嫌疑の概要を聞き、ますます心をゆるくした。いや、ゆるくしすぎた。

六日前の夜、公卿の姉小路公知《あねがこうじきんとも》が暗殺されたという。禁裏御所での朝議を終えて退出、朔平門外巽《さくへいもんがいたつみ》の角、通称「猿ヶ辻」の前まできたところ、刺客の襲撃をうけて斬殺されたのだとか。公知は、幕府に攘夷決行をせまる勅使三条実美《さんじょうさねとみ》の副使として江戸におもむくなど、急進尊攘派として知られていた。

新兵衛には身に覚えのないことだった。だいいち身分は違えど、属する陣営は同じではないか。言質《げんち》をとられるかもしれぬことを迂闊《うかつ》に口にする新兵衛ではない。

「それがしの与《あずか》り知るところではごわ――いや、ありませぬな」

蒲《がま》の穂先のように長い面を左右にふって、言葉少なに、しかし断乎《だんこ》として否定した。

「いや、誤解なきよう。疑いをかけているのではござらぬ。実は手がかりがなく、ほとほと困じはてておるところゆえ、ご貴殿になんぞ心当たりあらばと思い、当今の状勢につき参考になる話をうかがいたいのでござる」

捕吏は言葉づかいも素ぶりも丁重だった。雄藩《ゆうはん》である島津家の藩士として新兵衛を遇していた。心当たりなどない。とことんそう突っぱねてもよかったが、新兵衛は鷹揚《おうよう》にうなずいた。

「よか」

自分は潔白だという自信、堂々と所司代にのりこめば箔《はく》がつくとの下心が作用してのことで、こちらから逆に公知暗殺の状況を詳しくたずね、尊攘派公家の仇を討つ手がかりでも得てやろう、とさえ思った。薩摩隼人《はやと》の心意気である。

連れていかれた京都奉行所では、白洲《しらす》ではなく槍の間という一室に通された。これも武士、薩摩藩士に対する厚遇である。

しかし取り調べが始まるや与力、同心たちの態度は一変した。

「姉小路卿の殺害には、田中、そのほうの刀が使われているぞ」

ご貴殿が、田中、そのほう、に。しかも高飛車な言葉遣いで新兵衛を頭から下手人と決めつけた。あろうことか犯行現場に凶器を捨て残していったというのである。

――ばかめ、おれがそんなことをするかよ。

内心、新兵衛は失笑した。

しかし、吟味《ぎんみ》のために運ばれてきた問題の大刀を目にするや、戦慄的に、新兵衛は、おのれの死を悟った。死すべきほかないことを直観した。

刀身二尺三寸、鮫皮《さめがわ》の柄《つか》、木瓜《ぼけ》形の鉄鍔《てつつば》、銘は薩摩鍛冶《かじ》の奥和泉守忠重《おくいずみのかみただしげ》――新兵衛の愛刀にまちがいなかった。

七日ほど前であったろうか、彼に暗殺を密命する上役が研《と》ぎにだせと命じ、何も疑わず素直に従ったが、その刀がなぜここに……。

考えるまでもないこと。はめられた。汚れ仕事に彼を使うだけ使った挙句、使い捨てにしようというのだ。薩摩藩に汚名がおよぶ手前で。

上役の一存か？　いいや、そうではあるまい。新兵衛の脳裡に、薩摩と京都を往復し、彼の上役に指示をくだす男の顔が浮かんだ。久光の御側役にして御小納戸頭取《おこなんどとうどり》、大久保一蔵《おおくぼいちぞう》の怜悧《れいり》な顔が。

申し開きをすることはできる。この場ですべてをありのままぶちまければいい。

当然、上役は否定するだろう。となれば取り上げられるのはどちらの言《げん》か。武家の世は階級社会、正義とは身分である。答えは、もう出ているようなものであった。

何にせよ死はまぬがれがたい。ただ、死ぬにしても選択肢は二つある。雇い主を告発した男として「人斬り新兵衛」の栄光にみずから泥をぬり、見苦しく刑死するか。それとも、いいわけをせぬ武士の好見本として従容《しょうよう》と自刎《じふん》するか――。

後者をえらぶしかなかった。決断は一瞬。だが同時に、上役への、大久保への、延《ひ》いては薩摩藩という巨大な存在への憎しみも一気に天を衝いた。彼らは新兵衛の性格上、黙って自刃《じじん》を選択するであろうとまで見越したうえで卑劣な罠《わな》にはめたのだ。

とはいえ、いかんせん――武士らしい死と、己をはめた自藩への復讐の両立せざるを。

与力、同心が嵩《かさ》にかかって返答をせまった。

「いかがじゃ、田中」

「そのほうの大刀に違いあるまい」

「ふむ。たしかに、これはおれの刀だな」

そう答えながらも、なおもためつすがめつし、さりげなく愛刀を逆手に持ち替えんとしたとき、閉めきった室内に、一陣の風が忍びこんでくるのを新兵衛は感知した。詮議の場にそぐわぬ温かな声が、春風のごとく吹きぬけた。

「弁明せざる美学、というやつですか。さすがは薩摩示現流。身の内の七つの力和合して打ちける大刀の弱からんやは、ですな」

三

「誰だっ」

新兵衛は吼《ほ》え、ついで目をぱちくりさせた。そこにそんな者がひそんでいたとは、にわかには信じがたいが、ともかくその男は与力同心の後ろからすっくと立ちあがったのだ。

「やあっ、陰陽師か」

彼の扮身《ふんしん》を見てとり、新兵衛は叫んだ。

「新兵衛どの、あなたは風のようなお方だ。そのさわやかさにあやかりたく、わたしは一風を名乗りましょう」

「こは何としたことぞ」

新兵衛はさらに驚きの声を発した。居並んだ与力同心たちが絵のように、さながら立体絵画のごとくに静止しているのである。

「彼らは時の凪ぎに落ちているのです。新兵衛どのと、この一風は、その外にある。時の凪ぎとは——」

「なるほど」

と新兵衛は納得した。船頭だった彼には、凪ぎは身近なものだった。こむずかしい理屈は無用。すこしでも類似していればそれで充分だ。経験で、皮膚感覚で、彼はこの現象を受容した。

一風を名のった陰陽師は三角錐の立烏帽子の下の貌にとまどいの色を刷《は》いたが、話を先にすすめることにしたようだ。

「武士は弁明せぬもの、ただ腹を斬ればよい。立派な理念ですが、理念はあくまで理念。いざとなってそれを実行に移せるかどうか。新兵衛どのは真のもののふ、まことの武士です。感服つかまつってござる。しかし、それでもこの一風、こう云わねばなりませぬ、あなたさまは間違っております、と」

「何を申すか」

新兵衛の頭の構造はよほど単純にできているのか、それとも現実にすぐ適応するたちなのか、はたまた挑発にのりやすいのか――。彼はこの状況をさほど怪しむことなく、また陰陽師の素性《すじょう》をたずねるでもなく、議論に飛びついた。

「おれのどこが間違っているというのだ」

「とある少年が餅屋《もちや》にて、ただ食いの嫌疑をかけられた、とお思いなされよ。武士である父は、一言の弁明もせず息子を殺すと、その腹をさばいて胃袋の中に餅なきことを餅屋に確認させ、餅屋を討ち果たした。そして、その場で自ら切腹した、と」

「それでこそ武士だ。見事だ、立派だ」

新兵衛は感に堪《た》えたように叫んだ。

「弁明より行動ですか。でも、あなたのは似ているようで、ちょっと違います。ちょっとどころか、まるで別物だ」

「だから、どこが」

「新兵衛どのは、餅屋を討ち果たすことなく腹を斬ろうとしておられる。それを見事だ、立派だとはいいませぬ。そんなのは、ただの間抜けです」

「ぬうっ」

長い顔が苦悶《くもん》にうちふられた。

「武士に生まれるを得なんだ新兵衛どのが、武士にあこがれ、武士として死のうとするお気持ち、この一風にも痛いほどわかります。この腐敗した階級社会は、一握りの武士だけが人間で、それ以外は彼らを養う家畜でしかない。あなたは武士というより人間としての死を望んでおられるわけで、それは至極まっとうなことだ。しかし、ここで従容と腹を斬れば、あなたを罠にかけたやつばらを喜ばせるだけではありませんか。使い捨てにされたさらにそのうえ、たった一つしかない命までも彼らに捧げようというのですか、新兵衛どのは」

「ぬぐぐっ」

「さあ、武士という仮面を脱ぎ捨てて、告白してごらんなされ。憎い、憎い、薩摩ゆるすまじ、と」

「うぬぬっ……否定はせぬ」

八年前、江戸で瀕死の千葉周作が使ったのと同じ言葉で、新兵衛もまた内心の憤怒を認めた。

「しかし、どうすればよい。おれとて、できるものなら、どうせ切腹するにしても、寸時の猶予《ゆうよ》を乞うて藩邸にゆき、憎き上役をたたっ斬って、またここに駆けもどって腹かっさばきたい――のはやまやまだが、そんなことができるはずもなし」

「いや、できるのです」

「戯言《たわごと》を――おおっ、そうか！」

新兵衛は今にも小躍りしそうに見えた。

「こいつらをこのままに出てゆけばいいのだな。そのため、このおれのため、時を凪がせてくれたのだったか。どこの誰とは存ぜぬが、かたじけない。いや、一風どのとおおせであったな。田中新兵衛、赤心《せきしん》より御礼申し上げる。このとおりだ」

陰陽師はあわてて首を横にふった。

「早合点めさるな。別の方法で」

「別の方法？」

「あなたは、いますぐこれから腹を斬るのです。わたしがお邪魔しなければやってのけていたことを。しかし、田中新兵衛は生き残って、憎い薩摩を対手に復讐の剣を振るうことができる——という方法がある。わたしにはその秘術が使えます」

「もう一人のおれが？」

「いいえ、復讐の剣は、あなたご本人が」

新兵衛は首をかしげた。

「では、おれは死なぬのか」

「いいえ、死にます。見事に腹かっさばいて。弁明せざる美学、その鮮烈な死にざまは末ながく語りつがれましょう」

「ならば生きかえるということか？」

なおも陰陽師の頭は横にふられる。

「生き残る、そう申し上げました。生きかえるのではありません。甦るのでもない」

「ええい、頭がこんがらかるようだ。一風どのの申すこと、さっぱりわけがわからぬ。それでは……何というか、その……やはり田中新兵衛が二人いるように聞こえるではないか」

「されば詳しくご説明申し上げましょう」

陰陽師は慎重な口ぶりになった。理路整然と説いて新兵衛を納得させ、受諾させねばならない。何しろ途方もない術なのだ。八年前はその必要がなかった。千葉周作のほうから労をはぶいてくれた。笑止千万、姪の乳房を見るやの即諾であった。

「無用」

「えっ？」

「説明は無用に願う。どうせ七難《しちむずか》しいのだろう。おれの示現流もな、伝書を読めば凡慮《ぼんりょ》のおよばぬ理屈が細々《こまごま》これられてあるが、そんなものはどうでもいい。如《し》かず、木刀を握るに、だ。さすれば、一の太刀は負けという術理の根本が身体で理解できる。実践あるのみ。さあ、教えてくれ。どうすればいい」

「さすが田中新兵衛どの、その思いきりのよさ、わたしはますますあなたに惚れこみました」

一風と名のった陰陽師は、動かぬ与力同心をかきわけて前に出てくると、手にしていた笏のようなものを差しだした。

「これをお握りなされよ」

表面に刻まれた模様を一瞥《いちべつ》するや、新兵衛は頬にさっと不快の色をよぎらせ、嘔吐《おうと》でもしそうな顔になった。

だが、次の瞬間には心を決め、笏状のものをむんずとつかんでいた。

「さあ、握ったぞ」

「次には呪文をお唱えください」

「いかなる呪文か。長いのはだめだ。おぼえきれんからな」

「簡単です。こう三度お唱えになれば、我が秘術は成就《じょうじゅ》いたしまする。——まがいてんそう、まがいてんそう、まがいてんそう、と」

「あっ、何を！」

「乱心いたせしか、田中」

与力同心たちが驚きの声をあげたとき、新兵衛は腹に二尺三寸の大刀を突き立てていた。鍔《つば》ぎわまで刀身を深く送りこむと、ボディビルダーのように腹筋が畝状《うねじょう》に割れた腹の中から、むしろ柄のほうが飛びだしているように見えた。

にいっと笑って新兵衛は、静かに、静かに、柄を右へと水平に動かしていった。

文久三年五月二十日、田中新兵衛死す。三十二歳。

その無言、かつ慮外の自死により、姉小路公知殺害事件は迷宮入りした。

四

「これで二人か」

その声は、枝をはなれた柳葉《やなぎば》のようにはかなく鴨川を流れくだる小舟の中でした。深夜のこと、ほかに行き交う舟はなく、耳にした者は誰もいない。当の小舟にしてからが、乗っていたのは一人だけだから、完全な独白である。彼は舟底に寝そべり、満天の星を仰ぎながらその言葉をつぶやいた。

では誰が櫓《ろ》をあやつっているのか。見れば、櫓のほうで勝手に動いていた。これを目にする者があったなら腰をぬかしておどろくだろう。しかし、余人には見えずとも彼の目には映じていた。筆にするのもためらわれるほど醜悪《しゅうあく》かつ奇怪な生物が、唯々《いい》として魯を漕いでいるのを。――陰陽師は式神《しきがみ》を頤使《いし》しているのである。

「ようやく二人」

また、つぶやいた。今度はしみじみとした声で。

「千葉周作から八年かかったか。八年で二人。すくなくとも十人はそろえたいが、四年に一人では、単純計算で四十年かかってしまう。長い。いや、それほどは長くかかるまい。近く寿命を迎えそうなのが何人かいるし、世が乱れれば死人も続出しよう」

しばらく間があった。彼は独白しつつ、星の運行を読んでいるのだ。

「それにしても田中新兵衛とは、えがたき人材が手に入ったもの。彼の運命を星に読んだればこそ、ああして土壇場に間に合うことができた。いや、それは千葉周作のときもおなじだが、周作と新兵衛では決定的な違いがある。周作の技倆は道場剣法の強さだ。新兵衛のほうは実際に人を斬っている。それも十数人と。その経験値が貴重なのだ」

不気味な声が、水面を奔《はし》って伝わってきた。岸辺で鳴く夜鷹《よたか》か、あるいは河辺に追いつめられた者が斬殺されでもしたのか。

田中新兵衛は死んだが、それで天誅がとまるわけではない。人斬りはまだいる。今宵も誰かが襲われて不思議ではなかった。ましてや新兵衛の通夜なのだ。彼と盃を交わした土佐の岡田以蔵あたりが、義兄弟の弔いとばかり——。

「人斬り以蔵。願わくは、彼も手に入れたい……以蔵の運命はどうか」

陰陽師は星に目を凝らす。

式神が櫓を漕ぐ手をとめた。主人の意を汲んでのことだ。つぎが以蔵であるなら、京都を離れるまでもない。

しかし、やがて落胆した声がいった。

「だめか。星の動きには、遠からずとも近からざるべし、とある。年内は——いや来年も。以蔵の死はその先らしい。では、今度はどこだ。北か南か、東か西か」

静寂。瀬の音のみが高く耳をうつ。鴨川の流れは速く、星の巡りはゆるやかだ。

「西だ！」

声は弾んだ。

「しかも年内だ。一年に二人、これは何とも幸先がよい。この調子でことが運んでくれればよいが」

うきうきした調子で式神に命じた。

「何をしている。漕げ。櫓をつかえ。矢となって淀川を駆けくだり、大坂に向かうのだ」

風、あるいは一風を名のる陰陽師が洞察したとおり、人斬り以蔵はこの夜、新兵衛の無念をはらそうと、恰好の獲物をもとめ夜の巷を狼のように徘徊していた。新兵衛より六つ年下の以蔵は、この年二十六歳である。

そのいっぽう、以蔵ら尊攘急進派の猖獗《しょうけつ》に対抗すべく、京都守護職松平容保《まつだいらかたもり》あずかりのもと、非正規の武力公安集団が少しまえに組織されたばかりであった。

彼らもまた今宵、威風あたりをはらって京の町の辻々を巡視していた。一団の羽織は浅葱色で、袖口をダンダラに白く染めぬき、隊の先頭には「誠」の旗を押し立てている。――壬生《みぶ》浪士組である。

二十九歳の土方歳三は、試衛館の近藤勇《いさみ》、沖田総司とともに隊列をくんでいた。

さらに――。

榎本武揚に言及すれば、彼は二十八歳だ。オランダのロッテルダムに到着し、留学生生活をはじめてまだ間もない頃である。

伊庭《いば》八郎は江戸にいる。二十歳。将軍親衛隊の奥詰にとりたてられるのは翌年のことになる。

祐宮は十二歳。すくすくと宮中で成長をつづけている。三年前には親王宣下《しんのうせんげ》を受け、睦仁《むつひと》の諱《いみな》を名乗っていた。

さて、新兵衛の死から三カ月――。

事態は急変する。尊皇攘夷か、公武合体かと首鼠両端《しゅそりょうたん》を持していた薩摩藩が、ついに立場を闡明し後者に大きく舵《かじ》をきったことで。

松平容保と結びクーデタを断行したのは八月十八日である。尊皇攘夷の急先鋒だった長州藩勢力と、急進派の公卿は敗退した。土佐勤王党の武市半平太《たけちはんぺいた》も本国に召還《しょうかん》、拘束された。尊攘派は一掃され、京都は再び公武合体派の掌握《しょうあく》するところとなった。

時を同じくして、尊攘派の志士の一部が、睦仁の叔父中山忠光《なかやまただみつ》を擁して大和五条に決起したが、不運にも彼らは八月十八日政変のあおりをくらって孤勢を余儀なくされ、錦繡《きんしゅう》の吉野山中で圧倒的多数の鎮圧軍を対手に決死の抵抗戦をくりひろげたすえ、潰滅した。

そして、その年の十一月、陰陽師は風のごとく西国に姿をあらわした。

五

筑後柳河《ちくごやながわ》（現・柳川）といえば、市街を縦横に走る水路、その水面《みなも》に映《は》える緑柳《りゅうりょく》と白壁土蔵の美しい水郷《すいごう》風景で知られ、また大詩人北原白秋《きたはらはくしゅう》の生誕地としても名高いが、江戸時代は立花氏十万九千石の城下町。藩祖宗茂は徳川家康に「海道一の弓取り」と激賞されたほどの名将だ。それあってか武芸が奨励《しょうれい》され、質実剛健が藩風であった。

そんな柳河藩に、江戸の剣壇を激震させた不世出《ふせいしゅつ》の剣士が誕生したのは、やはり武門の誉《ほま》れとすべきだろう。

剣士の名を、大石進《おおいしすすむ》という。

本名は種次《たねつぐ》、のち七太夫《しちだゆう》とあらため、致仕して後は武楽斎と称した。進とは通称だが、彼はこの名で江戸を席捲《せっけん》した。れっきとした柳河藩士で、父と祖父から愛洲陰流《あいすかげりゅう》の剣と、大島流の槍を学んだ。それにあきたらず廻国修行を積み、一派を編んで大石神影流《おおいししんかげりゅう》をとなえた。

大耳で、鼻柱が高く、とにかく魁偉《かいい》な容貌だったという。身長は七尺と記録に残っているから、当時どころか現代の基準をあてはめても巨人と形容するよりほかない。しかも相撲《すもう》取りが一目《いちもく》も二目もおいたほど怪力《かいりき》の持ち主で、その巨体から五尺の長剣でくりだされる必殺の太刀筋は、まさしく魔剣であった。

その魔剣を以て、彼は筑後柳河から江戸になぐりこみをかけたのである。文久三年を三十年さかのぼる天保《てんぽう》四年、進三十七歳の時のことだ。

ざっとはしょって結論だけいえば、江戸の剣界は総くずれになった。鏡新明知流、心形刀流、北辰一刀流、神道無念流、甲源一刀流、直心影流《じきしんかげりゅう》――名だたる流派がことごとく敗れさった。連戦連敗、大石神影流のまえにひざを屈した。ひれ伏した。だれ一人として勝てなかった。

「位《くらい》の桃井」といわれた三代目桃井春蔵は、二、三合打ち合わせて兜《かぶと》をぬぎ、あとで「あれは玩物《がんぶつ》だ。まともに立ち合う気になれるか」と負けおしみを云ったそうだ。

千葉周作は、五尺の長剣による豪速の突きに対処しようと、なんと四斗《と》樽のふたを鍔にして立ち合ったが、それでも敗れた（引き分けたともいう）。底知れぬ強さとうたわれた男谷精一郎《おだにせいいちろう》がかろうじて一勝をあげたものの、二度目には負けた。

要するに、将軍おひざもとである江戸の剣術は全滅したのである。まさに大惨事だ。

大惨事とは誇張ではない。そのころ十一歳だった勝海舟《かつかいしゅう》が、後年になって、往時の震撼《しんかん》ぶりをこう表現している。――御一新の騒動より以上で、大した騒ぎだったよ。

つまり、幕末維新の動乱を超えていた、と。

進は意気揚々と故郷柳河に帰った。凱旋《がいせん》した。そして待った。何を待ったか。当然、江戸の剣士たちが、真の剣士たらんと志《こころざ》す剣士たちが、なだれをうって柳河にやってくるのを。

しかし、そんなことにはならなかった。大石神影流の門をたたく者は誰もいなかった。

聞くところによれば、大石旋風《せんぷう》など台風一過のごとしで、進の帰郷《ききょう》とともに忘れさられ、各道場は何事もなかったかのように以前の隆盛《りゅうせい》を取りもどしているという。桃井春蔵の士学館しかり、斎藤弥九郎の練兵館しかり、千葉周作の玄武館またしかり。

それどころか、進の流儀をあざわらい、五尺の剣など剣術に非《あら》ずと決めつけ、それを剣理の面から論証論述すべく汲々《きゅうきゅう》としている、とも聞いた。剣士が言葉にたよってどうするのか。

進は、怒髪天《どはつてん》を衝《つ》いて逆巻《さかま》いた。今一度、江戸にのりこみ、今度という今度は、彼らが再起不能になるまで道場を荒らしまわってやろうと衝動した。

しかし冷静にもどると、所詮は同じことのくりかえしならんと諦念《ていねん》した。進が江戸に居座り、君臨しつづけぬかぎり、彼らは恥も外聞もなく、素知らぬ顔で幾度でもよみがえるだろう。故郷を離れて暮らす気は、進にはなかった。

以後、大石進は中央の剣壇に背を向け、柳河を根拠地にして、独歩の道を行った。地元では、九州四国、西日本一円でも、彼は輝ける剣のスターであった。けれども、江戸の剣壇からは無視され、嘲笑《ちょうしょう》さえあびて、後《こう》半生《はんせい》をむなしく過ごさなかったといったら、それは嘘になる。

年号が文久になった頃から進は老いを自覚し、剣一筋にかけた己が生涯をまとめておきたいと発願した。いつ、どこで、誰と立ち合い、どのような手で勝利したかを記録として後世に残すべく、弟子の手をわずらわせて口述筆記をはじめた。

これが、いけなかった。

往時の記憶をたどるうち、江戸剣壇への怒りがぶりかえした。老いているだけに抑制がきかず、手のつけられぬ怒りは、しかし捌《は》け口のなきがゆえに彼の内部で荒れ狂うしかない。仏教的にいえば、怒りは人の善根を害する三毒のひとつである。ひたすら心身を痛めつけた。——こうして彼は病んだ。

文久三年もそろそろ終わりに近づき、彼は人生の終焉《しゅうえん》をさとった。病は深く進行している。おそらく年は越せぬであろう。師走《しわす》を迎えられるかも、心もとない。

弟子に命じ裏庭に小宇《しょうう》を建てさせた。方丈よりもいっそう小型の、坐禅用の龕室《がんしつ》のような祠《ほこら》を。そのうえに土をかぶせた。祠は入り口だけ露出して盛り土におおわれ、全体として小さな築山のような景観となった。

この人工の小山を進は岩戸山と名づけ、祠を山中の洞窟《どうくつ》に見立てて「霊巌洞《れいがんどう》」と呼んだ。そして、藩祖宗茂公より下賜《かし》されたという大石家伝領の甲冑《かっちゅう》一式を身につけ、ひとり粛然《しゅくぜん》と「霊巌洞」にこもった。このうえは侍大将の姿になって死のうというのである。一椀の食事、一滴の水も口にすることなく。

大石家の仏間では、菩提寺《ぼだいじ》の僧侶が呼ばれ、読経の声がひくく流れるなか、一族郎党こぞって手を合わせ、進の往生を祈った。

霊巌洞の前には常に弟子たちがつめ、役目の者がときおり祠の扉の隙間に目を寄せ、夜には龕灯《がんどう》の明かりを頼りに、剣師の様子をうかがう。暗がりの底に見えるのは、端坐《たんざ》する鎧武者《よろいむしゃ》だ。最初のうちは微動だにせぬと見えるが、目がなれてくると、かすかに上下する肩の動きで、まだ生きていることが見てとれるのだ。

六

意識がもうろうとしはじめた時だった。

大石進は眼前に薄紫の曙光《しょこう》を見た。さてはお迎えか、と瞬間的に思った。彼を西方極楽浄土《さいほうごくらくじょうど》に往生さすべく阿弥陀如来《あみだにょらい》が光臨あらせられた、と。

しかし、無量光《むりょうこう》とおぼしい紫水晶めいた輝きの中から出現し、彼の目の前で形をととのえていったのは如来ではなく、菩薩《ぼさつ》でもなく、神職めいた装束の男だった。

——なぜ、陰陽師が？

進は茶金色の目を見開いた。

誰も入るべからず、と云いわたしてある。何人たりと入れるをゆるさず、とも。師の涅槃寂静《ねはんじゃくせい》をさまたぐるなかれ。そのために弟子を配置したのだ。

さらに不思議なことに、ここは人ひとりぶんの空間、それも座位の高さしかないはずなのに、陰陽師は彼の正面やや距離をおいて佇立《ちょりつ》した。

「何者か」

千葉周作とはちがって、進は生涯に一度たりと怪異だの妖異だのの、いわゆる超常現象に遭遇したことがなかった。それもあってか眼前の現象は、もとよりの現実として彼に受容された。その口を衝いてでたのは、だから、どこまでも現実的な問いかけであった。

「卒爾《そつじ》ながら、はじめて御意《ぎょい》を得ます、大石武楽斎先生」

「そういうそなたは」

妖異を妖異とあやしませず、なおかつ対話をも許さしめる駘蕩《たいとう》とした気配が陰陽師から春風のように吹きつけてきた。——それこそが妖異なのだが。

「一風斎とお呼びください、武楽斎先生」

「確かに、はじめて見る貌《かお》だな。何用あっての推参か、一風斎とやら」

「岩戸山に霊巌洞、まこと面白きご趣向かなと、興趣《きょうしゅ》をおぼえましして」

「何」

「死出の山、ふもとを見てぞ帰りにし、つらき人よりまづこえじとて——岩戸山は死出の山です。その昔、名も同じ岩戸山の霊巌洞にこもり、侍大将の具足をまとって死出の山を越えた不世出の大剣豪がおりました。その岩戸山とは、肥後熊本は金峰山塊《きんぼうさんかい》の一支峰《しほう》のことですが……。さよう、かの宮本武蔵《みやもとむさし》がその大剣豪です」

「一風斎、この大石進をからかいに参ったか。あなおもしろや、武蔵の猿真似したる、武蔵もどきがここに、と」

「いいえ、そのようなことは」

高々と円錐形に鋭く尖りたった立烏帽子が強く横にふられた。

「ご自身を宮本武蔵にもどかれ、武蔵として死のうとする先生のご心情に、深く心をゆすぶられたがゆえの参上にてございます」

「…………」

「まこと先生は武蔵にございまする。今太閤《いまたいこう》という言葉に、これまたもどいていうならば、先生こそは天保の今武蔵なり。人も知るように、武蔵は不遇でした。あれだけ剣名を天下にとどろかせながら、二天一流は活かされることなく終わり、望んだ仕官もかなわず、挫折、薄運の後半生をおくって、ひっそりと没しました。

肥後は、ここ筑後の隣国、筑後平野から熊本平野まで、間に菊池平野をはさんで一つづき。その岩戸山は、ここ柳河から十二里と離れてはおりませぬ。いわば指呼《しこ》の間《かん》」

「…………」

「そして大石進もまた不運不遇の大剣士でした。世が世ならば、大石神影流こそは将軍家お留め流、公儀の正式剣法として取り立てられていたはず。失意の武楽斎先生は、いつしか自分を宮本武蔵にもどかれるようになった。そうすることで、いいえ、そうすることだけが、内心の憤怒をおさえ、鬱々《うつうつ》たる心をなぐさめる方法だったのです。かの武蔵すら且《か》つしかり、いわんや我においてをや、と」

「よくぞ見抜いてくれた、一風斎。片言隻句《へんげんせっく》だに訂正の要するなし。わしの心情を見事に要約してくれたものよ」

その声には、むしろ満足、感謝の響きがある。図らずも一風斎を名のる陰陽師は、心理療法士の役割を果たしたのだ。以て知るべし、薄運の剣客大石進の失意、鬱屈《うっくつ》、そのいかに深かりしか、を。

「これで安らかに冥途《めいど》に旅立てる。礼を申すぞ」

「や、先生、それはちと早すぎまする」

陰陽師はあわてたように云った。

「大石神影流が天下に名をとどろかすのは、いよいよこれからだと申しあげたいのです。先生にはその先頭に立っていただかなければなりませぬ」

「これから、とは？」

「武楽斎先生、今の世をどうご覧あそばします。尊皇攘夷派と公武合体派の争い、実はそれは、東軍西軍に分かれての関ヶ原の一戦以来の、いいや、関ヶ原をこえる一大争闘にございますぞ。

なるほど、本年八月十八日の政変をもって京都は公武合体派の手に帰しましたが、尊攘一本で藩論をひとくくりにした長州が、やわかこのまま大人しくひきさがっているはずもございませぬ。当然、実力行使でまきかえしをはかりましょう。となれば、いったんは日和《ひよ》った薩摩の向背も見極めがたく、天下は麻のごとくに乱れるは必定」

陰陽師は確信をこめて云った。麻のごとく——同じ言葉を千葉周作に云ってきかせた八年前は、星の運行にそれを読んでの予言だったが、果然それは的中して、今や星占いではなく、現況の分析から確実に今後の展開が見通せる。

「そのことならば聞いておる」

進の返答に、関心の響きは薄かった。

「京をはるかに隔《へだ》てたこの小藩でも、攘夷がどうの開国がどうのという論争はかまびすしい。

なれど一風斎よ、それが何だというのだ。新しい時代は、若い者たちがこれを開けばよい。わしは老いさらばえた。まもなく幽冥境《ゆうめいさかい》を異《こと》にする身である。我が前につづくは、退場への花道」

「に非ず、としたら？」

「さて？」

「先生、もし先生が三十年前の先生ならば、平和ボケした大江戸の剣界を震撼《しんかん》せしめた先生ならば、この風雲の時代、何をなさりたいとお考えです」

「聞かれるまでもない。それを幾たび脳裡に思い浮かべたか。妄想と知りつつ甘美さに我を忘れ、恍惚《こうこつ》と身をわななかせたか。その時は、不肖大石進、長竹刀《ながしない》ではなく真剣をもって江戸にのりこみ、積年の恨みをぞんぶんにはらしてみせようぞ」

「いかにして？」

「一にも二にも、断って断って斬りまくる。わしに負けたくせに、真の勝ちを制したに非ずだの、古法を知らざる者だの、負けおしみの詭弁《きべん》を弄《ろう》するだけの小賢《こざか》しいやつばらを、ことごとく斬り伏せて、大石神影流の旗幟《きし》もって天下布武《てんかふぶ》してくれん。江戸を制覇《せいは》するは、われにあり」

「おおっ、耳にするだけで、この一風斎までが血沸き、肉躍るかの心地《ここち》です。おやりなされ、先生。その素志を貫徹なされませい。その方法を、これより伝授つかまつりましょう。さよう、いのち長らえる秘法を」

すると、大石進は口を閉ざした。ぴたりと黙りこんだ。緘黙《かんもく》はあまりにも長くつづいた。さては入滅かと陰陽師が狼狽の色を走らせた矢先、

「たとえ長らえようと――」

黙ってはいられなくなったように、再び口は開かれた。しわがれた声が搾《しぼ》りだされた。

いのち長らえる秘法を伝授しよう――そう云われたら、反応としては、まず「驚き」だろう。つぎには「疑

い」が、それから「方法に対する借問《しゃもん》」がつづくはずだ。けれども、このとき大石進の口から吐かれた言葉は、その順でないどころか、いずれにも該当しなかった。

身悶《みもだ》えせんばかりの激しさで進は語をつぐ。

「長らえようと、やんぬるかな！　わしは病んでおる！　この身体では役に立つまじ！」

沈黙は「驚き」の表出で、その長さは「疑い」を処理せんがための必要時間だったかもしれない。しかし、方法を問いもしないとは奇怪千万だ。一風斎の言葉を受け容れたことになるばかりか、さらに進んで、その結果を気にかけるなど。

たとえるなら、どこそこの山に埋蔵金《まいぞう》がある、それを掘りにゆこうと持ちかけられ、本当か、いくらある、どのように埋められている、とも訊かず、いきなり山分けの比率を持ち出すようなものだ。

千葉周作にしても、田中新兵衛にしても、こうではなかった。周作の説得にはそれなりの時間を要したのだし、自ら理解を中途放棄した新兵衛も、とりあえずは方法を訊こうとした。

だから驚いたのは一風斎のほうである。進の頭は大丈夫なのかと疑い、で、借問《しゃもん》した。

「先生は……その、驚きはしませぬので？」

「そなた、わしを驚かせるのが目的で参ったのか」

「いえ、けっしてさような――」

「ならば答えよ。大石進はすぐに死ぬるやもしれぬのだ。病んだ身体は何とする？」

「それでしたら、ご懸念《けねん》にはおよびませぬ。先生にはまず、桃源郷《とうげんきょう》のごとき世界に旅立っていただきまする」

「ほう、黄泉路ではなく、桃源郷に」

「桃源郷とはたとえにて、何と申しましょうか、もどきの世界にございます」

「もどきの世界？」

「ご自身を畢生《ひっせい》の剣客宮本武蔵にもどかれた大石先生ならば、この世界のもどき、すなわち擬《もど》きの世界の実在をお信じになれるはず。そこへ行き、もどってくれれば、病は完全に癒《い》えております。『まったく新しい生命力、いや魔力を持った』大石進として、この世にご帰還なさることになる」

「魔力とは？」

「剣士なれば、これを倒すのは剣のみ。剣よりほかのものには、すなわち不死身の肉体となるわけで」

「あいわかった」

古式なかぶとを戴いた頭が、それ相応の威厳を見せて重々しく縦にふられた。

「この身をゆだねよう。そなたの思うままにするがよいぞ、一風斎」

「されば、これをお握りください」

進は素直に従った。小手をあてた右腕をのばし、するすると差しだされてきた笏のようなものをつかんだ。

そして、教えられた呪文を三回復唱した。

「まがいてんそう、まがいてんそう、まがいてんそう……」

「やっ、鎧の音ではないか」

盛土をした小宇の前にひかえていた弟子たちは互いに顔を見合わせた。夕闇のしのびよる扉の向こうから聞こえてきたのは、縅糸《おどしいと》で綴られた小札のすれあう音だ。

弟子の一人が龕灯を手に立ちあがり、扉の隙間に目をあてた。

蝋燭の炎が投げかける細い筋のような光が、端坐する鎧武者をかろうじて浮きあがらせる。うろこのように見える小札が小刻みに揺れていた。しかし弟子の視線は、荘重なかぶとと面頬《めんぼう》の間で炯々《けいけい》たる輝きを放つ、金茶色の眼光に吸いよせられた。その眼光は徐々に弱くなってゆき、やがて蝋燭の炎も反射しなくなった。

「あっ」

彼がわななく声をあげると同時に、鎧武者は自らの身を打ちつけるように轟然《ごうぜん》と前のめりに倒れた。

「これで三人」

扉の外とも内ともつかぬその声を、うちさわぐ弟子たちは誰も聞かなかった。まして、喜びを隠さぬ調子でこう先をつづけたのも。

「われ、武蔵を得たり」


文久三年十一月十九日、大石進死す。六十七歳。

第四章　転送のメカニズム

『志士暗殺雑記』より

一

文久四年は二月二十日を以て「元治《げんじ》」と年号が改まった。

その六月半ば、陰陽師の一風斎が再び入洛したとき、京都の街は二つの話題でもちきりだった。

一つは、岡田以蔵が唐丸籠《とうまるかご》で土佐へ護送されていったことである。武市半平太という暗殺の司令塔を失って人斬り以蔵は〝失業〟した。彼は自身が尊攘の志をいだいていたのではなく、暗殺請負は身すぎ世すぎ、職業にすぎなかった。八月十八日の政変で公武合体派の支配下に帰した京都では、再就職先をさがすのも難しかった。

以蔵は落魄《らくはく》し、うらぶれ果て、その挙句にケチな喧嘩沙汰《けんかざた》をひきおこして、京都町奉行所にお縄となった。六角の牢での詮議《せんぎ》では無宿人鉄蔵で押しとおそうとしたが、言葉の訛《なま》りから素性が割れて、土佐藩の監察吏《かんさつり》にひきわたされたのだった。

何の引き合わせか、以蔵は、上洛《じょうらく》する一風斎と入れ違うように護送されていった。彼の唐丸籠をのせた舟と炎天下の宇治川でゆきちがったとき、それを見送る一風斎の細い目は、期待の色に彩《いろど》られた。なんとなれば、柳河で大石進に施術した後、一風斎はいったん土佐に帰って、藩内の情勢をつぶさに目で見、肌で知っていたからである。

土佐には目下、勤王党に対する恐るべき大弾圧の嵐が吹き荒れている。嵐は、井伊大老が強権を発動した安政の大獄で隠居に追いこまれた前藩主の山内容堂が桜田門外の変の後、復権を果したことで始まった。首領の武市半平太は自宅謹慎。その同志、配下の者たちは獄につながれて、酸鼻《さんび》な拷問をくわえられている。

入獄、拷問――それが、以蔵を待つ運命だ。半平太の専属暗殺者から貴重《きちょう》な自白をひきだすべく、訊問《じんもん》は誰よりも峻厳苛烈《しゅんげんかれつ》を極めるだろう。

――人斬り以蔵。願わくは、彼も手に入れたい。

それは昨年来の渇望で、一風斎の目が期待の光を帯びたのは、時いたれるかと見たためだが、いっぽうで彼は困惑《こんわく》もした。このたび南国土佐をあとにしたのは、大石進という西の剣豪につづき、東の剣聖の死を予知したからだ。

だが、これでは以蔵の臨終に立ち会えぬ。土佐に戻るか、このまま東上をつづけるか。すなわち、西か東か――。

それは、しかし、とりこし苦労に終わった。その夜を今や遅しと待って鴨川の河原で星占いをしたところ、以蔵の生命はまだ尽きず、と出た。昨年の星占いと同じ結果であった。

一風斎は安堵《あんど》し、ふと以蔵のゆくすえに思いをはせて、一抹《いちまつ》のあわれみをおぼえた。

「では、耐えとおすというのか。いったい何に義理立てして――」

それが十四日のことで、もう一つの大きな話題とは、五日の夜に起きた池田屋事件だ。実は、以蔵の土佐護送などよりも、九日前のこちらのほうを、京都の町衆《まちしゅう》は今なお興奮冷めやらぬ熱っぽい口吻《こうふん》で語らい種《ぐさ》にしていた。

それから数日間、一風斎は京都に逗留し、盛り場を歩き、人々の話に耳をかたむけた。

池田屋で新選組の手にかかった尊攘派志士は長州藩士が多かった。長州は黙っていまい、応仁の乱以来の大過が起きるのでは、と都人は憂えていた。しかし、それは一風斎にとってどうでもいい。時局の推移は、ある程度までなら状況分析で洞察《どうさつ》が可能だし、得意の星占いで知ることもできる。

何より知りたいのは新選組のことだった。一風斎は辻占いの易者に身をやつし、自らの足で新選組の屯所《とんしょ》近辺を歩きまわった。夜は十数匹もの式神を頤使して情報収集につとめた。平安の都は、使える式神に事欠かない。それは大陰陽師にして彼の遠祖でもある賀茂保憲《かものやすのり》以来の霊的伝統だ。

近藤勇、沖田総司という名を幾度も耳にした。近藤は新選組をひきいる局長、沖田は一番隊隊長、ともに天然理心流の達人という。池田屋の二階で獅子奮迅《ししふんじん》の血刃《ちば》をふるったのは、主にこの二人であったらしい。

副長の土方歳三の名もよく聞いた。こちらは、偽情報に攪乱《かくらん》され遅れて駆けつけながらも、焦って乱闘現場に身を投ずるのではなく、周到に周囲を封鎖《ふうさ》した。守護職や所司代、奉行所に手柄を横取りされるのをふせいだ機略が賞賛されていた。自身、天然理心流の遣い手でありながら、冷静かつ智恵が立つというのだ。

要するに一風斎が試みんとするのは、ひらたくいって「先物買《さきもの》い」なのである。

彼のこれまでのやりかたは、千葉周作に対して自身を「死の匂いをかぎつける大空の鳥」になぞらえたごとく、星占いで剣豪の間近い寿命を探知し、ぎりぎり臨終に間に合うというものだった。しかし、これはさにあらずで、剣名が一時は立っていても、確乎たる評価が定まったというには至らない三剣士の将来性を見越し、はやばやと今のうちからつばをつけておこうという次第だ。

近藤、土方、沖田を実見して顔を覚え、星占いに必要な個人情報を式神のはたらきで入手した。そして鴨川の河原に祭壇を設置し、三人の将来を占ったのは、京を出立《しゅったつ》する前夜のことであった。

二

夜が更けてもまだ月はのぼらず、空には色とりどりの光砂をぶちまけたような壮麗な天の川が滔々《とうとう》と流れている。すぐ背後の鴨川の黒い水面は星影を映して淡くきらめき、背の高い葦《あし》の群れは暑さに圧しひしがれたものかソヨとも動かない。

陰暦の六月下旬は夏の盛りである。聞こえてくるのは瀬音ばかり。夜の河原は深閑《しんかん》と静まりかえっている。

祭壇は、河原の石、枝木を組みあげた簡素なもので、特殊な紋様を描いた護符をぺたぺたと貼りつけてある。

一風斎は祭壇に祈っては星を読み、運行を計測しては祭壇に祈りをささげた。

結果はほどなく出た。

三人の死は、近からずといえど遠からず。一、二年の先ではないものの、十年以内には確実に。しかも彼らは、ほぼ一年のうちに相次いで死ぬ運命にあるようだ。

――十年か。待てぬ長さではない。

陰陽師は満足の笑みをくちびるにそよがせ、祭壇を取り払おうとした――と、その時である。

静寂をやぶって、足音がひびいた。それも必死の勢いで駆けてくるようだ。もつれ合い、入り混じる足音。ばきばきと葦の折れる音。荒い息遣い。

突如、目の前の葦原から、いくつもの影がまろびでてきた。

「桂《かつら》さん、あんたは逃げろ。ここはおれたちがくいとめる」

「しかし……」

「早く」

そんな会話がみじかくかわされ、一つの影がためらいをふりすてるように仲間から離れた。彼は鴨川に音もなく身をすべりこませ、たちまち見えなくなった。残った六人はいっせいに抜刀した。目と鼻の先には一風斎がいるのだが、その存在に気づくどころではないらしい。

追跡者のものらしい足音が聞こえる。

彼らが身がまえるいとまもあらばこそ、葦原から新たな影が飛びだした。

決死の気合い、というよりは手負いの野獣の咆哮《ほうこう》めいた声をあげて六人は襲いかかった。

三条の銀光がこれを迎え撃った。幾匹かの蛍《ほたる》が超高速で移動する、そんな光の筋が、闇の画布に幾何学的な紋様を描いた。肉が斬られ、骨が断たれ、血の激しくたばしる音が、悲鳴と混然一体となって交響した。

剣戟の気配はすぐにやんだ。それは蒸し暑い夜気の中にのみこまれるように消え、元通り静寂がよみがえった。と、周囲が明るさを増したのは、東山《ひがしやま》連峰から月があがったのだ。

「桂がおらぬ。またしても——」

「命冥加《いのちみょうが》なやつ、逃げの小五郎とは云い得て妙だ」

「今度こそ追いつめたと思ったんですけどね」

乱雑に葦を折り敷いてころがる六つの死体を見おろして、三人の男が口々にいった。ひどく返り血をあびているものの、一風斎の目には、袖口のダンダラ模様が月光にはっきりと見てとれた。

「ほ、これは——」

はっとなって三人がこちらを見た。血の滴《した》る刃が向けられる。

「何やつ」

あごの極端に張った男が、大きな口を開け、一喝をくらわすように誰何した。

端麗《たんれい》な顔立ちの男が冷静な声でつづける。

「その風体から察するに、尊攘浪士ではないようだが……こんなところで何をしていたか」

「陰陽師、ですよ、きっと」

と云ったのは、先の二人よりは十歳ほども若くみえる二十歳ばかりの美青年だ。月代はせまく、髷を馬の尾っぽのように垂らしている。

「ご明察。わたしは一風斎と申す陰陽師にございます。ここで出会ったは泰山府君《たいざんふくん》さまのお導き。どうぞお見知りおきを」

臆せず、怯えず、動ぜざる一風斎の態度に、三人はちょっと途惑ったようだ。端麗な顔立ちの男が、ひと呼吸おいて同じ問いを重ねた。

「ここで何をしていた、陰陽師」

「星を観ておりました」

「星？」

「ええ。それが、わたしの生業《なりわい》です」

「陰陽師とは、星占いもするか」

「これは私闘にあらず」

あごの張った男が、大きな口を開けて問答に割りこんできた。

「役儀である。われらは新選組の者だ。存じてもおろうが、先般の池田屋騒動にてとりにがしたる長州藩士桂小五郎を捜索しておる。首尾よくここまで追いつめたはよいが、死体の中に桂はない。どこへ逃げたか、見ていたはずだ。申せ」

一風斎はゆるゆると首を横にふった。

「ですから、観ていたのは星なのでして」

「一風斎とやら、隠し立てをすると、しょっぴいて痛い目にあうぞ」

「とは、枡屋喜右衛門《ますやきえもん》のような目に？」

武具商に身をやつして活動していた尊攘志士の古高俊太郎《ふるたかしゅんたろう》を捕らえたことで、池田屋事件の端緒《たんしょ》が開かれたのだ。自白を引き出すため、土方歳三が枡屋喜右衛門こと古高俊太郎に加えた拷問の凄絶《せいぜつ》さは、事件そのもの以上に京の町童《まちわらべ》を震えあがらせている。

「どうか、それぱかりは願いさげに、近藤さま」

「や、わしを近藤と?」

そのとき、美青年剣士のあげた驚愕《きょうがく》の叫び声が問答を中止させた。

「あれを!」

美青年剣士は一風斎の祭壇を指差していた。護符に混じって、近藤勇、土方歳三、沖田総司の名が書かれた短冊が貼られてあるのに気づいたのだ。

緊張をゆるめかけていた三人は、大刀の柄を強くにぎりなおした。端麗な顔立ちの男が訊く。

「なぜ、われら三人の名を?」

「星に占っていたのは、あなたたちの運命なのですから、近藤さま、土方さま、そして沖田さま」

わずかな沈黙があって、また土方歳三が返答を迫った。

「異なことを云う。わけを申せ」

「あなたがたの剣の腕を必要とする、大いなる企《くわだ》てがございまして。そのために、この一風斎、東に奔り、西に走りして、稀世冠絶《きせいかんぜつ》の名剣士を募っております る。もうすでに三人を得ました。北辰一刀流の千葉周作、薩摩示現流の田中新兵衛、そして大石神影流の大石進」

「痴《し》れ者が」

近藤勇が大喝した。

「その三人、すでにこの世のものではないわ。たわけたことを申すもたいがいにせよ」

「三剣士、いずれも死の瀬戸際に応諾してくれました。第二の生を選ぶことを」

「第二の生?」

「死期が定まってこそ発動する秘術です。いずれあなたがたにも応じていただきたく、であるがゆえに運命を占っていた次第です」

「薄気味の悪いことを云うやつだ。ねえ、近藤さん、土方さん、しょっぴきましょう」

「待て、総司」

土方歳三は逸る沖田総司を制し、

「で、われらの運命は何と出た」

「寿命は十年足らず、と」

「よし、しょっぴくとしよう。異論はあるまいな、勇さん」

「よかろう」

三人はそろって前に進みかけ、そろって足をとめた。

祭壇に貼られた護符の一枚が剥がれ、彼らの鼻先をかすめるように吹き流れたかと思うと、鴨川の方角へ妖々と飛びさったのである。少しの風が吹いたわけでもないというのに。

「これは、まあ青田《あおた》刈りです」

一風斎は一歩、後ろにさがった。かかとの先はもう水面だ。

「今宵はこれまで。いずれまたわたしは推参つかまつる。あなたがた、それぞれの臨終に際して。その時こそは、ご納得いただけましょう」

新選組の三剣士は目を瞠《みは》った。陰陽師の背後に小舟がすっと漕ぎ寄せてきたのだ。櫂《かい》は人為的に動いている。無人の小舟に、ただ櫂だけが。——一風斎は護符を飛ばして式神を呼んだのである。

陰陽師は正面をさらしたまま、ふうわりと後ろに飛んで、小舟の上の人となった。と同時に土方歳三の刃風が吹きつけたが、わずかに遅れて届かなかった。小舟は一瞬のうちに夜の鴨川を流れくだっていった。

東海道を東下した一風斎が江戸に姿を現したのは、七月十六日のことだ。京都三条木屋町の路上で白昼、洋学者の佐久間象山《さくましょうざん》が河上彦斎《かわかみげんさい》の手にかかり一撃のもとに斬殺された五日後であり、蛤《はまぐり》御門《ごもん》の変《へん》が勃発する三日前である。

その夕刻、一風斎は、とある幕臣の屋敷の前で足をとめた。

三

剣聖・男谷《おだに》精一郎は死にかけていた。

数日前から病の床に臥し、今日を限りの命であろうと秘かに思いさだめたが、しかしそれを黙して語らなかったから、家人はさほどの大事と思わず、枕頭《ちんとう》に若い侍女をひとりはべらせるだけであった。

精一郎はこの年、六十七歳である。寿命であろうとは思う。寿命なのだと自分に言い聞かせる。

兵学の師である平山行蔵《ひらやまこうぞう》先生には三年及ばぬものの、同じ時代を生きて剣の腕をきそった千葉周作は享年六十三、昨年没した大石進は六十七だったと聞く。精一郎が手塩にかけて育てた愛弟子の島田虎之助《しまだとらのすけ》は三十九歳の若さで逝った。それを思えば――。

にもかかわらず彼は、少なくともあと数年の余命もがなと心の奥底で絶叫していた。このままでは死ねぬ、と。

それは公憤によるものであった。

私情からはすでにさっぱりと解脱《げだつ》している。

もともと男谷家は幕臣どころか武士ですらなく、男谷検校《けんぎょう》という盲目の青年が、田沼意次《たぬまおきつぐ》の時代に越後小千谷《おじや》から江戸に出てきたのが始まりである。検校は金貸しの才を活《い》かして巨万の富をきずき、御家人の株を買って息子の忠恕《ただひろ》を武士にした。忠恕の孫精一郎は従五位下下総守《じゅごいげしもうさのかみ》、三千石の大身《たいしん》に出世した。今や幕府講武所頭取の地位にあり、立身の点では思い残すことは何一つとしてない。

剣聖と世にもてはやされるように、男谷精一郎は何といっても剣の腕で名を馳せた。どれだけ強いのかがわからず、底なしの強さといわれた。彼の試合スタイルは独特で、三本勝負のうち必ず一本は相手に勝ちをゆずる。まず自分が勝ち、次に敗れ、最後にまた勝つのである。常にこの順序であり、しかも二本とられたことは一度としてない。こうした、ある種の不気味さが、底なしの強さと形容されたゆえんであろうか。

流派は直心影流、その十三世として道統をついでいる。

剣師の団野真帆斎《だんのまほさい》より遺贈された本所亀沢町《ほんじょかめざわちょう》の道場は、江戸最大の格式を誇る。門弟二万というから、三千六百余の弟子を鼻にかける千葉周作など比ではない。

彼の道場が三大道場に数えられることがないのは、千葉、桃井、斎藤のそれが、いわゆる町道場だったからで、講武所頭取までつとめる精一郎の男谷道場は別格の扱いであった。そして、死に臨んでますます熾烈な彼の公憤も、まさに幕臣であり、講武所頭取であるという点に発している。

剣聖という敬称への執着は精一郎にはない。それどころか瀕死のこの剣聖は、剣術など時代遅れの武技であると考えるまでに至っているのである。これからは銃砲の技術が勝敗を制する時代だ、剣術は武人としての精神的支柱であればよい、と。

剣聖とまで謳われた男谷精一郎が、なぜここまでの考えに到達したか、それはよくわからない。たとえば千葉周作のように、彼は剣一筋の人ではなかった。だから、さほどの努力をせずとも剣の奥儀に達してしまい、それがゆえに、むしろ剣へのこだわりというものから解き放たれて自由であり、闊達《かったつ》であり、その得失を冷静に弁別することができたのではないか。

西洋式の訓練を取り入れた軍事修練所である講武所は、実は精一郎の建議で設けられたものだ。たびたび建白を重ねてきたが容れられず、ペリーの来航後になって、ようやく取り上げられた。

精一郎としては、銃砲を中心とする近代的装備の国防軍を創設したい意図があり、講武所はその母体として計画した。旧来の兵制では幕府は日本を守れないという危機意識と先見性、幕臣としての使命感に衝きうごかされてのことだった。

しかし設置から十年になるが、現実は彼の目論見《もくろみ》通りには進んでいない。幕府上層部のことなかれ主義もさることながら、いちばんの問題は、講武所に集う旗本の子弟の質の低さなのである。

彼らは幕府がかかえる危機、ひいては日本の直面する国難を理解しようともせず、武が必要とされる昨今の風潮を一種の流行のように考え、己を飾る、その目的のみで講武所にやってくる。だから足軽の得物《えもの》と見くだす鉄砲には見向きもせず、見た目に華やかな剣術を好んだ。彼の狙いとは逆方向になったのである。

頭取が剣聖の男谷精一郎だったことも、しょせん講武所は「幕府直営の剣術道場」という予断を与えてしまった。

精一郎は焦らずにはいられない。薩摩、長州らの雄藩が、その財力にあかせて近代的な軍備を整えているという情報が次々に入ってくる。異国と戦うどころか、薩長を相手にしても我が旗本子弟は勝てぬのではなかろうか。

今しばしの余命を我にたまえ。講武所を改革せずばおかじ。――これが、死に際しての精一郎の公憤なのだった。

「その思い、叶えられぬものでもありません」

声は耳元で聞こえた。

精一郎はまぶたをひらいた。誰もいない。いつのまにか灯されていた燭台の小さな炎に目を射られただけである。

「誰ぞ部屋におるのか」

男の声だったから侍女のはずはない。彼は枕の上で首を左右にめぐらし、誰もいないのを確かめて、

「加津？」

と侍女を呼んだ。そして、愕然とした。加津は膝の上に行儀よく両手をおいて、背筋を伸ばし、しかし白目をむいて失神していた。

蝋燭の炎が揺れた。一陣の風が吹きこんできたかのようだった。炎の歪みが空間をも歪ませ、すぐに正常に戻った時、燭台の傍に陰陽師めいた古風な装束の男が立っているのを精一郎はみとめた。

「何者か」

「一風斎とお呼びください、下総守さま。山田一風斎と」

「痴れ言なり！」

間髪《かんぱつ》を容れず精一郎は叱咤《しった》した。陰陽師の不可解な出現よりも、彼が口にした名前に対する厳しい反応だ。

さもありなん。山田一風斎とは、彼がつかう直心影流の剣祖なのである。

さらに淵源すれば、この流派は神泉伊勢守《かみいずみいせのかみ》の新陰流に発する。伊勢守の高弟は二人いて、柳生石舟斎《やぎゅうせきしゅうさい》は一法を加えて柳生新陰流を編み、いま一人の奥山休賀斎《おくやまきゅうがさい》は一字を変えて「神影流」を称した。これが小笠原源心斎、神谷伝心斎、高橋直翁斎へと伝えられるたびに真新陰流、直心流、直心正統派と名がコロコロ変転し、山田一風斎の直心影流をもって定着した。第六世（七世とも）の一風斎を流祖とするのはそのためである。

陰陽師はわるびれずに云った。

「お気に障りましたら、コウトク一風斎とお呼びになってもけっこうです」

「戯弄《ぎろう》を重ねるかっ」

精一郎の声は怒気をはらんだ。

「ミツノリと訓ずるのだ、それは。光徳一風斎こと山田平左衛門光徳先生は、我が直心影流の始祖なり。愚弄は許さぬ」

怒りのあまり彼は上体を起こしたが、さすがに立ちあがることまでは叶わなかった。病は内臓に巣食っていて、精一郎の温和な容貌、小太りの体軀をいささかも損じてはいないように見えた。

「ま、さようなことよりも」

と山田一風斎あるいは光徳一風斎は、しれっとした顔で、瀕死の剣客をあしらった。

「下総守さまの願いをかなえるべく、こうして参上つかまつった次第です。や、しばらく。ご不審の数々はもっともなれど、今しばらくわたしの話をお聞きくださいませ。

下総守さまは、まことに見上げた幕臣でございますな。今生の暇乞いにあたり、なお幕府のゆくすえをご心配とは。その烈々たる忠義の心、深く感じ入ってございます。

さりながら下総守さまのご懸念、もっともなりとも存じます。この一風斎、京都をはじめ、土佐、長州、薩摩、筑後柳河と各地を巡歴して参りましたが、ここ江戸のていたらくには呆然自失《ぼうぜんじしつ》、もはや言葉もありません。将軍家お膝元にあぐらをかき、黒船をまのあたりにしながら、なおも天下太平の昔日の夢にすがり、未来に進もうとしない有象無象どもがたむろする、時のよどみになり果てております る」

「時の、よどみ……」

精一郎は肺腑をえぐられたような声を出した。

「はい。殺戮のちまたと化した京の町では、尊攘派の志士たちは命がけで奔走しております。ところが江戸で目にいたしますのは、同じ年ごろの旗本の子弟たちが、女の視線を気にしつつ、そろって着飾り講武所へ通う姿。

なんでも〝講武所風〟と申すそうですな。月代せまく髷ながく、大小は白柄朱鞘《しろつかしゅざや》、白足袋に黒緒の下駄をはき、竹の子笠を片手に、剣術道具を肩にする——錦絵《にしきえ》まで売り出されているとか。これではお話になりませぬ。外見はいくら武張っても、しゃなりしゃなりと歩く女子に同じ」

「女子か」

精一郎は声をあげて笑った。ひとしきり笑い、次に発した言葉には、こだわりを放棄した開豁《かいかつ》の響きすらあった。

「よし、先をつづけよ、一風斎とやら。わしの願いを叶えるとか申したな」

「申しました」

「いかにしてか」

「元治元年七月十六日、すなわち本日この日は、天が定めた下総守さまの命日にございますが、それをやり過ごす方法があります。身代わりをたてるのです」

「身代わり、とな？」

「下総守さまと寸分たがわぬ、いえ、左右が逆にはなりますが、それはわずかな瑕瑾《かきん》にすぎません。その身代わりの死を以て下総守さまの死といたし、本物の下総守さまは生きつづけるという算段にございます」

「生きつづけると申して、わしはこのとおり病み体じゃ」

「その点はご心配なく。身代わりの死とともに、健康体に戻ります。精気充溢《じゅうひつ》、全盛期の剣聖男谷精一郎信友さまに」

「左右が逆になるとは、されば、操刀《そうとう》も左利きになるということか」

「なります。しかしながら、あけすけに申しあげて下総守さまはもはや刀を握れるお身体ではございますまいが」

「それはそうだ」

精一郎は苦笑し、

「では、たとえばの話――」

と、右目をつぶった。

「わしがかの柳生十兵衛であったとせんか」

「はあ」

「人も知るように十兵衛は片目じゃ。幼い頃の稽古で失ったとも、小笠原源心斎に斬られたとも、諸説あるが、左目のみの隻眼であったと伝わる。身代わりは、どちらの目がつぶれることになる」

「左右逆――左目にございます」

「まずいではないか。遺骸の片目が生前と逆であっては、これは誰だ、偽十兵衛ならんか、となる」

「たしかにまずうございますな、平時ならば」

「平時ならば？」

「それが戦時であったら、ちがいを気にしている余裕などありますまい。不審、詮索《せんさく》は一時《いっとき》のこと、時がたてば記憶も薄らぎ、あれは戦場のどさくさで思いちがいをしたものかと納得するものです。そもそも下総守さまは五体満足、お人柄と同様、お身体もすこぶる円満にて左右相称、右と左は鏡像《きょうぞう》関係にあり、身代わりを立てたと気づかれるおそれは毫もございませぬ」

「なるほど。ならば肝腎なことを訊くぞ。かような身代わりがどこにおるか」

「唐突なことを申しあげるようですが、この世とそっくり同じ、いいえ、左右のみ非対称の世界というものが存在いたしまする」

「………」

「この併行世界を見出したのは、かの大陰陽師安倍晴明《あべのせいめい》でした。晴明によれば、併行世界とは我らの生きる世の予備的なものにて、いわば擬きの世界。よって晴明は、こう名付けたのです。擬界《まがい》と」

「まがい……紛う……」

「じつに巧みな命名です。擬界はこの世界のもどきですから、そこには我々そっくりの人間が住んでおります。その中から、下総守さまのもどき、男谷精一郎もどきをこの世界に転送させます。それに身代わり役をつとめさせるというわけで」

「転送！」

精一郎は瀕死の病人とも思われぬ声をあげた。

「そ、そんなことが可能なのか」

「本人の死期が定まって後《のち》、擬界からもどきを転送させる――この秘術を編み出したのも、安倍晴明にございます。爾来、擬界転送《まがいてんそう》の秘術は連綿として陰陽師業界に伝えられ、今日に至りました。

もちろん、これほどの大技、かいなでの術者のなしうることではございませぬ。晴明に匹敵する天賦《てんぷ》の才、卓絶した技量の持ち主でなくてはかなわぬ道理」

「おまえがそうだと申すのだな、一風斎」

「しかり」

陰陽師はしかつめらしい表情でうなずき、

「だてに山田だの、風だのを名のっているわけではございませぬ」

と精一郎には理解不能のことを云った。

だから、それは剣聖の耳を素通りし、彼は身をのりだすようにして、さらなる問いをくりだした。

「わしはどうなる。このわしは」

「もどきと入れ替わりに、擬界へ転送されます。

いいえ、ご心配はなさらずとも。本世界からの転送者にとって擬界は桃源郷も同然。まずは、そこで充分静養をおとりになってくださぃ。一年もすれば病は完治いたします。先ほど申しあげたとおり、健康体で、精気の充溢した、全盛期の剣聖男谷精一郎信友さまとして、めでたくこの世にご帰還するという運びです」

「左利きになってか？」

「いえいえ。擬界の影響などは少しもこうむりませぬ。もとのままの下総守さまとして。これなる秘術は、生きかえったり、よみがえったりして新生するのではなく、あくまでも本人である、というところがみそであり、売りであり、新しさなのです」

一風斎は、精一郎にとってはどうでもいいアッピールを大まじめな顔でした。

「なるほど。死期が定まって、擬界から来たもどきと入れ替わり、もどきが死ぬ――ということまではわかる。単純なことだからな。

されど、もどきが本体と同じように傷ついているということと、本体が擬界にゆくと健康体になるという事柄が矛盾しているように感じて、ひっかかってしまうのだが。そのあたりは如何《いかん》？」

「もっともなお疑いかと存じます。わたしにもさよう感じられますが、術がそのようになっているので――とお答えする以外にはございませぬ。しいて愚考を弄さば、もどきはあくまで本体の鏡像ですから、本体と同様に傷ついている道理。ただし、現実世界でもどきが身替わりとして死んだからには、擬界において本体の健康体をとりもどすということなのではないでしょうか？　と申しましても、失われた眼玉や腕が生えてくるまでのことはありませぬが――。ともかく、これでご納得ねがうよりございませぬ」

「ふうむ。これはそもそも怪異だ。怪異を人智で解明しようとしても、完全に解明できぬのは当然かもしれぬな。いわゆる理外の理というやつだ」

と、うなずいた精一郎だったが、突然、笑いだした。大笑いではないものの、小刻みに肩をゆらし、くっ、くっ、くっと声をあげて、長く笑いつづけた。そのまま笑い死んでしまうのではと案じられるほどに長く。

「下総守さま？」

「や、これは失礼した」

精一郎は笑い声をおさめたが、肉づきのいい丸顔はまだにこにこと笑っていた。

「死出の旅に就《つ》こうという時に、げに面白き与太話《よたばなし》を聞いたものかな。擬きの世界、擬界転送か……なるほど、新機軸と云いたいのじゃろうが、どこかで前に耳にした、それ自体が擬き、紛いものであるかのような話じゃのう」

「お信じになれぬと仰せですか、下総守さま」

「おお、誰が信じる。この男谷、幕府の命運を思えば、たとえそれがため地獄に落ちよう、と迎えの死神をたたき斬ってでも命を先に延ばし、講武所改革に邁進《まいしん》したい。されど、さような奇想に自分を安売りする存念、つゆほども持ち合わせておらぬわ」

「お信じいただけぬとあれば是非もなし。証拠をお目にかけるまで」

「証拠？」

一風斎は、精一郎の侮蔑をものともせず、白目をむいたまま端坐する侍女の傍らから離れ、敷きのべられた布団の反対側へと歩を進めた。そして、手にした笏のようなものを畳にむけた。

「やっ」

精一郎の目には一瞬、笏が急に伸びたかに映じたのだが、さにあらず、先端から薄紫色をした一条の光線が放たれたのだった。

一風斎が術客めいた玄妙な足さばきで動きまわると、光線は筆先となり、畳の上に摩訶《まか》不思議な光の円陣が描かれた。古代王国の絵文字のごとくであり、呪文の具象化のようでもある。さしわたしは三尺ほど。

「この光の印章は、門にございます」

「門だと」

「転送門――現界と擬界の間をつなぐ通路の、現界側の入り口であり、同時に出口でもある」

畳に円陣文様を描いた光は伸び上がり、天井板に反射して、それとそっくりの――ただし左右は逆向きの印を描いた。畳と天井、すなわち下と上の円陣をつなぐ光は、まさしく円筒状の通路といったところだ。

その円筒通路の中に、精一郎は見た。天井の円陣をぬけだして、ゆっくりと降下してくる物体を。

それが二本脚で畳の円陣中央に着地すると、周囲の光はすうっと消え、そこに立っていたのは黒羽二重《はぶたえ》の着流しに大小を差した一人の武士であった。

彼は両膝をつき、あんぐり口をあけた精一郎に向かって笑顔であいさつした。

「お久しぶりでござる、男谷さま。いいや、下総守さま。

拙者《せっしゃ》がこの世を去ったのは、講武所の前身たる講武場の設立が決まった安政元年にござるが、擬界でも男谷さまは講武所頭取、下総守、三千石に昇進しておわす。さすがは剣聖、まずは祝着《しゅうちゃく》至極に存じまする」

「…………」

「お驚きになるのもごもっとも。されど、拙者がいまこうしてここに推参つかまつったのが、動かぬ証拠にござるぞ」

「ち、ち、ち……」

「九年前にこの世をみまかった、拙者――」

「千葉周作！」

精一郎はかろうじて声を出した。そして凝然と目の前の剣士を見すえつつ、

「一風斎」

と呼んだ。

「よもや、わしに幻覚を見せているのではあるまいな。あるいは、死期せまって、わしが錯乱いたしたるか」

「千葉周作は死んでござらぬ。これ、この通り、生きのびております」

答えたのは周作本人だ。円陣の外に膝をずずっと進め、顔を前につきだした。

「さ、お触りになりませい。幻覚でもなく、錯乱でもなく、いわんや偽物でもない、正真正銘の千葉周作であることがおわかりいただけましょう」

精一郎は震える手をのばした。指先で周作の頬におずおずと触れ、それから、突然、狂おしく撫《な》でまわしはじめた。その生の感触を確かめ、まるですがりつくかのような激しさで。

「おお、何という血色のよさ、何という弾力。まさに精気充溢、全盛期の千葉周作ではないか」

「下総守さまも、そうなります。精気充溢、全盛期の男谷精一郎信友に」

さそったのは、やはり周作だ。勧誘の役目を一風斎から一任されたかのごとくである。やはりそれが効果あったようだ。

「なれるか、わしも」

精一郎は問う。ただ問いを発したというより、否やは断じてゆるさぬぞという強い口調であった。

周作は首を引きもどした。

「なれまする。わたしと一緒に参りましょうぞ、下総守さま。病だの、死だの、さような些事《さじ》は、もどきに任せ、いざ、擬界へ」

「擬界へ！」

元治元年七月十六日、男谷精一郎死す、六十七歳。

第五章　日本を今一度せんたくいたし申し候

坂本龍馬

一

暑い、というより熱い。

夜が更けて、十六夜《いざよい》の月もまもなく中天に位置しようとするのに、暑気はいっこうおとろえず、城下町の隅々にまでふてぶてしく居座るかのようだ。

南国土佐の五月――。いまの暦でいえば六月にあたる。だが、初夏にしてこの暑さは尋常でない。幕末という時代の熱さが、すなわち時運が、天運にあたかも加算便乗したかのごとくであった。

まさしく時代は加熱している。沸騰《ふっとう》している。

寛政年間生まれの男谷精一郎が講武所改革の志なかばで卒した三日後には、京に進軍した長州藩兵が、会津、桑名、薩摩藩兵と市中で衝突、交戦し、敗退した。世にいう蛤御門《はまぐりごもん》の変《へん》である。

かくして長州の尊攘派は潰滅的な打撃をこうむった。のみならず幕府は長州を懲罰すべく征討令《せいとうれい》を発したから、孤立無援の長州藩はなすすべもなく、三人の家老に詰め腹を切らせ、降伏《こうふく》に追いこまれた。藩政は、恭順《きょうじゅん》派の手中に帰した。

藩内に尊攘派に対する弾圧の嵐が吹き荒れた。長州に逃れていた天誅組の首領中山忠光が豊浦海岸で暗殺され、尊攘派の首魁《しゅかい》の一人である井上聞多《いのうえもんた》がところもあろうに萩《はぎ》の城下で襲われ、瀕死の重傷を負ったのは、この頃のことだ。

公武合体を推進する幕府の勝利であり、尊皇攘夷は絶体絶命、その命脈はもはやこれまでかと思われた。

この圧倒的に濃厚な敗色、二〇〇パーセント不利な趨勢、退勢をくつがえしたのが、一代の奇傑高杉晋作《きけつたかすぎしんさく》だ。

彼は、手塩にかけて育てあげた民兵組織の奇兵隊をひきい、藩政奪還を呼号して、下関功山寺《こうざんじ》に挙兵した。これに感応奮起した伊藤俊輔《いとうしゅんすけ》の「力士隊」をはじめ諸隊がりくぞくと参戦、年末から年初にかけて長州藩はよもやの内戦状態におちいった。

ほどなく勝利の女神は高杉晋作らに微笑み、尊攘派はふたたび藩権力を掌握したが、およそまぬけだったのは幕府で、晋作らが有利に戦闘をすすめている頃、長州征討軍の撤退を実行にうつすというトンマかげんであった。

ここに長州藩は復活した。いや、反幕府で藩論を完全に統一した、旗幟鮮明、一枚岩《いちまいいわ》の雄藩として再生、新生したのである。

おのれ長州にしてやられたかと、幕府が歯がみして第二次征長を発令したのが、改元して慶応となったその年四月のこと。しかし、今度は薩摩藩が幕府の意に容易には首を縦にふらなかった。蛤御門の変で長州兵と激戦を展開し、第一次征長でも主力の役割を果たした薩摩が、である。

じつは薩摩藩は西郷吉之助《さいごうきちのすけ》、大久保一蔵《おおくぼいちぞう》、小松帯刀《こまつたてわき》らの開明派が藩の主導権を握り、公武合体から雄藩連合へと舵を切りつつあったのだ。五代才助《ごだいさいすけ》、松木弘安《まつきこうあん》ら十六人の留学生が密かにイギリスへと向かったのは三月、その翌月には、神戸海軍操練所の閉鎖で途方に暮れていた坂本龍馬が、小松帯刀に同行して汽船胡蝶丸で薩摩へ旅立っている。

稀代の斡旋《あっせん》人、龍馬の動きは、この頃から活発になる。閏《うるう》五月には下関で旧知の桂小五郎あらため木戸孝允《きどたかよし》に会い、薩摩藩名義による武器購入をもちかけられると、ただちに西郷吉之助のいる京都へ急いだ。先走ったことを書けば、彼の尽力で薩長同盟が成立するのは翌年はじめのことだ。

龍馬の出身地である土佐藩も、第二次征長には表立って反対の立場だった。土佐を牛耳る前藩主の山内容堂は、公武合体派の論客にして強力な推進者であり、武市半平太の土佐勤王党を弾圧して藩論を公武合体で統一していた。彼の場合、再度の長州征伐は幕府を疲弊《ひへい》させてよろしからず、という観点からの反対だ。

「いったい何をしておるか！」

容堂の怒声がひびきわたったのは、第二次征長のため将軍家茂《いえもち》が江戸城を発した五月十六日の、南国土佐では熱夜のことである。

襖《ふすま》も障子もすべて開け放たれた書院であった。濡縁《ぬれえん》の先に、中庭の闇がくろぐろとわだかまっているが、風はぴたりと途絶えている。押し入ってくるのは熱気ばかりで、いっそ襖を閉じて立て籠ったほうが涼しいのではと思える暑さだ。

怒りのあまり、手にしていた朱塗りの酒盃を投げつけて怒号した容堂の顔にも、びっしりと汗が浮かんでいる。汗は暑さのせいだが、怒りのほうは、将軍の軽率《けいそつ》な進発に対してではない。

容堂の前には、二人の男が伺候している。どちらも股肱《ここう》と頼む利け者の家臣で、はじめは藹々と酒の相手をつとめていた。だが、話がすすむにつれ、酔いも手伝ってか、いきなり容堂が激昂した。容姿端麗、白皙明眸《はくせきめいぼう》をうたわれた顔は、暑さと酔いと怒りで真っ赤にそまっている。

場所は高知城の西の丸御殿である。名目上ではあれ藩主は従弟の豊範《とよのり》だ。容堂は本丸に居住することはできない。

彼は分家の身から思いもかけず藩主になった人で、宿敵だった井伊直弼《いいなおすけ》と奇《く》しくも似ている。本家の藩主が二代つづけて若死にし、残された豊範がまだ二歳と幼齢だったことから、彼一代限りの、いわば中継養子の形式をふんで第十五代藩主を襲封《しゅうほう》したのだ。

それが、豊範の成長をまたず十年で藩主の座を退くことになったのは、前にも書いたとおり、安政の大獄で井伊大老の逆鱗《げきりん》にふれ、謹慎隠居においこまれたからだ。だが、藩主だった十年間に築きあげた勢力は盤石不動であり、復権を果たした今も、いってみれば強固な院政を敷いて、藩政を一手に握っているのだった。

「そやつ、なぜ吐かぬ。どうして、こうも時間がかかるのだ」

「きびしく責めたててはいるのですが、これがなかなかに口の堅いやつでして」

答えたのは、ずんぐりとした背恰好の男だ。鋭い目と貪欲そうな口許の対照が印象的な容貌には、二十八歳と思われぬ貫禄《かんろく》がそなわっている。

それもそのはず、容堂の信任あつい彼は、昨年から藩の大監察の要職にある。武市半平太を頭目とする土佐勤王党を摘発し、弾圧し、壊滅するため大鞭をふるっているのが、この後藤良輔《ごとうりょうすけ》であった。

「いくら口が堅いと申して、一年近くも拷問をつづけているのだぞ」

ジジジッ、と音がした。中庭から飛びこんできた蛾《が》が、燭台の炎に身を焼き焦がした音だ。後藤良輔はちらと目をくれ、あのようにという心得《こころえ》顔で、事実上の藩主にこたえた。

「責め加減をたがえ、以蔵めを死なせてしまっては元も子もありませぬ。武市を刑に処す決定的な自白は、あの者の口より得るに限ります」

「わかっておる。しかし――」

容堂としては、二年も前に土佐に召還し、以後は軟禁状態においた武市半平太とその一味を一刻も早く処刑してしまいたいのだ。だが、半平太には根強い人望と支持があって、いかな容堂とて明白な証拠もなしに死に追いやることはできない。すべては暗殺の実行者たる岡田以蔵の証言を得られるか否かにかかっているのである。

「殿、わたしは良輔と意見を異にしております」

そう云ったのは、もう一人の家臣で、こちらは異相といっていいほど顔の長い男だ。全身も針のように細長く、しかし針は針でも鍛錬《たんれん》された鋼鉄の針であるその身体からは、颯爽《さっそう》たる気が充溢している。

「これ、退助《たいすけ》。御前だぞ」

と後藤良輔が止めようとしたが、

「よい、思うところを話してみよ、乾《いぬい》」

容堂がうながした。

「されば、乾退助、申し上げます」

長い顔、針のような身体の乾退助もまた、燭台の下に転がる焦げた蛾の死骸をちらりと見やって、

「虫けらは、ものを申さぬものです。死のうが、生きていようが。物も、口をききませぬ。岡田以蔵は牢内で、虫けら同様にあつかわれております。物として遇されております。虫けらをいくら責め、どれほど物を拷問にかけようと、虫が、物が、しゃべらぬのは道理にございまする」

「理屈はよい。で、どうせよと?」

「以蔵を人間としてあつかってやるのです。彼の人権を尊重し、それなりに待遇して、対等の人間として対峙《たいじ》すれば、以蔵は虫けら、物から人間に、口をそなえた人間にもどりましょう。その口は開かれましょう」

容堂は、きょとんとした顔になった。

「人権とは何だ」

そう訊き、ここぞとばかりに退助が勢いこんでこたえようとするや、すぐに手をふって制した。

「や、それは前にも聞いたおぼえがある。乾、おまえのいつもの持論ではないか。人は生まれながらにして何たらかんたら、と。たわけを申すな。そやつは足軽だぞ。足軽を対等にあつかえと? 暑さで頭がいかれたか」

ののしっているうちに、容堂の激昂はぶりかえしてきた。

「殿、退助はあくまで方便として申しているのでありましょう。以蔵から自白を引きだすための、一時の方途として――」

さきほど退助を制した良輔が、こんどは莫逆《ばくぎゃく》の友をかばう口調になって弁じようとしたのも、怒りの火にか

えって油を注いだ。

「宴はこれまでだ。二人とも出てゆけ」

こんな展開には、もう慣れっこになっている良輔と退助。さっと頭を振りさげ、謹厳な表情にもどると、かしこまって退出した。

「人権、人権と、たいがいにしろ、退助。おまえまで殿の機嫌を損じては、わが土佐はどうなる」

「おれはな、おまえが監察なんて陰惨な職務にしばりつけられてるのが、もったいなくて仕方がないのだ。おまえの才能を活かす、もっと有用な――」

友誼《ゆうぎ》を交わした者同士らしい、お互いを思いやるやりとりは、やがて廊下の向こうにかき消えた。

耳をかたむけていた容堂の顔に、ふと、さびしいとも、うらやましいともつかぬ色がかそけく溶きながれた。

だが、それは一瞬のことで、彼は音高く舌打ちをすると、憤然と新たな盃に手をのばした。脇息《きょうそく》のそばには予備の盃が何枚も積み重ねられている。

と、声が聞こえた。

「自白をお望みですか、岡田以蔵の」

二

手酌《てじゃく》で酒を注ごうとした手をとめ、容堂はぎくりとして室内をみまわした。

「口を割らせればよいのですな、人斬り以蔵の」

容堂の顔はすっと中庭へ向けられる。声は、庭から聞こえてきた。

そのとき、意図したかのように月明かりが強さを増し、庭園の一角に不思議な光が出現したかと見えたのは、円錐形の立烏帽子が玲瓏《れいろう》と月光を反射しているのだ。容堂自慢の奇石の傍らに、陰陽師装束の男が静かに佇立《ちょりつ》していた。

「おお、そなたは」

容堂は盃を捨てて立ちあがり、部屋を横切って濡縁《ぬれえん》に立つと、呼びかけた。

「光徳一風斎《こうとくいっぷうさい》ではないか。久しいかな」

「わたしのほうこそ長らくの無沙汰をわびねばなりませぬ。お許しくださいませ、鯨海酔侯《げいかいすいこう》さま」

鯨海酔侯とは容堂の雅号である。

その昔、紀伊藩五十五万五千石の太守、徳川頼宣《よりのぶ》は跌宕豪邁《てっとうごうまい》、みずからを龍になぞらえ、南龍公と称した。頼宣をこそ君主の鑑《かがみ》とひそかに仰ぐ剛毅《ごうき》の容堂は、対するにおのれを南海の鯨に見立てた。ただし、彼は自他ともに認める大酒飲みであったので、鯨飲にかけ鯨海酔侯としたのはしゃれである。

公でなく侯なのは、土佐藩の石高が紀伊藩の半分にとどかぬ二十万余石だからだ。ともに南海道に属する紀伊と土佐は、紀伊水道でつながる隣国であり、潮岬と室戸岬は、ほぼ同じ緯度線上にあるのだ。

「あがれ、一風斎」

容堂はさしまねいた。

「一介の陰陽師風情にもったいなきお言葉。光徳一風斎、この庭先にて拝顔つかまつります」

「陰陽師風情などとは思うておらぬ。憎き井伊の痛快な横死を予言してくれたそなたではないか。わしはな、あの時のそなたの言葉を支えに自分を保ちえたのだ。でなくんば、酒に溺れて廃人になっていたところだ」

「彦根藩主の宿星に寿命を読んだにすぎませぬ」

「直弼めが死んでも、わしの謹慎はなかなか解けなんだ。またもやわしは自棄になりかけた。そのときであった、ふたたびそなたが現れ、こう告げたのは。落胆あそばしますな、鯨海酔侯さま。近くかならず謹慎は解け、のみならず御用部屋への出仕を命じられましょう、と。御用部屋出仕とは閣老に準ずる破格の待遇。だから、わしは耐えることができた」

「それとてタネを明かせば、わたしの使う式神が老中部屋にしのびこみ、こっそり聞きこんできた話をお伝えしたまで」

「何はともあれ、あがれ。積もる話もある。先の見通しも聞きたい。さあ、酌み交わそうではないか」

この信頼ぶりは驚くことといわねばならぬ。容堂は一風斎が土佐の生まれと聞かされたのみで、本名は知らず、その正体をも知らされずにいながら、この厚遇なのである。してみれば、今の会話にのぼらなかった、他にもいくつかの〝便宜〟を一風斎は容堂に与えてきたにちがいない。

立烏帽子が横にふられた。

「残念ですが、酒精は術を鈍らせますゆえ」

「術？」

「岡田以蔵の宿星は、彼が来月限りの命と告げております。その前に、この一風斎めが、以蔵の口を割って、あらいざらい吐かせて進ぜましょう」


半刻後、山田一風斎の姿は獄舎にあった。

それは土佐勤王党の囚人たちを収容すべく、高知城三の丸の一角に特設された専用獄舎であった。警戒は厳重だが一風斎にはものの数ではない。やすやすと潜入を果たした。

下《げ》の子刻《ねのこく》を過ぎた獄内は、深閑と静まりかえっている。

以蔵の独房は奥まった場所にあった。隣は拷問室であるらしい。間を隔てる格子《こうし》壁の向こうに、さまざまな恐ろしい形状の器具が仄《ほの》見えている。昼間は拷問室、夜は独房、というのがこの一年ほどの以蔵の暮らしだったわけだ。

一風斎は鼻をしかめた。何と、この臭気たるや。——なるほど、虫けらだ。いや、それ以下のあつかいだ。以蔵は床の上に、ぼろきれのようなものをまとって横たわっていた。

いや、よくよく見れば、何とぼろきれのようなのは以蔵の肉体そのものであった。一年になんなんとする過酷な拷問生活は、人間の身体を蓑虫《みのむし》のように変形させてしまったのである。

起こそうとして、以蔵がまだ眠ってはいないことに気づいた。闇をものともせぬ一風斎の目にしておよそ四肢の判然とせざる、人間ばなれのした奇怪醜悪の肉塊《にくかい》——その中で、猫目石のように高貴な光を放つ双眸《そうぼう》が、こちらを深沈《しんちん》と見つめかえしている。

彼は粛然と名のった。

「山田一風斎と申す陰陽師にござる」

返事はない。

「いいや、お怪しみあるな。藩庁の手のものではござらぬ。京の町に人斬り以蔵と恐れられたご貴殿の盛名《せいめい》を惜しみ、かかる扱いは不憫《ふびん》に耐えずと、こうして陰陽の術を駆使して忍びこみ、救い出しに参った次第」

反応はない。かまわず語をつぐ。

「ご貴殿と義兄弟の契りを結ばれた田中新兵衛どのは、すでにこの一風斎が救出してござる。人斬り新兵衛は京都奉行所で自刃して果てた、ということになっているが、腹をかっさばいたは、実は新兵衛どののもどきにて、わたしが土壇場《どたんば》で入れ替えたのが真相——と申して、にわかにお信じになれぬのも当然だ。論より証拠と、新兵衛どのをここに転送できればよいのだが……。

男谷精一郎はそれで即諾だった、千葉周作を以てして。さよう、周作なら都合がつく。しかし、以蔵どのが江戸にのぼり、桃井春蔵の士学館で剣術修行に励まれた時、千葉周作はすでにこの世の人ではなかった。――さて、如何せん」

一風斎は口を閉ざした。以蔵からは何も返ってはこない。冷たい目を向けるばかり。

「しかし、ここはひどいな。まるで禽獣《きんじゅう》のあつかいだ。以蔵どのを対等の人間として遇すれば、自白するのでは、と申したご仁がいたが……」

驚いたことに、その独り言に対して応えがあったのだ。

「おれを対等の人間にだって？　誰だ？　そんな夢みたいなことを云うやつは。武市先生でさえ口にしなかったものを」

「乾退助どの」

「乾だって？　郭中《かちゅう》、中島町の？　ああ、知っているとも。でも、あの尊大な上士さまがそんなことを云うとは信じられんな」

「人間は変わるもの。考え方も――。もし対等の人間として遇せられたなら、以蔵どのは？」

「吐くさ」

あまりにあっさり答えが返ってきたので、一風斎はあぜんとした。

「自白する。おれのやってきたことを、武市先生の指示でおれが手がけた人斬りを、一つ残らずぶちまけてやる。おれを人間として、対等な人間としてあつかってくれるんならな」

「これは驚いた。いや、てっきり、あなたは義理立てしているものとばかり――」

「義理立てだって？」

「武市半平太に」

むせぶような声とともに、肉塊が不規則に伸び縮みして、よじれた。

「笑わせるなよ、おい」

と以蔵は云ったが、それでも一風斎には以蔵が笑っているのだとはとても思われない。

「武市先生は——まあ、先生とは、習慣で呼んでるんだが、あいつはおれを人間以下だと考えてた。犬だよ、犬を飼うつもりでおれを飼ってやがったんだ。義理なんてあるものか。同じ人間なのに、生まれが違うっていうだけで犬あつかいしやがる。そんなやつに義理立てするいわれがどこにあるんだ」

「——犬」

「猫だ」

「え？」

「だから、おれは自分が猫なんだって考えることにした」

闇の中で以蔵の目が金色を帯びたみたいにキラキラと輝いた。

「武市半平太への反発さあ。猫だって人間以下の畜生だ。けど、あんまり犬あつかいしやがるんで、こんちくしょう、それなら猫になってやらあ、そう思ってからは、先生のところにはたまに顔を出すくらいで、あとは気ままに京都暮らしを楽しんだ。まさに猫さ。飼い主にこびない、なつかない、機嫌なんかとらない。

もちろん、人斬りはちゃんとした。武市先生に命じられるままに。それがおれの、岡田以蔵の岡田以蔵たるゆえんだから。先生はさぞやおれが煙《けむ》たかったろうと思う。犬だと思ってたら、かってに猫に変わっちまったんで。でも、おれが必要だったから、うるさいことは何も云わなかった」

「これは意外。あなたはもっと——」

「もっと、何だ」

「もっと、こう、武市半平太にべったりの人だと思っていたのだが……では、拷問に耐えて、今なおしゃべらぬのは何ゆえか？」

「武市先生は、おれを犬あつかいした。犬は犬でも有用の犬、猟犬に。だが藩庁のやつらときたら、それ以下だ。おれを虫けらか物のように思っていやがる。虫がしゃべるか？　物がしゃべるか？　だれがしゃべってやるものか。おれが白状しなけりゃ、あいつらは苛立つ。それが楽しみなのさ」

一風斎は押しだまった。

彼は先刻、庭先で山内容堂主従の話を盗み聞きした。人間対等論にもとづく乾退助の建言には、身震いするほど激しく共感した。

だが共感しつつも、そのあまりの理想論に、かえって現実味が感じられなかった。だから敬遠したし、かつまたそれが上士という最上層の身分の口からなされたことに反発をおぼえもした。だが、あにはからんや、最下層の藩士である足軽身分の以蔵が、まったく同じことを口にしようとは。

「一風斎さんだっけ」

以蔵のほうから話しかけてきた。

「あんたも土佐っぽなら、おれの云っていることがわかるだろう」

「…………」

当時はおしなべて身分差別社会だが、わけてもこの南国でそれが蒸留の極致を呈したのは、藩の成りたちに淵源する。土佐藩は、関ヶ原の戦いで西軍に与した土着の戦国大名長宗我部《ちょうそかべ》氏が改易され、遠州は掛川《かけがわ》城主の山内一豊《やまうちかずとよ》が移封されたことで成立したのだ。いわばオキュパイド・トサ。

異国からの進駐軍である山内家は、藩内の治安を確保するため、長宗我部の旧臣たちをねこそぎ郷士に格下げして徹底的に差別を加え、みずからは絶対的な特権支配階級として君臨した。郷士の反抗を警戒するがゆえに、支配と被支配の関係は厳然かつ苛烈、すなわち極端でなければならず、日常の所作の細かいところまでを規定した。

そんな強固な支配構造が極端な差別を生み、それが二百五十年以上もつづいて、今では天賦、自明の理であるかのごとくだ。

一風斎はたずねかえした。

「なぜ、わたしが土佐の人間だと？」

「訛りでね」

「そうか……わかるよ、以蔵どの。あなたの云うことは」

うなずいたとたん、一風斎は堰をきったように言葉をほとばしらせていた。衝動的に、だった。以蔵を説得しようという計算、言葉の筋道はすてた。熱情に駆られるがまま彼はくどいた。

「わたしが敵とするのは、人間を身分などという愚劣なもので差別する思想そのものだ！　それを根絶やしにしたい。そのために力を必要としている。以蔵どの、同心してくれ！　力をかしてくれ！　人斬りと異名をとった、あなたの腕がほしい！」

「――腕か」

はじめて以蔵の声に苦痛のひびきが混じった。

「もう一度、思うぞんぶん剣をふるってみたいなあ。おれには人を斬ることしかできないから。それ以外のことは、からきしだめなんだ。だから、こんな稼業になったのも、あらかじめ定められた運命だったろう。そば屋がそばを茹《ゆ》でるように、洗濯女が洗濯をするように、おれは自分の稼業として人を斬ったんだ。

でもね、罪のない人間を斬ったことは一度もない。おれは無学だから武市先生の言葉を借りて云うと、権力闘争の一環として、斬るか斬られるかの命がけの闘争のなか、あくまで敵を斬ったんだ」

「そういう以蔵どのだから、ぜひにも力添えをねがいたい。今度の敵は、目的は、もっと巨大だ。身分制そのものだ。そいつを斬る、崩す、破壊する」

猫目石のような瞳が、さざ波をおこした水面のように揺れ、ぼやけ、ゆがんだ。

「おれはもうだめだよ、一風斎さん」

「なぜ」

「この身体をみろ。人間としての、いいや、一匹の野良猫の誇りを守るために、おれは自分の身体を代償にしてしまった。骨はあちこちで折れ、肉は削られて膿《う》み、内臓はくさりかけてる。あんたが救い出してくれたとしても、おれという人間は役に立たない。

人斬り以蔵なんて昔の話だ。いま思うと、ほんの一瞬の輝きだった。わかるんだ、もう長くはないって」

「そういうことならば――」

一風斎は笏のように見える長い棒状のものを差しだした。

「いざ、擬界転送を」


翌日、以蔵は吐いた。この一年というもの、ならば何をそんなに頑強《がんきょう》に自白を拒んできたのかと誰しもが首をかしげたほど突然の、しかも実にあっけない陥落《かんらく》ぶりだった。

後藤良輔から急ぎ報告を受けた山内容堂は、さしたる驚きの色も見せず、

「風が吹いたのだ」

と謎めいた言葉を口にした。

その容堂にしても、自白した以蔵が、一風斎が擬界から転送させた「もどきの以蔵」であるとまでは明かされていない。擬界転送の法則どおり、もどきの以蔵は左右鏡像の以蔵であったが、それが問題にもされぬほど彼の肉体が変形していたのは、幸いというか、無惨というべきか――。

ともかくも以蔵の自供により土佐勤王党の罪状は明白となった。一カ月とたたず武市半平太ら一党は切腹、斬首《ざんしゅ》、永年禁固を仰せつけられた。

半平太の懐刀《ふところがたな》だった以蔵のみ、士分を削られたうえで獄門。

差別、である。

半平太が腹を切ったのと同じ日、以蔵の刎ねられた首は雁切《がんきり》河原の獄門台にさらされ、猛烈な夏の陽射しをあびて早くも腐りはじめた。

慶応元年閏五月十一日、岡田以蔵死す。二十八歳。

三

「おーい、嘉平次《かへいじ》さん、待ってくれよ」

以蔵の首を獄門台に見た帰り、一風斎を後ろから呼びとめる者がある。

場所は播磨屋橋《はりまやばし》の近く、このとき一風斎は陰陽師の扮身を脱して、どこにでもいる町民の姿にもどっていた。

足をとめてふりかえると、二十歳前と見える帯刀の若者が小走りにあとを追いかけてくる。

「やっぱり俵屋《たわらや》さんだ」

一風斎は腰をかがめた。

「これは中江さま」

「よしてくれよ。前みたいに篤介《あつすけ》さんでかまわないって。さすがに篤坊って齢じゃないけどな」

眉が濃く、目に力がある。ひきしまった顔立ちに天才性と豪傑性がなかよく同居している。

中江篤介は弘化四年の生まれ、十九歳だ。四年前に父が死んで家督を相続した。身分は足軽である。

篤介の父元助とは親友の仲だった。一風斎は商人だが、豪商格で帯刀をゆるされていたことから、足軽の元助とは身分の差をさほど意識せずつきあうことができたのだ。

一風斎は篤介の名付け親でもあった。俵屋嘉平次とは商家の襲名通称で、本名から「篤」の一字をとって篤介とつけてやったのである。そのかわり彼のほうでも、篤介が生まれた高知城下の北街山田町から「山田」の二字を変名の姓としてこっそり使わせてもらっているのだが。

「いつ土佐に出てきたんだい？　薬の仕入れであちこち飛び回っていると聞いてるけど」

「昨日の今日ですが、これから中村にもどらなくてはなりません」

「そうか、子作りにはげまないとな。男の子、まだなんだろ？」

「そういう篤介さんはどうなのです。そろそろ身をおかためになられては」

「おれ？　いまのおれは妻《めと》を娶るどころじゃないんだよ」

「そうですか？　それにしては、何やらうれしそうなお顔だと拝見しておりますが」

「わかるかい。おれね、こんど藩庁に選ばれて長崎留学が決まったんだ」

「ほう、それはおめでとうございます」

篤介は藩校の文武館でも秀才のほまれが高いと耳にしている。選抜されて当然だろう。

「フランス語を専門にやるつもりなんだ。ほら、前にルソオの話をしたの、おぼえてるかい？」

「民約論でしたか。なんで忘れることができましょう。私有財産制によって生ずる不平等こそ文明社会の悪の根源だ、支配と服従のない平等な社会が実現されなければならない――印象深く記憶しております」

「できることなら、おれ、ルソオの研究に一生をささげたいんだよ。長崎だけじゃなく、いずれフランスにも留学して、ルソオの著作を翻訳して、この国にルソオの思想をひろめたいのさ」

「おやりなさい。そういうことなら、この俵屋嘉平次、ご援助を惜しむものではございません」

「なるかならぬか――嘉平次さんにはお世話になりっぱなしだ。何のお礼もできないが」

「そういうことでしたら、いずれ生まれてくるわたしの跡取り息子の名付け親になっていただけましょうや」

「そんなことなら、お安い御用だよ」

中江篤介は、きっぱりと請け合った。

四

山田一風斎を名のる土佐の陰陽師が擬界に転送した剣士は、この時点で五人を数える。
北辰一刀流　千葉周作
薬丸示現流　田中新兵衛
大石神影流　大石進
心形刀流　男谷精一郎
鏡新明智流　岡田以蔵
いずれも当代一流の遣い手だが、戦力が五人ではまだ心もとない、というのが一風斎の冷静な見立てであった。
彼は各地を精力的に遍歴して、これはという剣豪に目をつけ、その運命を星に占った。しかし、さしあたって寿命のせまりくる者は見いだせなかった。
かくして岡田以蔵の獲得から二年半ばかり、一風斎は無為《むい》の歳月をすごすのである。

しかし時代のほうは疾風怒濤《しっぷうどとう》、いよいよ歴史的な大転換の時をむかえつつあった。

この慶応元年の十月、ほぼ十年来の懸案であった条約勅許がようやく得られ、攘夷派は攘夷の根拠をうしなった。だが攘夷はもはや問題ではなく、時代は轟音《ごうおん》をあげて反幕へ、徳川政権打倒へと、不可逆の勢いで驀進《ばくしん》していた。

翌慶応二年一月、坂本龍馬の斡旋により、宿敵だった長州と薩摩が手をむすんだ。世にいう薩長連合の成立である。

そうとは知らぬ幕府は、六月になって第二次長州征伐を開始した。昨年の五月に将軍家茂が江戸を発してから、ほぼ一年を空費したあげくの武力行使であった。

そして敗けた。幕府軍は四方面から長州を攻めたが、そのいずれの戦闘でも敗北を喫した。近代的な装備、訓練をほどこされた長州軍の敵ではなかったのだ。

しかも弱り目に祟り目、七月には将軍家茂が大坂城で頓死するという始末である。

幕府の権威は目を覆うばかりに失墜した――かに見えたが、そこに登場したのが、今は亡き水戸烈公の子であるエース徳川慶喜だ。つとに英才をうたわれた慶喜は、四年前から将軍後見職の座にあって奮闘し、幕政を事実上、きりもりしていたが、ついに十五代将軍として颯爽と歴史の表舞台に躍り出た感があった。

慶喜はフランスの援助で軍備の近代化を推進するとともに、人材を登用して幕政改革を急いだ。横須賀では製鉄所の建造がすすみ、軍艦を購入して海軍が整備され、西洋式の陸軍を創出すべく着々と準備が整えられていった。

そんな中、孝明《こうめい》天皇が三十六歳の若さで病没。十六歳の睦仁親王が践祚《せんそ》して、第百二十二代の天皇位を継いだ。

予期せぬ崩御《ほうぎょ》は、一風斎にとって断然、一大関心事であった。彼は急ぎ上京し、式神を駆使して経緯をさぐろうとした。それでなくとも天皇の突然の死には、毒殺という忌まわしい噂が流れていた。

しかし、一風斎にして天皇の命運を占星し得なかったと同様、宮中のようすもまたうかがい知ることはできなかった。

古来、天皇の身辺には常に強力な結界が張りめぐらされて、霊的な介入を許さない構造になっている。さすがの彼も、手も足も出なかった。御所潜入を試みさせた式神は一匹も帰ってこなかった。霊的防御網の餌食となったに違いない。それ以上はあきらめた。強引にことを進め、式神を返し打ちされたら、こちらの存在を知られてしまうことになるのだ。

一風斎の無念とは別に、孝明天皇の急死と幼帝の即位は、慶喜にとって大打撃であった。先帝は公武合体の支持者だった。実権なき若い天皇は、取り巻きの急進派公家の傀儡《かいらい》になるおそれなきにしもあらず、である。

この危機を、しかし慶喜は巧みに泳ぎきった。兵庫開港問題を解決して米、蘭、英、仏の列国の支持をとりつけ、腐っても鯛、日本の主権はなお徳川の手にあることを誇示してみせたのだ。

薩摩と長州は、同盟を結んだはいいが、隙をみせぬ慶喜を攻めあぐねた。ことに長州は幕府打倒を公にしていたから、後へは引けぬ立場だ。

なお、榎本武揚がオランダ留学から帰国したのはこの頃のことであり、伊庭軍兵衛は将軍親衛隊である遊撃隊の一員として京都に滞在していた。

新選組は全員が直参《じきさん》に取り立てられ、近藤勇は見廻組頭取、土方歳三は見廻組肝煎《きもいり》、沖田総司は見廻組格となった。

それはともかくも、こうして慶応三年の夏から秋にかけて、表面上は、奇妙な無風状態となったのである。

幕府、薩長、公武合体派の三すくみだ。波一つ立たぬ水面下では、しかし三陣営それぞれが熾烈な活動を展開している。

幕府は幕権を回復すべく、薩長は武力倒幕に向けて、そして公武合体派は――。

この状況で一躍檜舞台《ひのきぶたい》に登場するのが南海の巨鯨、鯨海酔侯こと山内容堂なのである。

容堂は、武闘派に傾斜した乾退助が薩長に接近するのを黙認した。それは、保険をかけておく二股膏薬《ふたまたこうやく》的意味合いからであるとともに、ことあれば討幕を唱える退助がわずらわしく、身辺から遠ざけるためでもあった。

容堂は、後藤良輔あらため象二郎のほうをより重用した。

後藤象二郎は大監察から参政に昇進し、今や土佐藩のナンバー2となった。筋金入りの公武合体論者である容堂の意を受けた象二郎は、土佐を出発して長崎に向かった。

坂本龍馬と接触するためである。

五

坂本龍馬は天保六年の生まれで、このとき三十二歳。薩摩の小松帯刀、会津の松平容保、十三代将軍正室の天璋院篤姫《てんしょういんあつひめ》と同い年だ。後藤象二郎は龍馬の三つ下になる。

龍馬は、武市半平太を首領とする土佐勤王党の正式な一員であった。よって象二郎とは仇敵同士の間柄である。しかし五年前に脱藩してから龍馬は、軍艦奉行だった幕臣の勝海舟に師事し、神戸海軍操練所では勝の右腕となって活躍、今や薩摩、長州にも顔がきく。

何といっても犬猿の両藩を連合させた立役者なのだ。その龍馬なら、膠着した事態を打開しうる秘策なかるべけんや、と象二郎はみた。で、過去の怨讐《えんしゅう》はさらりと捨てた――かどうかは知らないが、脱藩の罪を赦《ゆる》すと龍馬を懐柔した。もちろん容堂の内諾をえてのことだ。

龍馬もこれまでのいきがかりをきれいさっぱりとすて、象二郎の申し出を容れた。彼の主宰する「亀山社中」

は、土佐藩の正式な組織「海援隊《かいえんたい》」として再発足することとなった。

こうして龍馬の信頼を得たうえで、象二郎は秘策を乞うたのである。――このまま幕府が勢力をもりかえせば、旧来と変わらぬ徳川の世がつづく。

それでは龍馬よ、何のための土佐勤王党であったかわからないではないか。かといって、薩摩と長州が武力で幕府を倒せば、薩長が支配するいびつな国家が誕生することになり、それも願いさげだ。

となれば残る道は一つ。公武合体派が主導権を握って、雄藩連合政権を樹立する以外にない。だが、それにはどうすればよいのだ、おーい、龍馬。

「わしに八策あるぜよ」

と龍馬が答えたのが船の中だったので、後に「船中八策《せんちゅうはっさく》」と呼ばれることとなる新国家実現構想プランは、慶応三年六月九日に長崎を出航した土佐藩蒸気船「夕顔丸」が、神戸港に到着した十二日までの四日間に披歴された。

「天下の政権を朝廷に奉還せしめ――」

で、はじまるこの船中八策は、徳川家の地位を保全・継続させながらも、幕府権力を弱体化しつつ倒幕急進派を封殺するという点で、実にたくみなものだった。天下の政権を奉還された朝廷は名目的な存在にすぎず、その実権は雄藩連合政権がにぎる、というわけである。

象二郎は勇躍してこれを容堂にみせ、船中八策は土佐藩の藩論となった。

容堂が大政奉還をもとめる建白書《けんぱくしょ》を将軍慶喜あてに提出したのが十月三日だ。龍馬の八策に多少の修整をほどこしてはいるが大筋では同じである。これを幕府がうけいれれば、政局の主導権は薩摩、長州の急進武闘勢力の手から、穏健派の土佐藩へと確実にうつるはずであった――容堂の手へと。

幕府はうけいれた。

徳川慶喜は熟慮をかさねた十日後、在京四十藩の重臣を二条城にあつめて意見を聴取し、翌日、朝廷に大政奉還をねがいでた。

十月十四日、朝廷はこれを承認。

薩長にしてみれば、まんまと先手を打たれたも同然だった。やんぬるかな、倒幕の名目は完全に失われてしまったのである。

救いがあるとすれば、反幕を闡明した長州はともかく、雄藩連合構想の雄藩の中に、かろうじて薩摩が踏みとどまっていることだった。

朝廷が諸侯に上京を命じたのをさいわい、薩摩藩主の島津茂久は鹿児島を出発したが、したがう藩兵は西郷吉之助以下、なんと三千人という大軍団であった。五年前の文久二年、時の薩摩藩主久光が幕府に改革をうながすため江戸入りした際の兵数が千余人というから、その数のどれほど異常であるかが知れるだろう。

それが十一月十三日、すなわち龍馬が暗殺される二日前のことである。


十一月十五日昼すぎ——。

龍馬は河原町三条下ル蛸薬師《たこやくし》角の醬油商近江屋の土蔵で寒さに震えていた。

そんなところに龍馬がいたのは、身を隠していたからだ。

大政奉還後、皮肉なことに京都の町は幕府の支配が強まった。薩摩の勢力は退潮し、土佐藩も期待した主導権をいまだ握りえず、一時的な権力の空白期となったのだ。

であるからには、旧来の権力がひきつづき治安の維持にあたらざるをえず、京都守護職、京都所司代、京都奉行所、新選組、京都見廻組《みまわりぐみ》らのにらみがいちだんと利くようになった。破天荒な行動で各方面に恨みを買っている龍馬にとって、堂々と大手をふって歩ける町ではなくなったのである。

昨年一月にも龍馬は定宿の寺田屋で伏見奉行の捕り手に襲われている。高杉晋作からもらったピストルをぶっぱなし、入浴中だった楢崎龍《ならさきりょう》の助けで逃れたのはこの時のことだ。以来、龍馬は幕吏に追われる身であった。

このとき龍馬は数日前から風邪ぎみだったにもかかわらず、巨大な醤油樽《しょうゆだる》の並びに敷きのべた布団の中で歯をガチガチと鳴らしていた。

蔵の中に暖がないのは当たり前の話で、しかも今の暦でいえば十二月十日だから、これはもう氷室《ひむろ》の中にいるようなものだ。さなきだに冬の京は冷えこみがきびしい。暖かな南国土佐に生まれ育った龍馬にとって、よく耐えうるところではなかった。

「くうっ、寒うてたまらんぜよ」

近江屋の本館に戻って暖をとろうと、布団をはいで立ちあがった時だった。

目の前の床が光った。蔵の中は薄暗い。微光は龍馬の目をくらませながら、不思議な紋様の円陣を床に出現せしめた。

と、光は叢生するように伸びあがったかと思うと、高い天井にも同じ形状の光の円陣を描いた。——ただし左右反対の。

床と天井、二つの円陣がこうして光の円筒でつながれ、その中を人影がゆらゆらと降下してきた。およそありえない怪事だが、人影の左腰に大小の柄がつき出ているのを見た瞬間、面くらっていた龍馬ははっと我にかえった。

床に置いた大刀に手をのばした。

鞘をつかむと同時に、床に一人の武士が降り立つのを見た。瞬間、光が消えたので、蔵はふたたび薄闇にもどり、武士の顔は判然としない。しかし、今はどうでもいいことだ。武士が抜刀するや、抜きつけに斬りつけてきたからである。

とっさに床の上に身をなげだした。

うなりをあげて刃風が追ってくる。龍馬は回転しつづけながら鞘を飛ばした。眼前にかざした刀身で間一髪、敵の一撃をうけとめる。一瞬遅かったら、彼の頭は土佐名物の文旦を真っ二つにするような容易さで、右と左に割られていたことだろう。

ガキッ、と金属音をたてて刃と刃が噛みあい、薄闇に蒼白い火花が飛び散った。その一つが龍馬の右の鬢《びん》の先を焦がした。

龍馬は戦慄し、一気に全身が汗にまみれた。死を覚悟したからである。対手は恐るべき技倆の持ち主だった。猛然と空気を切り裂く太刀筋に龍馬はそう見抜いた。まさに神業、自分はかなわない、と。彼もまた桶町千葉道場で北辰一刀流を学んだ剣客であり、それだけの眼力はそなわっている。しかも、対手もまた北辰一刀流をつかっていた。

――誰ぜよ?

彼の剣師、千葉定吉先生より強いのではないかと思われた。敵の顔はつばのすぐ先にありながら、妙にぼやけてはっきりしない。

技倆以上にすさまじいのは、龍馬に向けられる天を衝くばかりの殺意だった。これほどの憎悪を、彼はかつて向けられたことはない。殺技と殺意が混然一体となって剣理《けんり》にまで昇華している。

――ほんじゃあ、わしがこの日に死ぬがは、こやつの手にかかってじゃったか。

すうっと、得心された。

龍馬は渾身《こんしん》の力で剣を押しかえした。その須臾の間に体勢をたてなおそうとするいっぽうで、対手の神技はそんな余裕を与えてはくれまい、と諦念してもいる。

「それまで」

声がかかった。

道場試合の審判のようなその声で、ふしぎなことが起きた。風に柳のごとく、対手は龍馬に押し返されるがまま剣をたおやかに引いたのである。憎悪の殺気はそのままながら。

龍馬はその隙を逃さず剣を一閃させたが、この一撃はしかし空を切った。

対手は間合いをとり、同じく青眼につけている。それなのに、第二撃を送りこむことができなかった。

龍馬は青眼にかまえた。今や体勢は万全だ。つけいる隙のないほど鉄壁のかまえ。こうしてあらためて剣を向けあってみると、対手の偉大さがますます感得される。間合いをふみこえたが最後、まちがいなく斬られるのは自分のほうだ。

対手の顔がはっきりしてきた。龍馬は凝然と目を見開いた。何と、定吉先生に似ている！　いや、まさか、そんな……。

「いかがです、千葉先生。坂本龍馬の剣の腕は」

どこからか声が聞こえた。たった今、それまで、と制止をかけたのと同じ声である。

「見事なり」

目の前の対手が苦々しげに答えた。

「これを父として認めるのは癪《しゃく》だが、栄次郎も、道三郎も、多門四郎もおよばぬ。だが――」

だが――。何をいおうとしたのであろうか。その先をつづけず、対手はぴたりと口をつぐんだ。のみこまれた言葉の代わりか、殺意が暴風となって吹きつけてきた。龍馬は知る由もない。――めらめらと燃えあがる嫉妬の炎が起こした殺意である、ということを。

いや、殺意を感じるどころか、龍馬は驚愕のとりこになっていた。

「千葉周作先生！」

まさしく、それは千葉周作その人だった。彼が江戸で北辰一刀流の剣を学んだのは、小千葉とも呼ばれる弟定吉の道場であったが、周作は幾度か顔を出し、龍馬は見知っていた。目の前で剣を向けているのは、その千葉周作にほかならない。

だが、こんなことがあるだろうか。千葉周作は安政二年に、すなわち今から十二年間にこの世を去ったはず。

「お疑いはごもっとも」

龍馬は、その声の向きに顔をふりむけた。

巨大な醤油樽の一つを背に、陰陽師装束の男が立っていた。

「…………」

龍馬は昏迷におちいりかけた。

「先生の出番はすみました。どうぞ、あちらでおひかえになってください」

陰陽師の慇懃《いんぎん》無礼《ぶれい》な指示に、千葉周作は神妙にしたがう。青眼にかまえたまま蔵の壁までつつっと後退し、大刀を鞘に斂め、その場に正座した。殺意の高濃度の放射は相変わらずだったが。

陰陽師は能役者のように歩を進め、周作のいた位置を占めた。そして、おそれる色もなく龍馬の刃前に身をさらした。

「これは、どういうことぜよ」

龍馬は剣を引かない。

「さて、何からお答えしてよいものやら。いろいろとこみいっておりますれば。これまでの説得経験を自省し、論よりは証拠と、先に証拠のほうをお見せしたのですが、かえって驚かせてしまう結果をまねいたかもしれません。ならば今後の反省材料にいたすとして、ここはまず自己紹介をお許しいただきましょう。陰陽師、山田一風斎と申します」

「わしがここにいると、どうしてわかったぜよ」

「それ、そのように、一つずつ訊いていただくと助かりますな。話の順をおえますので。——あれを」

一風斎は、手にした笏のような長い棒で、天井に近い梁を指し示した。

龍馬はおのれの目をうたがった。太い梁《はり》の上でこちらを眺めていたのは人面のねずみだった。体長一尺ほどで、灰色の毛をびっしりと生やしたどぶねずみが、後脚二本で直立し、老婆の顔で龍馬ににやりと笑いかけた。

まばたきした瞬間、ねずみは消えた。

「今のは何ぜよ」

「この一風斎が使役する式神に。あれに命じて龍馬どのの行き先を報告させておりました」

「何のためぜよ」

「それと申しますのも、今日が龍馬どのの命日であるがゆえ」

「ああ、知っとるぜよ」

あまりにあっさりと応じられたので、一風斎はよろけたように見えた。より的確に云えば——古語にはなるが——ズッコケた。

「何ですと?」

「知っとるぜよ、と答えたぜよ。そうよ、今日わしは死ぬぜよ」

「ど、どうしてご存じなので?」

問い手と答え手の立場があっけなく逆転した。

「わしは星を読むぜよ。まだめんこい頃、乙女という三つ上の姉が、ある晩、わしの星を教えてくれたぜよ。夜空に輝く土佐の坂本龍馬星ぜよ、その読み方を教えてくれたぜよ。

以来わしは、ずっと自分の星を読みながら自分の進む道を決めてきたぜよ。思いこんだァら試練の道を、ゆくが土佐のいごっそうぜよ。脱藩したのも、角を折って後藤象二郎の誘いに乗ったのも、自分の命が三十二歳の短さで終わることを知っていたからぜよ。

ゆけ、汗血千里駒《かんけつせんりのこま》。血の汗ながせ、涙をふくな、ゆーけゆーけ龍馬ァ、どんとゆうけえ、とやってきたぜよ。みんな龍馬の星ゆえぜよ」

「…………」

さすがの一風斎が、唖然《あぜん》として声もない。

「本当のことをいうたら、わしは倒幕ぜよ。ところが、それでは新しい時代をこの目で見るのに間に合わんから、やむなく宗旨《しゅうし》変えをして、大政奉還の奇策を編み出したぜよ。ま、結局、それも無駄だったぜよ。今日この日を以てわしは死ぬると、龍馬の星は告げておるぜよ」

「…………」

「にしても、このままでは凍死ぜよ。どうせ死ぬなら、火にあたって死にたいぜよ。そう思ってここを出ようとした矢先、あいつが——あの、千葉周作先生が、出現したぜよ。こいつか、とわしは納得したぜよ。こいつに斬られてわしは死ぬのか、と」

「いいえ、千葉先生には」

ようやく一風斎はかすれた声を出した。

「龍馬どのの剣の腕前を測っていただくため、ご出馬いただいたのです。殺すためではない」

龍馬が相当の実力者であるらしいとは一風斎も耳にしていたが、千葉周作を使ってその力量を実測させたのは、いかにも彼らしい周到さであった。しかし一風斎が龍馬を「編制」にくわえようと欲したのは、剣士としての腕よりも、その仲介者《ちゅうかい》としての才能を買ったからだ。

すでに彼のチームには五人の大剣士がいる。

佐幕か反幕かで色分けすれば、幕臣の千葉周作、男谷精一郎は前者、尊攘派人斬りの田中新兵衛と岡田以蔵は後者になる。

大石進の政治的立場は中立だが、剣士としては周作、精一郎に代表される江戸剣壇に敵対するのは間違いない。

さらに一風斎は新選組の三人、近藤勇、土方歳三、沖田総司をくわえるつもりでいる。およそむちゃくちゃに呉越同舟のこの混成剣士団を統御してゆくためには、媒介となるムードメーカーが必要だ。和を以て貴しとなす、チームワークづくりの人物が。

その役を、龍馬にもとめようというのが一風斎の目算なのである。

しかし、これはいかがなものか。そもそもにしてからが龍馬は本人の与り知らぬところで千葉周作の嫉妬の恨みをかっているのだし、新選組の三人も龍馬を追っている。見つけたら斬って捨てずにはおくまい。

いや、まあそれはともかく——。

「では、わしは誰に殺されるぜよ？」

「さあて、そこまではわたしにも」

陰陽師はゆるゆると首を横にふり、

「しかし、かくもご自分の運命にご精通とあれば話は早い」

「何の話が早いぜよ？」

「友よ」

と、なれなれしく呼んで一風斎、

「生きながらえてみたくはないか、あの千葉周作のように」

「おおっ」

龍馬の目が大きく見開かれる。奥にひかえた周作をまじまじと見やった。

「日本を今一度せんたくいたし申し候事にいたすべくとの神願にて候――あなたが四年前に姉上に書きおくった手紙の一節だ。失礼ながら式神をつかって読ませていただいた。

そんなあなたにとって後藤象二郎との妥協がいかほど無念であったか、わたしには痛いほど察せられる。

日本を洗濯するという雄偉《ゆうい》な志からすれば、大政奉還など不完全このうえない生煮えの策にすぎないのだから。たとえていうならば、汚れものを水につけ、表面的な汚れをおとしただけで干すようなものだ。そんなものを洗濯とはいわない。

友よ、生きながらえて、日本洗濯の神願を豪快になしとげてみたくはないか。きみの素志、ほんとうの願いである身分差別なき日本を、きみ自身の手でつくりあげてみたくはないか」

赤心の情熱をこめて一風斎は煽《あお》りたてる。

その声が龍馬の耳に入っているのかどうか。彼はひたすら千葉周作を凝視する。その目がしだいに強いかがやきを宿してゆく。希望の光だ。

寒さのせいもあって張りとつやをうしなっていた肌に、燃える血潮《ちしお》の色がよみがえった。死におびえ、醤油屋の土蔵に隠れてみじめに震えていた余命数刻の男が、さんさんたる陽光が生み出した南国の快男児へ颯爽と復活をとげた感があった。

「生きたい！」

のどをほとばしり出た龍馬の声は、薄暗い土蔵の中にいきいきとこだました。

慶応三年十一月十五日、坂本龍馬死す。三十二歳。

第六章　アビダルマ擬界転送

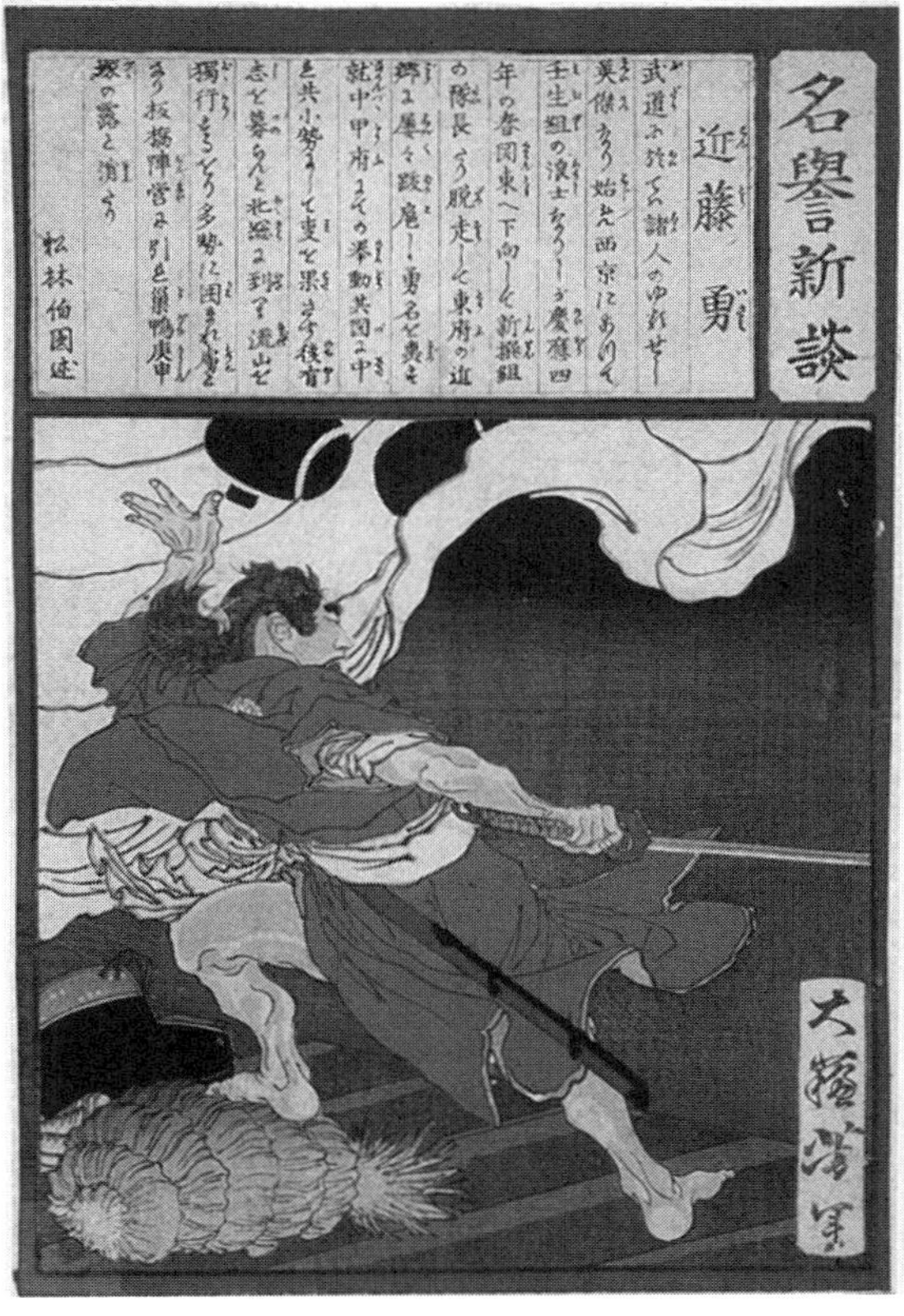

一

伊東甲子太郎《いとうかしたろう》。

北辰一刀流の剣客だ。

深川佐賀町で町道場を開くほどの実力者だったが、近藤勇の誘いにのって上洛、参謀として新選組に迎えられたのが三年前。

その元治元年の干支《えと》が甲子《きのえね》だったことにちなみ、甲子太郎と称した。本名は鈴木大蔵だ。〝伊東〟は、甲子太郎が後を継いだ前道場主の姓。宮川勝五郎が、剣師近藤周助の養子となり近藤勇を称したのと同例である。

坂本龍馬が暗殺された三日後の夜――。

現場の近江屋《おうみや》からほど遠くない七条油小路《あぶらのこうじ》で、伊東甲子太郎の斬殺体はころがった。傍らに、同志の藤堂平助、服部武雄、毛内有之助《もうないありのすけ》の死骸が散らばっている。

町道場主でありながら尊攘派の志士でもあった甲子太郎は、次第に近藤勇と反目し、山陵衛士隊を組織して新選組から分離した。

そしてこの十一月十八日、帰途を新選組に襲われ、落命したのである。よもやの急報を聞いて山陵衛士七人が駆けつけ――というか、おびきだされ、まちぶせていた新選組と烈しく斬りむすんだが、なにぶん多勢に無勢、結果が平助、武雄、有之助の死骸なのだ。

後にいう〝油小路の血闘〟が終わった時、すでに日付は十九日にあらたまり、夜空では欠けた月が寒風に吹きさらされていた。

冷えこみはきつく、先に殺された甲子太郎の仙台平の袴など、血が凍りついてぱりんっぱりんっと一枚の薄板のごとくである。

死体の検分を終え、勇は云った。

「諸君、ご苦労だった。では引き揚げる」

踵をかえし、すぐ異変に気づいた。いや、異変どころか、もはや怪奇現象というべきであろう。山陵衛士隊の殲滅《せんめつ》をねらって勇が動員した新選組隊士は三十人だったが、誰もその場を動こうとしない。木偶《でく》のようにつったっている。

いや、一人だけ――。

「どうしたのだ、おまえたち」

そう声をかけて隊士たちの間を縫ってまわっているのは土方歳三だった。しかし彼に肩を揺すぶられて反応する隊士は一人としてない。

「歳よ」

勇は呼びかけた。

歳三がやってきた。

「勇さん、あんたは無事か。どうなってるんだこれは」

「わしにもわけがわからん。これはいったい……」

「時を凪がせたのです。――陰陽の秘術、なぎもどきで」

勇と歳三は同時に柄に手を走らせた。新たな声のしたほうに目をやった。

伊東甲子太郎の死体のそばに、陰陽師装束の男が立っていた。円錐形の立烏帽子、笏のような長いものを持ち、微笑をうかべてこちらを見ている。糸のごとく細い目から妖々と眼光が放たれるその顔には見覚えが。

「――一風斎！」

勇と歳三は異口同音に叫んだ。

「ご記憶いただいて光栄至極に存じます。ただ一度お目にかかっただけの陰陽師をお忘れにならなかったとは、よほどわたしのことが印象に残っていたものとお察しいたします」

たしかに一風斎の云うとおりだ。勇と歳三は顔を見合わせた。その名をおぼえていた自分自身に対してまず驚き、次には、歳よ、おまえもか、勇さん、あんたもか、と驚いた顔を。

「ここで何をしている」

歳三が訊いた。

一風斎は小さく笑った。

「土方さんは三年前も同じことをお訊ねでした。ちょっとしたご機嫌うかがいですよ。わたしなどよりも、およろしいのですか、逃がしてしまった四人のことは？」

「何？」

「僭越ながらこの一風斎、陰陽の術をつかって彼らの後をおわせました。今、戻ってきた式神から報告を受けたところですが、それによれば、甲子太郎の実弟鈴木三樹三郎、加納鵰雄《ちょうゆう》、富山弥兵衛、篠原泰之進の四人は、今出川の薩摩藩邸へかけこんだとのこと」

「ううむ、やはり薩摩か」

これがそもそも奇天烈《きてれつ》な話であるのをわすれ、思わず勇はうなずいていた。かねてより甲子太郎一派は薩摩に通じているとにらんでいたのだ。

「勇さん」

なかば呆れ、なかば諫《いさ》めるように歳三が云った。

「こんな得体のしれないやつの話を信じるのか。新選組局長ともあろう――」

次の瞬間、一風斎の右肩あたりがぽっと明るくなった。

肩の上に灰色のねずみが出現した。

老婆の顔で歳三を見つめ、二本の長い前歯をむきだしにしてにやりと笑う。そして後脚二本で直立すると、こうもりのような羽根をひろげ、ぱたぱたと夜空に飛びたっていった。

歳三の口は開いたまま、声はとぎれた。

一風斎はつづけた。

「頭目をだまし討ちされたのですからね。彼らは復讐の鬼となって、近藤さん、あなたの命をつけねらいますよ。どうか、ご用心を」

勇は鼻を鳴らした。

「すておく。この近藤勇をうらんでいる者は、数に限りがない。いまさら四人ふえたとて」

「四人を庇護したのは、中村半次郎と知っても？」

「ほ、陰陽師にしてはなかなか事情に通じているではないか。おまえ何者だ、一風斎」

「本姓は桐野――いいえ、わたしではなく中村半次郎のことですが。西郷吉之助の懐刀というより、人斬り半次郎として聞こえた男。

彼は三樹三郎たちの恨みにつけこんで、四人を暗殺者にしこむつもりです。近藤勇に特化した刺客に。すておいてよいはずがありません」

「…………」

「ああ、中村半次郎！　実をいえば彼もほしい。すでに人斬り新兵衛、人斬り以蔵、われにあり。半次郎がくわわれば三大人斬りがそろう。そうなったら何と華やかな〝編制に〟なることか。

しかし彼の宿星はその運の赫々《かくかく》たることを告げている。少なくともこの十年ほどは。世の中は、とかく意のままにならぬもの」

「わけのわからぬことを申す。いや、待て。そういえば田中新兵衛のことは前にも確か――」

「これは失礼、つい独り言を。しかし近藤さん、あなたのほうの運はよろしくありませんぞ」

歳三のほうが気色《けしき》ばんだ。

「勇さん、こいつ、以前もそんなことを」

「寿命は十年足らず、そう申しあげました」

一風斎は粛然とした面持ちでうなずいた。

「あれから三年の歳月を閲し、あらためて星を占ってみたところ、近藤勇はあと半年余りの命と出たのです」

「何っ」

「そういえば、三年前は沖田総司どのもご一緒でしたな。今ここに総司どののさわやかなお顔を見ないのはさびしいかぎり。強面《こわもて》と策謀だけでは息がつまりそうだ。いや、お隠しあるな。存じておりますとも、総司どのが労咳《ろうがい》病みであることは。では、ご伝言ねがいましょう。沖田総司、余命半年と。勇が先か総司が先か、そこまで正確にはわかりませぬが」

「こいつ、云わせておけばぬけぬけと」

「この一風斎の名をお覚えであったからには、あの時わたしが申しあげたことも、しかとご記憶であるにちがいない。第二の生のことを」

「…………」

「死に臨んでこそ発動する秘術。ぜひにも応諾していただけるよう、今から心の準備をおねがい申しあげておく次第です」

「妖怪！」

叫ぶや歳三は、水もたまらぬ速さで天然理心流の居合斬りを送った。

一風斎の姿は一瞬早く、かき消えた。必殺の白刃は空を薙いだ。

闇の中から声だけが聞こえた。

「――星はいう、土方歳三、余命一年半。終焉の地は北都なり、と」

二

新選組局長近藤勇が、その三十五年の生涯で唯一敗北を喫した対手がいる。

正確な日時は定かではないが、池田屋騒動の少し前のことというから、場所はまちがいなく壬生の屯所であったろう。

当時からすでに新選組は壬生狼としておそれられていた。壬生村に陣屋をかまえる、狼のごとく残忍な浪士集団――ぐらいの意味だ。

ある日のこと、野良猫さえ怖じけて近づかぬ道場を、こともあろうに武者窓から面白おかしそうにのぞき見ている坊主がある。

幅二間《けん》半、長さ六間の道場では激しい稽古がおこなわれていたが、のぞきに気づいた隊士たちが、おのれ、尊攘派の間諜ならんと色めきたった。前にもそのようなことがあり、のぞいていた浪人は道場に連行され、翌《あ》くる日、戸板の上の死骸となって出てきたものである。

で、壬生狼たちは今回も同じ挙に出た。わらわらと外に飛びだし、坊主を押しつつむようにして道場内へとつれこんだ。

「新選組の道場と知ってのぞいておったな」

「尊攘浮浪人の密偵であろう、坊主」

「隠すとためにならんぞ。正直に吐いてしまえ」

取りかこんで口々に責めたてた。

「さような者ではございませぬ。見てのとおり、ただの通りがかりの雲水にございますれば」

僧侶はおちついた口調で応じる。

なるほど、還暦をとうにすぎていそうな老僧ではあった。年季のいった墨染《すみぞ》めの僧衣は旅塵にまみれて白っちゃけている。

だが、狼の群れにかこまれた哀れな子羊といった感はさらさらない。五尺八寸の飛びぬけた長身、丸々と肥え太りつつ筋骨のたくましい体軀《たいく》、不撓不屈《ふとうふくつ》の迫力にみちた強面は、とてもただ者と思われなかった。

何よりも、泣く子もだまる新選組に、おそれた色一つ見せず、平然と受け答えするのが壬生狼たちの癪《しゃく》に障った。

「おい、真に受けるな。こいつ、なかなか胆の太い坊主だぞ」

「うむ、ますます怪しい」

「ただの雲水が、なぜ稽古を見ておったか」

この問いに老僧は微笑して答えた。

「こう見えて、拙僧にも多少なりと武術のたしなみがございましてな。遊行のかたわら、町道場があれば、矢も楯もたまらず、窓からのぞき見するのが楽しみなのでございます」

「ま、町道場！」

それが挑発だとは思いもよらず、老僧の狙いどおり壬生狼たちは怒りに咆哮し、

「新選組の壬生道場を、あろうことか町道場よばわりするとは」

「侮蔑にもほどがある。それだけでも万死に値すると知れ、くそ坊主」

「武術のたしなみがあるだと？　面白い、一手、教授してやろう」

「この期におよんで否やとは云わさぬぞ」

と、ますます以て老僧の目論んだ展開になった。

「教授してやろう、とな？」

老僧は口調を変えた。

「やれやれ、口のききかたを知らぬ井の中の蛙どもじゃわい。そういう時はな、どうか教授をたまわりたいと申すものじゃ」

「坊主、云わせておけば！　これをつけろ！」

竹刀一本と防具一式が投げ出された。

老僧は首をゆるゆると横にふり、竹刀にだけ手を伸ばした。

「ふん、おまえらごとき鳴き声ばかり大きな蛙を相手に、必要なき代物じゃ。素面素籠手《すめんすこて》で相手してつかわすで、遠慮のう打ちかかってくるがよい」

蛙よばわりされ、自他ともに狼と認める隊士たちの怒りは頂点に達した。

「おのれっ」

真っ先に踏みこんできた隊士の竹刀が、すさまじい勢いで老僧の顔面に向かう。

次の瞬間、一同はあっと息を呑んだ。竹刀がとまっていた。老僧は左手をつきだし、その拳骨で竹刀の先をうけとめたのだ。

ボキッ、と竹刀が中央部で折れた。

たたらを踏んだ隊士のこめかみを、老僧の竹刀が一撃した。坐禅の際に仏師が警策をふるうような無造作さだったのだが、隊士は白目をむいてその場に昏倒した。

「次」

と老僧はいい、右手に握った竹刀をだらりと垂らして周囲を見回した。

「おれがやるっ」

その憤怒の絶叫とともに、老僧の背後から突きが襲った。

老僧はひょいとかがんで、その突きを右肩の上に流し、左手で竹刀の先をつかんでグイッと引いた。

「わしに突きはきかぬというに」

竹刀を握ったまま引き寄せられた隊士の腹部めがけ、老僧は左足を後ろ蹴りにふりあげた。

老僧のかかとは、隊士の胃袋を直撃したのみならず、その身体を高い天井すれすれまで高々と蹴りあげた。

しゃあーっと、なまあたたかい吐瀉物《としゃぶつ》がみぞれのようにふりまかれ、隊士たちの上に飛び散った。すかさず竹刀を手放した老僧一人が、その範囲外に素早く逃れている。

「壬生の田舎に　蛙が騒ぐ」

老僧はにこにこと笑顔で詠じはじめた。

「鳴いて吐き出す　へどの雨
誠の隊旗に　ゲロゲロ吐いて
新選蛙は　きょうも吐く」

あとは乱闘となった。

ただし、あっという間に決着がついた。道場の床に十数人の壬生狼が血反吐をまきちらしてのたうちまわっている、という決着が。すえたにおいがぷうんと漂う中、老僧は息ひとつ乱さず立っている。

「さて――」

その目が、神棚の下の上坐へむけられた。

両腕を組み、端坐して事態を見守っていた男が立ちあがった。黒絹紋付の上着に、細かい縞の入った袴という姿だ。

「いや、実に見事なお手前を拝見いたしました。ぜひにもご尊名をうけたまわりたい。拙者、新選組局長の近藤勇と申します」

あくまで穏やかに勇は云った。

「旅から旅への雲水じゃよ。ご高名な近藤勇どのに名のるほどの者ではない」

云いつつ老僧は悠然と歩を進めて、勇の前に対峙した。

「とは申せ、ここが悪名高き新選組の道場と知っての推参じゃ」

「ほう、悪名高き?」

「知らぬとは云わせぬ。おまえら狼きどりの乱暴者どものせいで、京の人々は泣いておる。そこで拙僧がちと懲らしめてやろうと参ったのじゃ」

「御坊、少々口が過ぎましょう」

「過ぎるということがあろうか。説教は坊主の本分じゃ。局長の肩書は何のためであるか。メダカにだって学校があるぞ。狼きどりの子蛙どもをしっかりしつけておきなされ」

「おのれっ、人が下手に出ていれば」

勇の形相が一変した。眼光が炯々《けいけい》と輝き、口もとがぐっとへの字に結ばれた。もとより部下の隊士たちをこのような目に合わされて、老僧をこのまま捨ておけぬ道理である。

老僧はからからと笑い、

「なるほど、誰よりもしつけが必要なのは、そなたのようじゃな。来なさい、親蛙。しつけとはどのようなものか、教えてしんぜよう」

頭陀袋《ずだぶくろ》の中から木椀《もくわん》二つをとりだした。

「拙僧はこれでお相手いたさん」

「愚弄千万なり」

勇は竹刀に伸ばしかけた手をとめ、憤然と、壁にたてかけられていた真槍を握った。

それを見ても老僧は顔色を変えない。左右の手に木椀を持ち、両腕を大きく開いて身がまえる。

勇は槍にしごきをくれると、

「やあっ」

裂帛の気合とともに一突きした。

老僧はその穂先をかわし、蛭巻《ひるまき》を二個の木椀でパカッとはさみこんだ。

蛭巻とは、槍や薙刀の柄に革、籐、金属などをらせん状に巻いた部分をいう。蛭が巻きついたように見えることからこの名称があるが、木椀のほうこそ蛭がぴたりと吸いつくように離れなくなった。勇がいくら力をこめてはずそうとしても、びくともしないのである。引くこともならず、突くこともできない。木椀にはさまれた蛭巻を起点に、あたかも槍は空中に固着してしまったかのようであった。

勇の額から汗が流れおちた。かたや老僧のほうでも、それまでの風流な表情が消えている。

どれほどの時間が経過したか——。

突然、老僧は一喝して茶碗を離した。

勇は、槍を引こうとしていた勢いあまり、ぶざまに尻もちをついた。槍は彼の手から飛び、天井板に突きさ

さった。

「参った」

勇は生涯で、ただ一度だけの言葉を吐いた。

老僧は肩で大きく息をついていたが、二、三度うなずき、それから禅僧らしい仕種でしずかに木椀を頭陀袋にもどした。

勇はその場に坐りなおした。礼を正して老僧の名を乞うた。

老僧は口をひらいた。名のる気になったのだ。老僧、いや高僧とおぼしい風韻すらただよわせて彼は名を明かした。

「物外不遷《もつがいふせん》と申しまする」

近藤勇は神話に出会ったような顔になった。

「なるほど、拳骨《げんこつ》和尚でおわしたか」

三

物外は道号、不遷が法諱《ほうい》だ。

本名を三木吉次郎といい、伊予松山藩士の伜としてこの世に生を受けた。千葉周作の二歳下、男谷精一郎より三つ上。この三人、いずれも寛政年間、十八世紀の生まれである。ちなみに、近藤勇の義父周助も寛政の出生で、だから勇は義父ほどの年齢差の相手に負けたことになる。

物外は幼いころから手のつけられぬ乱暴者で、父の三木兵太信茂は匙《さじ》をなげ、ついに寺に出してしまった。

物外がまだ六、七歳の頃という。預けられた先の竜泰寺でも持て余し者となり、十一歳の時、たまたま同寺に掛錫《かしゃく》していた安芸広島は伝福寺の観光和尚の目にとまって引き取られた。

伝福寺に移ってからは素行をあらため、仏道修行に励んだが、夜ともなれば和尚の目を盗んで熱心に町道場に通い、めきめき腕をあげた。観光和尚としては、物外に異能あるを見抜いて黙認したのであろう。

しかし物外は十五歳の時、武士の子と町人の子との決闘に連座し、国外追放に処せられた。町人の子がわの参謀として地雷火を仕掛けたというからただ者ではない。当然、伝福寺にいられなくなり、托鉢《たくはつ》に旅立った。

托鉢の旅とは、すなわち武術のための廻国修行にほかならない。その遍歴は史書につまびらかではなく、師匠が誰なのかも判然としないが、剣術だけでなく武芸十八般すべてに秀でていたといい、もっとも得意としたのは、ちょっと意外だが、鎖鎌《くさりがま》だったとの記録もある。

おそらく武芸者としては独習独歩の人であり、修得の根底にあったのは、生来の怪力だったと見てまちがいない。彼はひとなみはずれた長身で、力士のような体軀の持ち主であった。それに加えての怪力であるから、一言でいえば花和尚魯智深《かおしょうろちしん》、あの水滸伝の髭面マッスル坊主を連想すればよろしかろう。

もっとも世間では彼のことを花和尚などという風流な綽名《あだな》ではなく、むきつけに「拳骨和尚」と呼んで畏敬したが。

物外の怪力を伝えるエピソードは枚挙《まいきょ》に遑《いとま》がない。

江戸の浅草にいた時のこと。古道具屋の店先で見かけた碁盤が気に入ったが、あいにくと持ち合わせがない。金を工面するからと頭をさげても店主は首を横にふる。よし、これが手付けだ、とばかり碁盤の裏に拳骨を押しつけると、跡がくっきり残ったという。

また、これは越前の永平寺にいた時の話だが、ある夜、こっそりと鐘撞《かねつ》き堂から梵鐘《ぼんしょう》をおろし、寺の外に運びだしておいた。翌朝、僧侶たちが総出で奮闘しているところに、なにくわぬ顔であらわれ、「茶飯とひきかえに、わしが戻してやろう」と云い、大鐘をかるがるとかかえあげ、元のとおりに吊りなおした。以来、物外は腹がへるとこのいたずらをくりかえしたので、寺僧たちは辟易《へきえき》したという。

その怪力は、二百五十人力と称された。『今昔物語』や『平家物語』の時代ではない。ペリーが来航するほんの二、三十年前のことである。正確に二百五十人力であったかどうかの問題でなく、物外の怪力は伝承にありがちな誇張や粉飾というより、確かな事実を伝えているとみてよさそうだ。

物外は自派の流名を法諱にちなみ「不遷流」とよんだ。拳骨和尚の綽名がしめすとおり、業物《わざもの》をとるより、拳法をよく使ったのだろう。

だから、彼が三十歳をすぎて備後尾道は済法寺を再興して住職となり、その境内にひらいた道場は、いわば日本の少林寺のごとき景観を呈した。門下は広く西国一帯におよび、三千人を数える。

「傑出した門人はいないようである」

との冷評も聞かれるが、

「むしろその精神的方面に主眼がおかれていた」

という分析が肯綮《こうけい》にあたっていようか。

幕末動乱期にただの一人の剣客も出さなかったことに、不遷流のいっそ凄みが感じられるというものである。

その物外が、いよいよ入滅の時を迎えたのは慶応三年の十一月二十五日、坂本龍馬が暗殺されて十日後、油小路の血闘からは七日後——拳骨和尚は七十三歳であった。

山田一風斎にとっては、いつになく多忙だったということになるが、なんのことはない、場所は京都のすぐ先、大坂だ。物外は八月から福島屋長兵衛の宿に滞在し、明朝早く尾道へ出帆すべく、最後の準備をととのえているところだった。

急に気分が悪くなり、門弟の田辺重次郎に命じて背中を叩かせているとき、陰陽の秘術〝凪ぎもどき〟を発動させて一風斎が出現した。

思えば、千葉周作は瞠目《どうもく》したものである。人斬り新兵衛も、剣聖男谷精一郎も、つい七日前には新選組の近藤勇と土方歳三までもが驚愕した。だが、物外不遷は騒がなかった。

「術者よな」

知己に会ったような気安さで、そう云った。

「何用あって参ったか」

「光徳ないし山田一風斎と申します。どうぞお見知りおきを」

と一風斎は感心したように物外を見やり、

「さすがは拳骨和尚、泰然たるものですな。まさに時空を超え、梁山泊《りょうざんぱく》随一の大豪傑、かの魯智深和尚を目の当たりに、の感をおぼえます」

七十をすぎても物外の眉は黒々と太く、髭もピンと張り、目に力があり、体型にも変化がない。

物外は云いかえした。

「そういうおまえさんは、雲ニ入ル竜といったところかのう」

これは同じく梁山泊《りょうざんぱく》百八人衆の一人、入雲竜公孫勝《にゅううんりゅうこうそんしょう》のことだ。公孫勝は道士で、不思議の術をあやつる。道教の道士がつかう道術が日本に伝えられ、アレンジを加えられて、独自な発展をとげたのが陰陽道である。

「いや、これは過分のお言葉、おそれいります。しかし、いささかもお驚きにはなりませぬので?」

「ハハハ、怪異にはなれておる。道号の物外は、もののけとも訓じる。もののけ和尚じゃよ。拙僧がはじめて妖怪を目にしたのは、廻国修行中、八幡の藪の中でのことであった。以来、狐狸妖怪の類いに遭遇せしこと数しれず」

「わたしは狐狸でも妖怪ではございませぬ。妖怪と決めつけ、いきなり斬りつけてきた不粋で陰険なご仁もおりましたが」

「わが尾道にても、怪異は少なからず」

「ほう、たとえば？」

坊主は話がうまい。物外もその例にもれず、一風斎はつりこまれてしまった。

「たとえば――ある日のこと、拙僧の済法寺の長い階段を、まだ若い男女がもつれ合って落ちた」

「でも、けが一つ負わなかった、と？」

「けがをしなかったどころか、男女が入れ替わってしまったのじゃ」

「は？」

「わしがあんたで、あんたがわしで、じゃ」

「…………」

「それから、こんなこともあった。沓次郎《くつじろう》という名の渡世人が、紫蘇の花のにおいをかいで、時空を往き来できるようになってしもうてな。以来、時かけ沓次郎とよばれておる」

「ほ、それは」

「いや、よばれておったのじゃが、時のさまよいびとになって、どこかへいってしもうた。まだ帰ってこぬ。いたわしいことじゃ。

ほかにも、こんなのがあるぞ。母親の情念が、混《まざ》こん坊という妖怪になって息子にとりつき――」

一風斎は閉口したような表情を浮かべ、笏のようにも見える長い棒をふった。

「いや、もうそれぐらいに。和尚はわたしをけむに巻こうとしておいでのようだ」

「妖怪は、まともにとりあわず、辟易《へきえき》させて退散させるにかぎるでな」

「ですから妖怪ではないと申しておりましょうに」

一風斎は、物外の背中を叩いていて塑像《そぞう》のように静止した弟子の田辺重次郎を押しのけ、自らの手で物外の背中をなでさすった。そして、その耳元でささやくように告げた。

「和尚の命は、今をかぎりです」

「そうらしいのう」

物外は泰然と、いや、今度は、すこしばかりしんみりとした口調で云う。

「この胸のむかつきは、ひょっとして、そんなことでもあろうか、と思っておったのじゃ」

「この一風斎、命ながらえる術を心得ており申す」

四

山田一風斎は「擬界転送」のことを語り出し、語り終えた――。

時の流れのとまった、音のない、茫洋《ぼうよう》たる感覚のよどみだけがそこにはあった。

「――さらに、これから転送させんとする者が四人おります」

「何と申す者じゃ」

「近藤勇、土方歳三、沖田総司、そして伊庭軍兵衛」

「やあ、近藤か」

物外はなつかしそうな顔になり、

「以下の三人は新選組じゃな。なるほど、しかるべき人選じゃ。しかし、伊庭軍兵衛となると、ちと劣るのではないかのう」

と、そんな月旦《げったん》までくわえたのは、僧籍にありながらも、やはり骨の髄まで武芸者である物外の面目躍如だ。

一風斎の口もとに、うれしげな笑みがよそぐ。

「和尚がおおせなのは、当代の軍兵衛秀俊にございましょう。わたしが目をつけましたのは、八郎という伜のほうです。伊庭の麒麟児《きりんじ》、練武館の小天狗などと呼ばれ、その腕は養父秀俊をはるかにしのぎます。当年とって二十四歳、わたしの〝編制〟にあっては沖田総司とならぶ若さですが、総司と同じく腕は確かです。このあいだまで、講武所で剣術師範をまかせられていたほどですから」

「このあいだまで？」

「今は京都におります。奥詰あらため遊撃隊、すなわち将軍慶喜の親衛隊の一員として、二条城に詰めております。軍兵衛八郎の寿命は一年半と星占いに出ましたが、青田買いいたすべく、ちかぢか挨拶に出向こうと考えておるところです」

「なるほど。ご公儀が大政を奉還なされて、情勢がきな臭くなってきたからのう。薩長は武力倒幕を目前にして、その口実を奪われた。

しかし、必ず巻きかえしをはかるじゃろう。それも尋常ではない手段でな。となれば徳川側も黙ってはおらぬ。拙僧の目にはこの国をおおう戦雲が黒々と見えておる」

「驚きました。和尚はそこまで時代を読まれておいででしたか。先を見通されておられましたか」

「田舎寺の住職ふぜいが、それも矩《のり》を踰《こ》えずの年を過ぎて、と揶揄《やゆ》したいのじゃろう」

「めっそうもない」

一風斎は首を横にふった。

「おっと、これは、またしても和尚の手玉にとられて、話を横道にそらされましたな。

ともかく、伊庭軍兵衛は徳川幕府に忠誠を誓う熱血漢です。七生報徳《しちしょう》――七たび生きても徳川に仕えるが口癖の。かならず、この一風斎の申し出を諾《うべな》ってくれるはず。軍兵衛のほうはともかくとして――」

背中をさする手をとめて、

「今は、和尚の存念を承りたく」

と迫った。

「おお、それよ」

物外は、まずそう応じた。

「ふうむ、千葉周作、田中新兵衛、大石進、男谷精一郎、岡田以蔵、坂本龍馬、新選組の近藤勇、土方歳三、沖田総司、それに伊庭軍兵衛か。なかなか豪華な顔ぶれじゃな。十人と、数字もきりがいい。拙僧が足を容れる余地はなさそうに思うが」

「ぜひ、ご加入いただきたいのです」

「十一番め、いや、坂本龍馬の次となるから、七番めとしてか」

「いいえ。和尚には、筆頭をと考えております。ともかく物外和尚が入ってくださらねば、画竜点睛《がりょうてんせい》の妙を欠くというもの」

「口がうまい」

「あるいは、仏作って魂入れず、とも」

「うふふ、こいつめ」

「ともかく和尚が転送されてこそ、わが〝編制〟は完璧となります」

「そう、転送じゃったな。その転送の仕組みというか、仕掛けというか、ともかく、拙僧はまだ納得したわけではない」

「論より証拠、今この場に千葉周作を擬界から転送させてお目にかけましょう。たしか千葉周作とは旧知の間柄でしたな」

とたんに物外は昔をなつかしむ目をした。

「うむ。上野高崎で出会い、同じ廻国修行中の身とあって意気投合し、交誼をむすんだ。玄武館にわらじを脱いだこともある。その流名のごとく、夜空に輝く一つ星のような傑物であった。

千葉周作だけではないぞ。大石進、男谷精一郎の両者も知己《ちき》というて差しつかえなき仲じゃ」

いわば武芸者のネットワークである。

一風斎の顔をかすかな狼狽の色がかすめた。

「大石、男谷までとなりますと……ともかく今は千葉周作を転送させてごらんにいれます」

「不要なり」

「しかし、それでは――」

「怪異にはなれておる、そう申したであろう。眼耳鼻舌身意の六根はあざむかれやすきもの。とくに眼がそうじゃ。拙僧は見たものを信じぬ。理屈で納得するタイプなのでな。信じるのは阿毘達磨《あびだつま》のみ」

「論《アビダルマ》、ですか。では何なりとお訊ねください。講じてしんぜましょう、アビダルマ擬界転送論を」

「では訊く。わが仏法では、地獄、餓鬼、畜生、修羅、人間、天上の六つの世界を構えておる。いわゆる六道じゃ。

いっさいの生命はいったん死ぬ。死ぬが、生前の業によって次に生きるべき世界が決定され、そこに生まれ変わる。善徳を積んだ者は天上にのぼり、悪徳を犯した者はその程度に応じて下から地獄、餓鬼、畜生、修羅の世界に落ちる。これを転生という。いわゆる輪廻転生《りんねてんせい》じゃ。生命は輪廻転生をくりかえす。この永遠の循環を脱するのが、解脱じゃ。涅槃《ねはん》ともいう。

おまえさんの申す擬界とやらは、この六道のどれにあたるのか」

「どれにも該当しません。仏教的世界観とは異なる次元に存在いたしますゆえ」

「ということは――異教を負っているのじゃな」

「さすがは曹洞宗《そうとう》の高僧、物外不遷さま。ご明察です」

「では、切支丹《キリシタン》か。――でうす、とか、ぜずきりしと、とやらの神が治める世界なのか。あくまで聞きかじりじゃが、ぱらいそ、とか、いんへるの、などと申す？」

「ちがいます」

「切支丹は邪法をつかうときくぞ。死人をよみがえらせることができる、とも」

「ほう、そうなので？」

「さような話を読み本で読んだことがある。幕府転覆《てんぷく》をはかった張孔堂《ちょうこうどう》こと由比正雪《ゆいしょうせつ》に、小西摂津守行長《こにしせっつのかみゆきなが》の遺臣、名は森宗意軒《もりそういけん》なる者が、おそるべき切支丹妖術をさずけるという筋書きじゃ。『天草騒動』であったか、『慶安太平記』であったか、記憶ももはやおぼろじゃが」

「おぼろ」

一風斎は声をたてて笑った。むろん畏敬の笑いである。

「千葉周作も黄表紙を読みすぎたようなことを申しておりましたが、和尚までもとは。

いいえ、切支丹ではございませぬ。切支丹どもの信奉する神などよりも、この一風斎が奉戴《ほうだい》する神のほうが古く、荘厳《そうごん》で、そして強大です」

「………」

「人間が誕生するはるか前、この世には天から飛来した神々が存在しておりました。今は星辰《せいしん》の移ろいによって逼塞《ひっそく》を余儀なくされておりますが、いずれ復活してこの世の主宰者として君臨される定め。

一風斎が仕えまするは、わが南国土佐の海、そのさらに先にひろがる渺々《びょうびょう》たる大洋の、深き海底にしずんだ石造都市るるいえにて眠りにつかれた、くとぅるー神にございます」

五

「くとぅるー神じゃと？」

「しかり。偉大なるくとぅるー神さまこそは、この世の予備的世界、擬界の創造者にして、擬界にまつわるすべての力の源泉なのです。つまり、わたしの擬界転送論は、すべてがくとぅるーさまの強大な力に収斂《しゅうれん》されるというわけで」

「すると、おまえさんは、くとぅるー神の使徒というわけか」

「使徒、司祭、宣教師――いかようにも」

そう答えながら一風斎は首を伸ばして物外の顔をのぞきこんだ。

七十三歳にしては血色がよく、今まさに死に臨んでいるとは思われないほど覇気に満ちた武僧の顔は、興奮と好奇心とで無邪気な子供のように輝いている。一風斎の胸は期待に躍った。

果然、物外はいきおいこんで訊いた。

「では一風斎とやら、『そも、何の目的あって、かかる怪異のわざをなす？』と問おうか」

「こう答えましょう、『いずれそのことは、あなたが擬界に転送されてから申しあげる』と」

物外は落ちた、釣り針にかかった、もはや否とは云わじ――そこまで見越した一風斎の、木で鼻をくくったような応答であった。

にもかかわらず、物外は立腹するどころか、かえって興味津々《きょうみしんしん》、ものほしげ、さもしいとさえ響く声で質問を重ねる。

「問う、『これは男なら、誰にも成ることか』と」

男なら、とは、男女を意図的に弁別して特にそうことわったのではなく、単に一風斎の〝編制〟に女人が含まれていなかったからにすぎない。英語でも男、人間、人類、動物分類学上のヒト（つまりホモ・サピエンス）は、なべてmanである。

「答う。『いや、それは成りませぬ』と」

「成らぬ、と？」

「左様、まず第一に、くとぅるーさまのきびしいご神眼に叶うた者でなければなりませぬ」

「つまり、おまえさんの目に、じゃな」

「見立てるのは、わたしです。一次銓衡《せんこう》というわけで。しかる後、くとぅるーさまのご神託をいただくという手順です。

第二は、『おのれの人生に歯がみするほどの悔いと不満を抱いておる人物、もうひとつ別の人生を送りたかったと熱願しておる人物でなければ』という要件です。千葉周作をはじめ、みなそうでした」

「拙僧も同類、とみなすか？」

「わたしの座右の書にこうあります、『もういちど生まれ変わりたいという欲なら、この世に生を受けた者なら、誰でも持っておろうが』と」

物外は笑い声をあげた。

「執着を断つ、それが仏道の真髄じゃ。苦愁憂悩悲は人間が老いて死ぬことに発する。なぜ人間は老いて死ぬのか。生まれるからじゃ。されば、なぜ人間は生まれるのか——と、なぜになぜを重ねて原因をさかのぼってゆけば、生《しょう》、有《う》、取《しゅ》、愛《あい》、受《じゅ》、触《そく》、六入《ろくにゅう》、名色《みょうしき》、識《しき》、諸行《しょぎょう》とたどり、無明《むみょう》にゆきつく。

この無明の正体が執着、すなわち欲なのじゃ。欲望すなわち煩悩《ぼんのう》なり。よって、あらゆる欲を手放すのが仏者としてのつとめ、生き方である。

わしは釈迦牟尼《しゃかむに》の教えにそむかぬよう生きてきた。今おまえさんは『この世に生を受けた者なら、誰でももっておろう』と申したが、ほかは知らず、少なくともこの物外不遷にかんするかぎり、『もういちど生まれたいという欲』など持っておらぬわ」

「…………」

にわかに一風斎の顔がこわばったのを見て、物外は痛快げに笑い声を高くした。

「よって、拙僧は何の悔いもなく、不満もなく、死に臨む――はずであった。一風斎、おまえさんが現れるまでは」

「やっ、その意味は」

「より正確に申せば、くとぅるー神の話をきくまでは」

「おお、では！」

物外は笑いをおさめた。その顔は粛然とあらたまった。

「釈迦牟尼の教えにそむかぬよう生きてきた――とは事実なれど、拙僧は心のどこかで一抹の疑問をぬぐいさることができなかった。欲を手放す、それが果たして人間らしい生き方だろうか。つまり釈尊の教えは正しいのか。六道、輪廻転生などほんとうのことであろうか。つきつめていえば、釈迦牟尼は実在したのか――などなど。

考えてみれば、拙僧は幼いころに寺へ入れられ、仏道それ一色に染められてきた。ほかに信仰あるを知らなんだ。切支丹のことは耳にしたが、不干斎巴鼻庵《ふかんさいはびあん》の『破提宇子《はだいうす》』（デウスを破るの意。反キリスト教の書）を読めば、とるに足らぬものであったよ。

しかるに、おまえさんによれば、くとぅるー神なるものがあるという。釈尊の生まれるはるか以前の神であり、この世とそっくり同じ擬界なるものを想像したという。何と壮大な体系ではないか。もしそれが事実なら、わが仏法の宇宙観である三千大千世界をかるく凌駕する。

釈尊のいう六道輪廻転生が正しいのか、くとぅるー神の擬界転送が正しいのか、拙僧はそれが知りたい。猛烈に知りとうなった。七十三歳の生涯を仏道一筋に生きてきた者として、知らねばならぬ。でなければ死ねぬ――とまで執着しておる。正しいのはどちらだ、教えてくれ、一風斎！」

「答えは擬界にあり」

一風斎は笏のように見える長い棒を物外の前にさしだした。

物外は目をむいた。

棒の表面にびっしりと浮彫りされているのは奇怪な造形の意匠《いしょう》であった。無数のうろこが不気味につやびかりし、何千、何万本という触手が絡みあうそれは、光とどかぬ深海の未知なる怪生物とも、異次元から飛来した禁断の魔物かとも思われる。四年前、人斬りの田中新兵衛がこれを見るや、嘔吐しそうになったのも宜《むべ》なるかな――。

「邪神よな」

物外は正体をみぬいた。みぬきながら、手をのばして握った。

ぬるり、と、その棒は蛇のように身をくねらせた。

慶応三年十一月二十五日、物外不遷、遷化す。七十三歳。

六

口は是れ禍の門、という。

舌は是れ身を斬るの刀なり、とつづく。

この巧みな対句で知られる後唐《こうとう》の宰相馮道《ふうどう》は、唐滅亡後の五代十国の乱世を自らの戒めに忠実に生きぬき、五つの王朝で、八つの姓の、十一人の皇帝につかえた。ために後世の人から無節操の代名詞のようにそしられるのだが、その夜の山内容堂こそ、馮道の警句を拳拳服膺《けんけんふくよう》すべきであった。

運命の十二月九日——。

その日まで容堂は満天下の大スターであった。得意の絶頂にあった。なんといっても将軍慶喜に建白して大政奉還を実現させたのは容堂なのだ。まだ名ばかりとはいえ、政権が朝廷にもどった。とにもかくにも王政復古したのである。これ治承《じしょう》・寿永《じゅえい》の乱いらいの快挙なりと、公卿たちも拝まんばかりの目で容堂を見た。

そこに、慢心が生じたか——。

京都御所内の小御所で、大政奉還後の具体的な施政を論議するため会議が開かれたのは、恒例にならって夕刻からだった。

慶喜には、さらに官位と領地をも返還させるべしと強硬に主張する薩長に対し、容堂は徳川家の護持を説いて終始、会議をリードした。大政奉還の殊勲を背にした彼の理路整然たる弁舌は場を圧倒し、対する薩長および倒幕派公家らは、みるかげもないほど退勢においこまれた。

「そもそも、この会議は陰険きわまりない」

容堂はかさにかかってきめつける。なぜ、内府を列席させぬのであるか、と。

内府とは徳川慶喜のことだ。征夷大将軍職は辞したものの、なお慶喜は正二位、内大臣、右近衛大将の位官を保持していた。

もっともな指摘であったが、

「これ恐らくは——」

と、つづけたのが、あにはからんや、禍の門、身を斬るの刀となった。

「幼冲の天子を擁して、その権力を私《わたくし》しようというものであろう」

「土州、御前であるぞ！」

すかさず大喝したのは、倒幕派公家の急先鋒、旧五百円札の肖像主、岩倉具視《いわくらともみ》である。

「帝は不世出の英主なり！　大政一新の鴻業は、すべて宸断《しんだん》より出でしことである。それを、こともあろうに幼い天皇とは、無礼にもほどがあろう！　つつしめ、土州！　土州！」

容堂はつつしんでしまった。面前で叱責され、返す言葉もなかった。

鯨海酔侯、生涯の不覚、世紀の大失言であった——と、どの本にも書いてあることだが、正直いって、象徴天皇を戴く戦後世代にはこのあたりの機微がいま一つピンとこない。それほどの失言なのかと思うし、いくらでも反論できたであろうに。幼いというのは言葉のあやだ、とか、あなたのほうこそ痛いところをつかれたのでそう申すのであろう、と斬りかえすとか。

にもかかわらず、容堂はつつしんだ。謝罪し、沈黙においこまれてしまった。議論、交渉では、謝ったが負けである。会議には容堂の補佐格で後藤象二郎が出席していたが、こうなっては万事休す、いかな剛腕の象二郎にもなすすべはなかった。

かくて形勢は一気に逆転し、具視、薩長が勝利をおさめた。徳川慶喜の辞官納地が決定された。内大臣、右近衛大将の官職を辞し、領地を朝廷にすべて返納せよ、というのである。

報せをきいて、慶喜の激怒するまいことか。

こちらから大政を奉還してやったのに、そのうえ何だ、図にのるな、と。

しかし慶喜としても、これが薩長の挑発であることは百も承知だ。こちらを怒らせ、暴発させて、武力倒幕の口実にしようというのだ。ならば、ここは慎重にことを運ぶにかぎる、時間を味方につけ、粘り強くあたれば打開策は見つかると、これまでも修羅場をしぶとくきりぬけてきた経験から、そう見通した。

つまり持久策。会議での決定など、また会議を開いて、いくらでもくつがえしうるのだ。

おそれるのは、配下の幕臣たちが薩長の挑発にうかつにのってしまうことである。無用の衝突をさけるためにも慶喜はただちに二条城をひきはらい、大坂城に居をうつした。賢明かつ機敏な行動だ。

会議でよもやの敗北を喫した山内容堂は、心機一転、不《ふ》撓《とう》不《ふ》屈《くつ》の面貌を見せて、めざましい反撃を開始していた。彼もまた南国土佐の「いごっそう」である。長文の意見書を朝廷に提出して岩倉の非を責め、反岩倉の公家たちを味方につけようと画策した。いっぽう主君の意を受けて、後藤象二郎は在京十八藩の藩主、重臣たちを精力的に説得してまわり、慶喜支持をとりつけることに成功した。

かくして時間の経過とともに、辞官納地の決定はしだいに骨ぬきにされてゆき、薩長、岩倉はふたたび守勢に立たされた。

このタイミングで、ほとんどの歴史本は、いわゆる「西郷の大謀略」を持ち出すのである。

つまり西郷隆盛の攪乱作戦により江戸市中が大混乱におちいり、それが大坂に伝わったことで、ついに幕臣たちは薩摩に対する堪忍袋の緒をきり、鳥羽・伏見の戦いがはじまったのだ、という図式が語られる。不動の定理のごとく語られる。

この論理の進めかたは大不審である。攪乱作戦の結果として江戸城が焼かれたというのなら話はわかるが、焼き討ちされたのは、他ならぬ当の薩摩藩邸なのである。それがいったい全体なぜ、

「慶喜も在阪の老中たちも江戸の事件ですっかりこうふんし、みごとに西郷らの挑発に乗せられた」

「ことここにいたっては、慶喜も老中板倉勝静《いたくらかつきよ》も、もはや主戦論をおさえることはできなかった」

となるのだろうか？　？　？　？

しかし、史実として鳥羽・伏見の戦いは起こり、幕府の敗北に終わった。年が改まってそうそうの慶応四年一月三日から六日にかけてのことだ。鳥羽方面の闘いで遊撃隊の伊庭軍兵衛が奮戦し、薩摩藩軍監の野津七左衛門《のづしちざえもん》（道貫）をして「あれよ鬼神か」と絶叫戦慄せしめたことは前に触れた。

新選組は伏見方面で戦った。彼らは、幕臣たちが慶喜に従って大坂に退いたあと、屯所を伏見奉行所に移していた。

戦闘を指揮したのは土方歳三で、近藤勇と沖田総司は不参加だった。

というのも、勇はこの少し前、竹田街道を騎行中、墨染付近で狙撃され重傷を負い、総司のほうはといえば労咳がすこぶる悪化し、両人ともに治療のため大坂へと移送されていたからだ。勇を撃ったのは、山田一風斎が警告した通り、伊東甲子太郎派の残党たちだった。

伏見から敗退した歳三は、混乱をきわめる大坂で勇、総司と再会する。三人そろって不面目、会わせる顔がないとはこのことだった。

榎本武揚も、このとき関西にいた。

彼は海で戦った。オランダから帰国して一年と経ってはいない。軍艦奉行として幕府海軍をひきいる武揚は紀淡《きたん》海峡で薩摩の軍船を追撃、砲撃戦を展開した。幕府の〈開海〉、薩摩の〈春日丸〉どちらも蒸気船であり、この「阿波沖《あわおき》海戦」は日本における初の蒸気軍艦相互の砲戦といわれる。

これが四日のことで、その二日後、形勢不利と見た慶喜は、こっそり大坂城を脱出し江戸に逃げ帰った。置き去りにされた家臣たちは呆然自失した。なかんずく武揚の怒りは沖天《ちゅうてん》した。彼は虎の子の旗艦である〈開海〉

を、こともあろうに慶喜に乗り逃げされたのである。

その意趣がえしとばかり、武揚は強盗になった。天晴《あっぱ》れにも大坂城の金蔵をあばいて金貨十八万両を『富士山丸』に積みこんだ。もちろん今後の軍資金とするためである。

一月十二日、大坂を出航した〈富士山丸〉には近藤勇、土方歳三、沖田総司の姿があった。

伊庭軍兵衛は大坂から紀州にのがれた。再起を期し、こちらも海路で江戸をめざす。

こうして勇、歳三、総司、軍兵衛――山田一風斎が「これから転送させんとする」四人は、そろって東へとむかった。ならば一風斎も彼らの後を追わねばならない。

だが、その道中は無事であろうか。幕末の動乱はついに内戦状態に突入した。彼がいかに異能の陰陽師とはいえ、その中を、ひとり安穏《あんのん》として江戸までのぼれるとは思えない。

七

南海の巨鯨は、失意のどん底にあった。

事態は、山内容堂が避けようとしてきた最悪の展開へと、雪崩《なだれ》をうって転げおちている。すでに慶喜追討令が発せられた。その決定会議の席上、容堂は最後の抗戦をこころみたが、宿敵の岩倉具視から一蹴されていた。

「けっこうでおじゃる。土州侯が、いや土佐藩がそこまで逆賊慶喜を助けたいとあらば、今すぐにでも京都を発し、徳川に与するがよろしかろう」

ひとり容堂のみならず、土佐藩そのものを朝敵とみなす、という冷酷な恫喝《どうかつ》である。

自藩を〝人質〟にとられては、容堂としても、なすすべはなかった。

かくて二月三日、「親征の詔《みことのり》」布告——。

「今度、慶喜以下の賊徒ら江戸城へのがれ、ますます暴逆をほしいままにし、四海鼎沸《しかいていふつ》、万民塗炭《ばんみんとたん》に堕ちんとするに忍びたまはず、叡断を以て御親征を仰せ出され候」

親征とは、天子みずからが陣頭に立つ征伐のことだ。

しかし天皇は、親征を称しながら軍をひきいなかった。十七歳という年齢をおもんぱかったのではなく、律令制国家となって以来、天皇は親征しないというのがわが国のしきたりだからである。代理をたてるのだ。

東征大総督、すなわち討幕軍総司令官には有栖川宮熾仁《ありすがわのみやたかひと》親王が任命された。軍団主力は薩摩、長州、土佐からなるが、征途沿道の各藩もぞくぞくと馳せ参じた。

容堂にしてみれば、まさに悪夢であった。すべては徒爾《とじ》であった。無駄骨に終わってしまった。やんぬるかな……。

失望と疲労は鯨海酔侯の心身を蝕んだ。歪んだ心は何かにすがろうとした。復讐への願望、その愉悦こそは、こよない癒しである。山田一風斎がつけこむ余地がそこにはあった。

病のほうは「胸痛」と資料にあり、いわば狭心症に類する症状だったと推測されている。治療のため神戸からイギリス公使館付医官のウィリアム・ウィリスが京都入りした。新政府の配慮である。同行した書記官アルジャーノン・ミットフォードの目に映じた容堂の容態は、彼の手記から引用すれば次のとおりだ。

「彼は非常に疲れていて、病気が重いらしく、私のような専門外の目で見ても、死にかけているように見えた」

この時、容堂は四十二歳だったのだが、

「どうしてあれほど年取って見えるのか不思議に思った。まるで彼は自分の命を使い果たしてしまったように見えたのである」

この身体で、容堂は自藩の兵士を閲兵する——。

二月十三日、出陣の土佐藩兵は、京都藩邸で酒を頂戴し、老公山内容堂から、

「天なお寒し、自愛せよ」

という有名な言葉をたまわった。「二月とはいえ、野戦は寒い、風をひくな」という意味だ。これをきいて「一軍、皆な踴躍す」と、鯨海酔侯という書物にある。


司馬遼太郎『燃えよ剣』からの引用である。老公とは云いも云ったりな、遼太郎。これを書いていた時の貴公は老公と同齢だったものを。

なお、二月十三日は新暦だと三月六日だ。

閲兵後、容堂は乾退助を自室に招じ入れた。

「退助よ」

親しくその名を呼んで、

「おまえがいてくれてよかった！」

と満腔《まんこう》の謝意を口にした。

退助は軍装である。甲冑の上に、猩々緋《しょうじょうひ》の陣羽織をはおっていた。背には、紺碧の海原に黒い巨体を浮上させ、真っ白な潮を勇壮に噴きあげる鯨の姿が鮮やかに刺繍《ししゅう》されている。閲兵前、容堂がみずから下賜したものであった。

さっと退助は手をつかえた。

「殿、それは過分なお言葉にございます」

「云うな、退助。いまや土佐藩の命運は、そなたの双肩《そうけん》にかかっているのだ」

大げさではない。容堂の真情の吐露《とろ》なのである。

土佐藩軍は乾退助がひきいる。同時に彼は東山道方面軍の参謀を兼務している。つまり土佐藩軍が討幕軍の先鋒をつとめるのだ。

容堂は痛恨の口調で先をつづけた。

「わしは道をあやまった。いいや、あやまったとは今でも思うておらぬが、敗れた。薩摩と長州、岩倉めにしてやられ、結果として公武合体論は誤りの烙印を押された。

しかし個人の悔しさなど、もはや問題ではない。倒幕に舵をきったからには薩長に遅れをとってしまったことが何よりもの重大事なのだ。

さいわいにも、退助、おまえがいてくれた。おまえが予《かね》てより薩摩の西郷、大久保、長州の木戸らと好《よしみ》を通じてくれていたので、わが藩は遅れをとりはしたものの、脱落だけはからくもまぬがるるを得た」

「いや、それも殿の広き度量ゆえでございます。土佐藩倒幕派、いわばはねかえり者のこの退助の行動を殿がご黙認あそばされくだされたからこそ、東征軍先鋒という今につながったのです」

「ともかく、頼んだぞ、退助」

「心得てございます。どうかご安心を。

殿にとりましては、まことにお心苦しい言葉とは承知のうえで申し上げます。幕府は土佐が倒した、すなわち維新の功業は土佐の手でこそなしとげられた、と後世まで語りつがれる、赫々たる戦功をあげてご覧に入れましょう」

容堂は大きくうなずき、しばらくの間、感にたえない面持ちだったが、やがて我にかえり、

「今一つ、頼みがある」

と云った。

「何なりとお申しつけください」

「これへ」

容堂が手をうちならすと、中庭に面した襖が、不思議なことに誰の手もかりず、それ自体ですうっと開かれていった。濡れ縁の向こうに、陰陽師装束の男が立っているのを退助は見た。

「かの者をおまえの手元に置き、無事に東下させてやってほしいのだ」

「何者にございまするか。武将たちがこぞって星占いの術客に頼っていた戦国の世ならともかく、さような者の存在など、退助、不必要でござる」

退助は不審の色を刷き、口調もやや荒らげて、不満の意をつたえた。

容堂がうなずいたので、庭先の陰陽師は口を開いた。寒天に、夜目にも吐く息が白い。

「光徳一風斎と申します。どうぞ、わたしのことはお気づかいなく、乾さま。口出しなどいたしませぬとも。おそばに置いていただければ、それでよろしいので」

八

不思議なやつだ、と退助は思った。

一風斎のことである。

最初、彼は陰陽師が目障りでならなかった。君命でなかったら同行を断乎拒絶していたところだ。人権思想、民権思想に目覚めた退助は、当然ながら近代的合理主義の信奉者だ。陰陽師など魔除け、まじないのたぐい。要するに打破すべき迷信であり、矯《ため》すべき旧弊に属する。いずれ消えゆくさだめ、いいや、来たるべき新時代には無用有害の代物でしかない――とまでかんがえている。

それでなくとも、近代的な装備をした土佐藩軍の司令官が陰陽師をつれていれば、もの笑いになるのは必至だ。

「その恰好、何とかしろ」

一風斎にむけて放った退助の第一声である。

陰陽師はあらがわず、兵装にきがえてきた。退助は少しく満足した。風采のあがらない、ただの一兵卒にしか見えなくなったからだ。目が糸のように細いことが何より印象的なその顔立ちは、特異ではあるが、どういうものか不思議と目立たない。別れたら、すぐにも思いだせなくなってしまう。

陰陽師はみずから口にした通り、まったく口出しをしなかった。黙々と行軍にしたがうだけだ。

いったい何者で、容堂さまは何のためこの男を帯同させたのだろうと、はじめのうちこそ首をかしげていた退助だが、そのうち気にならなくなった。数日後には、存在すら忘れてしまった。

退助は参謀として多忙だった。

彼の軍団は正式な名称を「東山道鎮撫総督府《とうさんどうちんぶそうとくふ》」といい、中山道《なかせんどう》を進軍する。総督、副総督は岩倉具視の息子で、次男の具定《ともさだ》、三男の具経《ともつね》だ。十七歳の兄と十六歳の弟、つまりお飾りであり、実質的には退助がひきいているにひとしい。

沿道の諸藩はこぞって新政府に恭順をちかい、彼の軍は一戦も交えることなくひたすら先を急いだ。

下諏訪に到着した時、情報が入った。南方、甲州の辺りで不穏な動きがあるという。

ただちに退助は軍を二つに分かった。本隊は予定通り中山道《なかせんどう》を東進して江戸をめざす。かたや別働隊は甲州方面の敵の排除にあたるものとし、みずから別働隊、つまり土佐藩兵を指揮して甲州街道を南下した。

退助としては、ここは是が非にでも戦功をあげ、新政府における土佐藩の立場に箔をつけねばならなかった。

甲州に入るにあたり、彼は姓をあらためた。乾家の先祖に、板垣駿河守信形《いたがきするがのかみのぶかた》という名の武田信玄麾下の武将がいた。甲州では信玄が今なお神のごとくあがめられていると聞く。よって人心収攬《じんしんしゅうらん》のため、信玄の驍将《ぎょうしょう》、駿河守信形が子孫と称した。

板垣退助である。

武田騎馬軍団の猛将の血ゆえであろうか、板垣退助こそは戊辰戦争における常勝将軍であった。逆にいえば戊辰戦争とは彼をスターにするために用意されたものに他ならない。

維新政府で土佐が薩摩、長州に優らずとも劣らずにいられたのは、板垣退助があげた勝ち星ゆえである。彼は主君容堂の期待にみごと応えてみせたのだ。

その勝ちぶりは、まさに百戦百勝というにふさわしかった。主なところでも、このすぐ後、甲州勝沼で敵をけちらしたのを手はじめに、江戸に入ってから船橋で幕府撤兵隊を撃破。この船橋の戦いの結果を見て関東諸藩は慴伏《しょうふく》し、いっせいに新政府になびいたといわれる。

敗走する幕府軍を追って北上し、下野《しもつけ》今市では大鳥圭介の軍と交戦した。圭介は旧幕府歩兵奉行をつとめた旗本で、新政府の武装解除命令を拒絶、伝習隊の精鋭をひきいて逆襲の機会をねらっていた。

伝習隊はフランス式兵術訓練をほどこされた精鋭部隊である。これに土方歳三の新選組残党が合流していた。圭介は歳三の京都、伏見における実戦経験、指揮采配を高く評価し、副将にすえた。そのうえ会津藩からの援軍まで得た圭介、歳三は今市宿の占拠をこころみるものの、退助の巧みな戦術に翻弄されて大敗を喫する。

この一戦を以て関東を制圧した退助は、追撃の手をゆるめず、東北に兵を進めて二本松藩と戦い、猛攻わずか一日で落城においこんだ。

そして最終的には、奥羽越列藩同盟の雄、会津藩を降伏させるのである。明治、と年号があらたまってまもない九月二十二日のことだ。甲州勝沼で初戦を飾ってから、ほぼ半年が経過していた。

退助は三十二歳。

勝沼の戦いが終わって、すぐのことである。

本営で退助は戦勝の報告を受けた。柏尾山《かしおさん》に陣取っていた敵は笹子峠に向かって退却し、そこで兵をまとめようとしたがこれも上手くゆかず、国境をこえ八王子方面へ敗走中という。

「大久保大和《やまと》はどうした」

退助は訊いた。開戦前に斥候を放って知りえた敵将の名である。甲陽鎮撫隊、大久保大和昌宜《まさよし》——誰も知らず、武鑑《ぶかん》にも載っていない謎の名だった。

「それがどうも、とりにがしたようです」

答えたのは前線の指揮を任せた谷守部《たにもりべ》（干城《たてき》）である。

「しかし、乾さん、じゃなかった板垣さん、甲陽鎮撫隊なるものは壊滅しましたよ。一刻ともたなかった。あっけないもんです。あれじゃあ、どのみち大した指揮官だったはずがありません」

守部がもどってゆくと、退助は宙をにらみ、

「大久保大和か、何者だろう」

とつぶやいた。

指揮ぶりは拙劣だったにせよ、ほかの幕臣たちが江戸に閉じこもったきりなのに較べ、敢然と甲州まで出陣してきた胆力は、敬意をはらうに値する。

「お知りになりたいですか、大久保大和の正体を」

退助は飛びあがらんばかりに驚いた。背後に影が立った。

「光徳一風斎！」

その名が自分の口をついてでたのが不思議なくらい、この男のことはずっと忘れていた。

「おまえ、いつからそこに」

一風斎は兵装を脱いでいる。はじめて会った時の陰陽師装束になっていた。幔幕で囲っただけで屋根などない露天の野戦本陣だが、雲一つない青空であったにもかかわらず、退助は周囲が一気に薄暗くなったような錯覚にみまわれた。陰陽師の姿が、妙にぼやけて見える。

「わたしは、ずっとおそばにおりました、乾、いいえ板垣さま。これも陰陽の術でして。とは申せ、隠形《おんぎょう》の術ひとつで東山道、東海道を旅するほどの自信はありません。甲州まで無事に来られたのは、あなたのおかげです」

「その身なりは何だっ」

「もう兵卒に身をやつさずともよくなりました。ここまで来たからには、あとは一人で江戸まで参ります。これまでのお礼にと思い、疑問に答えてあげようとしたのです」

「疑問？」

「大久保大和、その正体は――」

「やっ」

退助は目を瞠った。一風斎が薄暗さに同化しはじめたのだ。すぐに聞こえた、声だけが。

「新選組局長、近藤勇」

九

近藤勇は板橋の刑場にいた。

これまで数知れぬ人々を斬りころし、局中法度違反で隊士を次々と切腹においこんできた彼が、ついに自身が刑場の露《つゆ》と消える時がきた。甲州勝沼の敗戦から、ほぼひと月半がすぎた四月二十五日のことである。江戸に逃げもどった勇は、下総流山《しもうさながれやま》で再挙を期したが、ここも新政府軍に包囲された。そして心の梁《はり》が折れたように、土方歳三の制止をふりきって投降した。

板橋に送られたのは、そこに薩摩藩の参謀である伊地知正治《いじちまさはる》がいたからだ。

正治は勇に死を命じた。それも武士らしく切腹させるのではなく、罪人としての獄門を。三年前に土佐で岡田以蔵がこうむったと同じ恥辱である。首は京へと送られ、三条河原にさらされるということであった。

で、勇は今、矢来で厳重に囲まれた刑場の、地べたにむしろを敷いたその上に坐らされ、従容と首を垂れている。両手を後ろ手に縛られて。

人は死の直前、それまでの人生を走馬灯《そうまとう》のように一瞬になぞり見るという。ならばこのとき勇は、武蔵国多摩郡石原村に生を受け、天然理心流の剣を学び、幕府の募集に応じて浪士隊に加入し、新選組をひきいて名をあげたものの、武運味方せず……と三十三年と半年間余の生涯を回想したかといえば、それは違う。

彼は待っていた。期待していた。

強い陽射しの照りつける地面に、背後に立った斬首人の濃い影がくっきりとうつっている。斬首人が大刀をすっとふりあげた。その速度が突然、ゆるやかになったかと思うと、途中で静止した。

「おお、忍法時よどみ！」

勇は歓喜の声をあげた。斬首人だけでなく、検視席を見やれば、伊地知正治、有馬藤太らも動きをとめていた。

「忍法ではありません」

がっかりした声とともに、背後からまわって山田一風斎が勇の正面に立った。

「陰陽の術です。術名もお間違えだ」

「す、すまぬ」

「まったく近藤さん、あなたというお方は」

「機嫌を損じたのならゆるしてくれ。まさか……おい、ま、まさか、その……へそを曲げて、第二の生を、死に臨んでの秘術を、授けぬというのではなかろうな」

「あなたにとって剣術があるように、わたしには陰陽の術がある。なまなかなことで身につけたのではないのですよ」

「悪かった、ゆるしてくれ、天然理心流近藤勇、生涯の不覚であった。このとおりだっ」

勇の顔は蒼白になり、脂汗が流れおちた。後ろ手に縛られた姿勢で何度も平身低頭した。

「おぬしを期待しての投降だった。わしは新選組局長、近藤勇、この兇名を薩長が憎んでいないはずはない。死はまぬがれがたし。その間際、おぬしが現れてくれるのを待ち望んでいたのだ。

さあ、一風斎よ、約束どおり第二の生を与えてくれ。このままでは死ねぬ。武士であるわしに、おのれっ、獄門の恥辱を与えようとは。薩長の腐れ犬ども、やつらの好きにはさせん。斬ってやる！　ひとり残らず斬ってやる！　斬って斬って、斬りまくってやる！　そうだっ、あの池田屋の時のように！」

「術名を正確に答えられたならば――」

面白がるように一風斎は応じた。

「望みを叶えてさしあげましょう」

「うーん」

勇の顔が苦悶にひきゆがんだ。汗にまみれたその顔が赤くなったり青くなったりした。

「ヒ、ヒントをくれ、たのむっ」

「時の流れを、吹く風に見立てています」

「吹く風……」

「風がとまるのは？」

「……凪ぎだ、なぎ……なぎ何だっけ」

「吹く風に見立てている。別の言葉でいえば、もどいています」

勇は大口をあけて咆哮した。

「なぎもどきだ！」

「合格です」

一風斎は転送の作法を教えた。

「では参ります。心の準備はよろしいでしょうか」

「待ってくれ」

「今さら何です？」

「総司だ、沖田総司はどうしている」

勇は我がことのように声をふりしぼった。

江戸にはもどったものの、総司はもはや剣をとれる身体ではなかった。病床に臥した彼を残し、歳三と勇は勝沼、そして流山とたたかってきたのである。

「確か、おぬし、こう申したな。勇が先か総司が先か、と」

「勇が先でしたね。総司どのはまだ生きてはいますが、そう長くないと星占いは告げております」

「総司のところにも行ってやってくれ。たのむ。油小路での一件を伝えたところ、あいつ、わし以上におぬしのことを心に留めているようだった」

「心得ました」

一風斎はしかつめらしくうなずくと、背中にまわされた勇の手に、奇怪な棒状のものを握らせた。

勇は呪文を唱えた。


慶応四年四月二十五日、近藤勇死す。三十五歳。

十

「やあ、一風斎！　やっぱり来てくれたんだ！」

病床の沖田総司は、とびきり無邪気な少年の笑顔を見せた。

「きっと来てくれるはずだって、勇さんが云ってくれたとおりだ！」

声もはずんでいる。

一風斎が総司のもとをおとずれたのは、近藤勇の刑死から一カ月を経た五月三十日だ。もちろん勇に遺託されたからではなく、云われずとも初めからそのつもりの一風斎である。

総司は、千駄ヶ谷池橋尻にある植木屋の納屋に起居していた。そして、その日が彼の臨終だった。

一風斎の目にも、総司はもう一刻ともたないような顔をしていた。死相であるにもかかわらず、みずみずしい美しさが少しも失われてはいないのは不思議なことだった。

「総司どのとは、四年ぶりですな」

がらにもなく感傷にかられて一風斎は云った。

「うん、鴨の河原だったね。星がきれいな夜だったなあ」

と総司は応じた。

「あの時は桂小五郎を追っていたんだ。あと一歩というところで逃がしてしまって。その桂が、今じゃ木戸孝《たか》允《よし》なんてたいそうな名前になって、長州の殿さまをしのぐ権勢だっていうじゃないか」

「たった四年で、この変転です。まこと人の世とはわからぬもので」

「夢でも見てるようだよ」

「夢ですか。しかし、夢というよりは無常でしょうな。——人はたゞ無常の身に迫りぬることを心にひしとかけて、束の間も忘るまじきなり」

「何だい、それ」

「わが座右の銘です。『徒然草《つれづれぐさ》』という書物に出てまいります。ときに総司どの、近藤さんのことはお聞きおよびでしょうか」

さっと総司の顔から笑みが消えた。

「聞いた。ひどいことをしやがる。よりにもよって獄門だなんて」

「ご安心ください。新選組局長近藤勇は生きております。この一風斎めの秘術、擬界転送により」

「そうか」

まったく疑っていない顔で総司はうなずく。

「総司のところにも行ってやってくれ。近藤さんから、そう頼まれております」

「あの人らしいや。でも、ひょっとしたら、わたしなんか見捨てられるんじゃないかって、諦めてもいたんだよ」

「なぜです」

「このとおりの身体だからさ」

答えた瞬間、総司は咳《せ》いた。咳くたびに、真っ赤な血の霧花が空中に一輪、また一輪と咲いた。つぎつぎに咲いては、はかなく散ってゆく。咳きがとまったとき、彼の命も散るのだろう。

「ご心配なく」

一風斎は請け合った。

「わが術書には、こうあります。『病める肺はきれいに癒った新生、再生した坊太郎そのものを』と」

「坊太郎だって？」

咳きつづけながら総司は云う。

「わたしの幼名は宗次郎っていうんだが」

「坊太郎とは個人の名ではなく、成年男子をさす一般名詞とおかんがえください。ともかく、あなたの身体はもとのとおりに治癒されます」

一風斎は転送の作法を伝授した。

総司は力のない手で、差しだされたくとぅるーの魔杖をにぎった。そして血の花を三輪咲かせつつ呪文をとなえた。

「これで九人」

と一風斎は云った。

これで十一人——箱館五稜郭で榎本武揚がその声を耳にすることになる一年前のことである。

慶応四年五月三十日、沖田総司死す。二十五歳。

第七章　さらばだ、釜次郎

榎本武揚

一

明治四年も暮れようとしている。

榎本武揚は江戸の——いや、今は改称して東京となった丸の内は辰《たつ》の口の牢屋にいた。兵部省糾問所に付属する仮監獄である。

五稜郭に白旗をかかげたのが明治二年の五月。縄をうたれ、唐丸籠にのせられ、ただちに東京へと護送された。いらい二年半、彼は囚人として獄中生活を送ってきた。

待遇たるや最悪、最低だった。一般の罪人たちと同じく「揚屋《あがりや》」と呼ばれる雑居房に閉じこめられたのだ。近代的な監獄制度への整備途上にあったから、味噌も糞も——つまり被疑者も被告も既決も未決もゴタマゼに放りこまれるというずさんな牢獄に。

そこでは女房殺し、雇い先への放火、強盗殺人といった重罪を犯した兇悪犯、こそ泥、すり、おきびきなど軽微な犯罪をなりわいとする最下層の貧民どもと、同じ釜のめしを食べ、薄い布団をうばいあって眠る。

それは直参旗本の嫡男として生まれ、オランダに留学し、最先端の科学と兵学をおさめて帰国し、幕府軍艦奉行となり、蝦夷地で新政府に敢然と交戦した男の誇りを何よりも大きく傷つけるものだった。貧弱きわまりない食事、入浴が月に一度きりであること、ノミや蚊やシラミや南京虫が大挙して来襲することなどよりも。

とはいえ、ともかくも二年半を生き延びたのである。幕臣の意地をつらぬきとおした男が、高圧的な新政府に最後まで不服従のきばをむいた男が、だ。

死罪になって当然だ。しかし、そうはならぬはずとの確信が武揚にはあった。

敵将の黒田了介が自分を優遇してくれたことが第一の根拠だ。清隆と名をあらためた黒田は、武揚の助命嘆願のため頭をまるめ、榎本を殺す前にこの首を刎ねよ、と新政府の重臣たちに熱心に説いてまわっていると聞く。黒田清隆は西郷吉之助あらため隆盛の信頼があつい。西郷隆盛が首をたてにふらぬかぎり、長州の木戸孝允であろうと、土佐の板垣退助であろうと武揚を処刑できないはずだ。

第二の根拠としては、明治新政府の人材不足がある。近代国家の建設という一大課題をかかえた薩長の田舎侍どもは、オランダで最新の技術を身につけた武揚が、表向きはともかく内心では咽喉《のど》から手が出るほどほしいはずなのだ。

となれば、あとは赦免《しゃめん》を待つだけ。二年目あたりでは、とふんでいた。しかし、その五月、六月をすぎてもいっこうに音沙汰がなく、こうしてついに年の瀬もおしせまり、いささか気落ちしている武揚ではある。

「……いよいよ明日かぎりかい、わっちの命は」

そのつぶやきを耳にしたのは、夜が更けて悶々と眠れずにいたときだった。

囚人は牢内で必ず一度は心を折るものである。折って、絶望の言葉を口にする。自分で自分を見捨てるのだ。そのような自棄の声を武揚は幾度もきいてきた。ふん、下賤の者めが弱気になりおって、と聞きながすのが常だが、このときばかりは気に留めたのは、武揚の心も萎えていたからであろうか。

「おい、元気をだせ」

と、反射的に励ましの言葉をかけていた。

つぶやいたのは武揚の左隣に横たわっている男だった。暗がりの中ゆえ顔かたちははっきりとしないが、最近入牢した亀吉のはずだ。その名のとおり全体的にずんぐり丸い体形で、首も四肢も短い。罪状は確か、かっぱらいと聞いた。

亀吉が身じろぎする気配が伝わった。十三畳しかない狭い牢内には四十人近くが押しこめられていて、いびき、寝言で、秋の夜の庭先もかくやと、かまびすしいことこのうえもない。

ややあって、小声がかえってきた。

「どなたさまで？」

「わたしだ。榎本だ」

「これは牢名主さまでございやしたか」

牢内には江戸時代の習慣が残っていた。武揚は入獄したその日から牢名主にまつりあげられた。

「亀吉と申したか。おまえは微罪であろう。首をはねられることはないから安心せよ」

武揚としては、無知な男がわけもわからず恐がっているのだろうと思ったのだ。亀吉の返答は、しかし意外なものだった。

「死罪におびえているんじゃあございやせん。それが定め、宿命――明日がわっちの寿命なんで」

「面白いことを申す。寿命がわかると？」

「わかりやす」

「ほう、なぜだ」

「陰陽師だからでございやす」

武揚は沈黙した。いつのまにか寝言やいびきがまったく聞こえなくなってしまっている。――その奇怪さにも気づかぬほど、彼は自分の考えにふかくふかく急速に沈潜していった。

「…………」

「…………」

「あの、牢名主さま？」

「榎本さま？」

「む？　いや、考えごとをしてしまったようだ。陰陽師だと申したか」

「へえ」

「陰陽師といえば、安倍晴明いらい我が国の魔術師とでもいうべき存在だろう。それがなぜこんなところにおる」

「安倍晴明だなんて遠い昔の話です。いまじゃ時代もちがって、誰ひとり見向きもしてくれやせん。ザンギリ頭を叩いてみれば、ブンメイカイカの音がするってなご時世でやすからね。もう商売あがったり」

「で、かっぱらいにおよんだと」

「なれないことは、するもンじゃあございやせんねえ、はい」

「陰陽師だと自分の寿命がわかるのか」

「そりゃもう。星を占うのは陰陽術の基本でございやすから。捕まる前に、きっちりといえば十五日前に、それがわかったんでやす。で、明日がちょうどその日というわけで」

「夜も更けた。明日と申して、もうまもなくではないか」

「運命でやすから」

「自分だけではなく、人の星も読めるか」

「もちろんでやす」

「わたしの運命も？」

「あいにくと、ここじゃ星は見えやせんからねえ」

「ふむ、それはそうだな」

「でも、榎本さまの運勢はわかりやすぜ」

「なぜだ」

「わっちは葵《あおい》びいき、徳川びいきでやしてね。当然でござんしょ。喰いつめたのは、新政府のせいなんだから。どいつもこいつも、ぶざまに負けるか、戦う前に頭をさげちまうかするやつらばかり。

その中で、榎本さま、武士の忠義をつらぬきとおしたあなたさまは、わっちにとって英雄なんで。英雄の運勢が知りたくなって道理でさあ」

「この榎本を、星に占ったというのだな」

「申し訳ございやせん。よもや、こんなところで榎本さまとご一緒するとはつゆ知らず」

「どんな結果が出た」

「へ、へえ、それは……」

「申してみよ。凶と出ようが、そのようなことでとがめだてする榎本武揚ではない」

「いえ、その逆なんでやす。お信じにならなくてけっこうでやすが、榎本さまの星運は実にお強い。この先、少なくとも三十年は寿命の黒点が出ておりやせん」

「長寿だというのか」

武揚は笑った。ばかばかしいと思いながらも、気が少しかるくなった。

「まさか、わたしに世辞を使ってのことではないだろうな」

「こう見えても安倍晴明の末裔《まつえい》、それだけがわっちの誇りでやすよ」

亀吉の声が、挑戦的な響きをおびた。

「明日には死のうっていう陰陽師が、いまさら人に世辞を使ってどんな益がありやすかってんだ。それとね榎本さま、あなたは近く出獄なさいますよ」

「何」

「それも星に出ておりやした。たぶん、年明けそうそうに」

「………」

「あなたさまほど強い星運の持ち主は、ほかに見たことがない。木戸も、大久保も、西郷も、実はそれほど長い命ではございやせんよ」

ふたたび武揚は沈黙した。亀吉も口をつぐむ。牢内は静寂にひたされた。

静寂――いや、時のよどみのような無音世界の感覚。もし武揚が一つの考えにのみとらわれていなかったら、これと同じ感覚を以前にも経験していたことを思い出しただろうに。

やがて彼はかすれた声で呼びかけた。

「亀吉……陰陽師の亀吉」

「木戸、大久保、西郷、彼ら三人の寿命はいかほどとお訊ねでやすね」

「いや、そうではない……その、訊きたいのは別のことだ」

「別の？」

「うむ……何と訊いてよいものやら……ともかく、まがいという言葉を聞いたことはないか、亀吉」

「まがい、でやすか。贋物《がんぶつ》、いかもの、紛《まが》い物のまがい？　それとも磨崖仏《まがいぶつ》のまがいで？」

「それがわからぬ。偶然、耳にしたのだ。わからぬから訊いている」

「弱りやしたね。いきなり、まがいとだけ云われやしても」

「陰陽師としてのおまえに訊ねているのだ。あるいは術名なのかとも」

「術名ねえ。まがい、まがい、まがい、と……」

ぶつぶつとつぶやいていたが、やがて、はっと息をのむ気配が伝わった。

「まがい、てん――いや、まさか。そんな」

「どうした。何か思い当たるふしでもあるのか」

「榎本さま」

亀吉の声音が変わった。畏敬すべきものに対し慴伏《しょうふく》するかのような声音に。

「ど、どこで、その言葉をお耳にされました」

「どこでと申して……」

武揚は迷った。伊庭軍兵衛の臨終に顕現した怪異を話すべきだろうか。話すとしても、どこまで打ち明けたらよいのか。

まがい、とは瀕死の軍兵衛が口にした言葉であること、その軍兵衛の片腕が遺骸では左右逆になっていたこと、須臾の間ではあれ陰陽師らしい人物を見たこと——にわかには信じてもらえそうにない、一笑にふされるかもしれない怪現象である。

「まがい、と付く術は確かに存在しやす」

武揚がためらっていると、亀吉のほうから口を開いた。

「わっちも名前を聞くだけで、使えるわけじゃございやせん。と云いやすのも、それは陰陽術の秘術中の秘術、奥儀中の奥儀で、陰陽師なら誰でも操れる術ではないんで。術の発明者と伝えられる安倍晴明のような不世出の大陰陽師にして、はじめて駆使できる大技でございやすよ」

「大技か」

「擬界転送《まがいてんそう》——術名はそう申します」

武揚は間をおいて、訊ねた。

「どのような術だ」

「これより榎本さまに、陰陽の秘術・擬界転送のことを申しあげようと存ずる」

亀吉は、「擬界転送」のことを語り出し、語り終えた——。

時の流れのとまった、音のない茫洋たる感覚のよどみだけがそこにはあった。

「——てえのが、わっちの知ってる擬界転送のすべてでやす」

一転して亀吉の口ぶりは元にもどり、

「あらためてお訊ね申しやすが、榎本さまは、どこでまがいというお言葉をお耳にされやしたので？」

と訊いたのだが、その問いは武揚の耳を素通りした。武揚は、聞いたばかりの途方もない話で、みずからの途方もない体験を読み解こうと、夢中で頭をはたらかせはじめていた。

擬界転送。一言でせんじつめれば、それは身代わりの術といえよう。これを軍兵衛の事象に当てはめるとどうなるか。結論は簡単である。

——伊庭軍兵衛は死んでいない！

これだ。擬界から転送されてくる身代わりは、左右があべこべであるという。軍兵衛の遺体に起こった怪現象はそれで説明がつく。あの場で武揚たちが目にした遺体は、擬界から転送されてきた軍兵衛の身代わりだったのだ。いや、説明がつくどころの話ではない。軍兵衛が擬界転送にかけられたことの証拠、明々白々たる確証ではないか。

だくっ、だくっ、といううわごとは譫妄《せんもう》状態によるものではなかった。軍兵衛はうべなったのだ。擬界転送をもちかける陰陽師に対して。彼の目にのみ見える陰陽師に対して。おそらく陰陽師は隠形の術のようなものを使ったのだろう。

いや、武揚も見た。確かに見た。一瞬ではあれ陰陽師の姿をまちがいなくこの目で見た。なぜ彼にも見えたか——それは不明だが、あるいは擬界転送という大技を成就させた陰陽師のふとした気のゆるみが、瞬間的に隠形の術を破綻させたのであるかもしれぬ。

ともあれ、だとしたらどうなる。伊庭軍兵衛が死んでいないとしたら——。

身代わりとは逆に擬界へ転送されていった本物の伊庭軍兵衛は、今どうしているのであろうか。

軍兵衛が擬界転送を受諾した理由は、武揚にもよくわかる。七生報徳《しちしょうほうとく》、それが彼の口ぐせだった。気力の充溢する健康体になって徳川のため剣をふるおうというのだ、二度目の人生もなお。

二度目の人生？　そうだ、擬界転送は単なる身代わりの術ではない。ある意味、再生、よみがえりの術ともいうべき秘術だ。

武揚は戦慄する。まもなくすれば年があけて明治五年となる。そんな時に天才剣士、佐幕の鬼、伊庭軍兵衛がよみがえったら――。

戦慄は戦慄を呼ぶ。戦慄ついでに、武揚は新たな戦慄とともに思い出した。

――これで十一人。

あのとき、陰陽師がそう口にしたことを。

それは何を意味する。伊庭軍兵衛で十一人目ということだ。つまり軍兵衛の前に、すでにもう十人が擬界転送されているということだ。軍兵衛に伍す大剣士が？　だが、まさかそんな――。

次の瞬間、武揚はあっと声をあげた。

「土方歳三！」

どうして今の今まで思い出さずにいたのか。歳三が左手で剣をふるっていたことを。

ならば歳三も？

あれは身代わりの歳三だったのか。擬界から転送されてきていた、もどきの土方歳三であったというのか。

記憶が一気に鮮明になった。剣戟のはじまる直前、武揚はよどみのなかにいるような感覚をおぼえた。転送、すなわちもどきとの入れ替わりは、あの瞬間に行われたのではなかろうか？

記憶の中で歳三に話しかけているやつがいる。

『きみは、人生を二度生きたくはないかね、土方くん』

誰だ？　誰の言葉だ？　おお、わたしだ、この榎本釜次郎だ。しかし、それはまったくちがう意図で口にしたものだった。歳三に降伏の考えがあるかどうか、それを確かめようとして。

対するに歳三は何と、何と答えたのだったか。

『薩長政府に仕える気なんざ、これっぽっちもありゃしませんよ』

そうだ。歳三はそう云った。そして——。

武揚はふるえあがった。総毛立ち、どっと全身が冷や汗にまみれた。

思え——。

伊庭軍兵衛、土方歳三、そして九人の剣士。その九人が誰であろうと、軍兵衛、歳三に匹敵する大剣士であることは疑う余地がない。ならば擬界転送の剣士団、その十一人の「編制」はまちがいなく彼らを「敵」として「万に一つもいのちある者が、この世にあろうとは思え」ぬ「恐るべき超絶の集団」となることだろう。

「亀吉、亀吉、亀吉」

武揚は疾風のように連呼した。

「擬界転送、それを使える陰陽師に心当たりはないか」

返事はない。

「確証はなくてもよいのだ。あるいは、と思う術者がいたら誰でもよい、名をあげてくれ、亀吉」

返事はない。

「亀吉？」

武揚は手を伸ばし、隣の男の肩を揺さぶった。

亀吉は息絶えていた。その身体は、もう一刻も前から死んでいたかのように硬く、冷たかった。

二

明治五年一月六日――。

待望の赦免がくだった。榎本武揚は、はれて辰の口の獄舎を出た。大鳥圭介《おおしまけいすけ》、永井玄蕃《ながいげんば》ら箱館戦争の囚人たち六人もそろって釈放された。ただし武揚だけは正確には赦免ではなかった。申し渡しに、

「ソノ方儀《ほうぎ》、悔悟伏罪《かいごふくざい》ニ付《つ》キ揚屋入《あがりやい》リ仰《おお》セツケオカレ候処《そうろうところ》、特命《とくめい》ヲ以《もっ》テ親類御預《しんるいおあずけ》仰《おお》セツケラレ候事《そうろうこと》」

とあって、出獄はするが、なおも親戚の家で謹慎せねばならなかった。圭介、玄蕃らへの申し渡しは「特命ヲ以テ赦免仰セツケラレ候事」であり、この違いに箱館戦争の〝首魁《しゅかい》〟である武揚への意趣が含まれているのは明々白々だが、いずれ謹慎処分は解かれるものと彼は楽観した。

武揚が謹慎先に選んだのは兄の家だった。

四歳年上の兄榎本武与《たけよ》は、今や幕臣から工場経営主に転身していた。人工孵化《ふか》器で鶏の卵をかえす事業だ。人工孵化器は、武揚が獄中から送ってやった設計図をもとに製作したものである。

謹慎を命ぜられなくとも、二年半におよんだ獄中生活で心身は衰弱し、養生につとめなくてはならなかった。それでも半月を過ぎたあたりからは自他ともにみとめるほど回復したので、運動もかねて武揚は町を歩きまわった。最初は家の近くを、次第に遠くへ足をのばした。謹慎中の身ではないかと目くじらを立てる者は誰もいなかった。

三年半ぶりの江戸、いや東京だった。年号があらたまる前の慶応四年八月に幕府艦隊をひきいて品川を出航し、船上と蝦夷地でほぼ一年、薄暗い牢獄に二年半。明治という年号にも、東京という名称にも馴染《なじ》めずにい

た。

町の景観は江戸の名残をよくとどめていた。

しかし、なつかしいという感情は起こらない。むしろ苛立ちめいたものを覚えたほどだ。

近代化が目に見えるほどには進んでいないのである。もちろん、出獄したら江戸がアムステルダムやロッテルダム、コペンハーゲン、ブリュッセル、パリのようなヨーロッパ的都市に一変していると、何もそこまで期待していたわけではなかった。近代化というものが号令一つで、一朝一夕になしとげられるものでないことは武揚にはわかる。

とはいえ、今は明治もう五年ではないか、その間、新政府は何をしていたのであるか。

町並みだけの話ではない。道を行き交う人々はいまなお髷《まげ》を結い、着物をきて草履、草鞋《わらじ》をはき、男は帯刀している。昨年の八月に散髪廃刀が許されたと聞くが、まだゆきわたってはいないようだ。

かたや武揚は蝦夷地に向かう船上で断髪してからは総髪だし、出獄後も洋装で、脇差《わきざし》さえおびず無腰。そんな恰好で闊歩する彼のほうが、逆にじろじろと好奇の目で見られるほどだ。

薩長政府は無能なのか——という苛立ちは、ひるがえって云うなら、すでに武揚が新政府の立場で時勢を眺めやっていたことを意味する。苛立ちを感じると同時に彼は曙光《しょこう》を見るのだ。おのれの将来に対する曙光を。近代化事業がうまく進んでいない。それは彼の身の置き所があることを意味するものでなくて何であろうか。

聞けば、大鳥圭介、永井玄蕃らは北海道開拓使総任出仕を命じられたという。開拓使次官の黒田清隆のさしがねだ。

次官といっても長官が不在なのだから清隆が事実上のトップである。謹慎処分が解ければ、自分にも清隆から声がかかるであろうことを武揚は疑わない。そのときは、うんと高く自分を売ってやろうとまで計算していた。武士は二君に仕えずなどという儒教的な教えは、近代ヨーロッパをその目で見た武揚にとっては弊履《へいり》のごとく捨てさるべき陋習《ろうしゅう》でしかないのである。

おのれの前途を気にする武揚は、獄中での怪異を次第に忘れていった。もちろん、時にふとしたはずみで思い出し、あれは何だったのかと考えこむ時はある。だがその回数も次第に減っていった。夢だったと自分に言い聞かせている。

考えてみれば愚かしいの一語につきる。擬界転送だの、伊庭軍兵衛や土方歳三が今なお生きているだの、十一人の再生剣士団だの——。自分は夢を見た。軍兵衛の遺骸が左右逆になっていた謎を解こうとするあまり無意識が夢を見せたに違いない。夢が解答を与えたのだ。

亀吉が死んだ翌朝、目立ってしょんぼりと肩を落としている男がいた。武揚が声をかけると、男は鶴吉と名のり、亀吉の幼馴染で、いつもつるんで悪事をし、二人でかっぱらいをやって捕まり、なかよく入牢したのだという。

——では、おまえも陰陽師か。

武揚の問いに、鶴吉はぽかんとした顔で答えた。

——そりゃ、いったい何の冗談でやすか?

夢だとかたづけていい、それが理由だった。

さて、町並みは江戸のまんまだが、目に見えぬ部分、すなわち諸制度はしだいに面貌を一新しつつあった。四民平等が宣せられ、平民の名字がゆるされた。司法省が設置され、北と南の町奉行所に代わって同省直属の羅卒《らそつ》が東京府の治安を守っている。

兵部省は薩長土の藩兵八千で天皇親衛隊「御親兵」を創設、石巻と小倉に二つの鎮台を設けた。鎮台とは師団の前身で、大藩中藩の兵士から構成した。つまり藩兵という旧来の存在は解体溶解し、いや、それどころか鎮台設置からほどなく、なんと藩そのものがなくなってしまった。日本を中央集権体制の国家とすべく藩を廃して県を置く――いわゆる「廃藩置県」が断行されたのは、武揚が獄中にあった明治四年七月のことだ。まもなく東京と大阪にも鎮台が置かれた。国民皆兵、すなわち徴兵令施行のうわささえ流布している。

そんな情勢の中、岩倉具視を長とする欧米使節団が昨年十一月、アメリカに向かって出発した。一蔵から名をあらためた大久保利通《としみち》、木戸孝允、伊藤博文が従った。

留守政府は、太政大臣の三条実美をはじめとして、参議筆頭の西郷隆盛、板垣退助、大隈重信《おおくましげのぶ》、山県有朋《やまがたありとも》、後藤象二郎、江藤新平、それに黒田清隆という布陣である。

三

その日、武揚は芝口まで足をのばした。

汐留川に架かる芝口橋は、宝永七年に芝口御門ができるまで、単に新橋と呼ばれていた。

まもなく二月が終わろうとする頃で、洋暦に換算すれば四月に入っている。お江戸は、いや東京は昔も今も桜の季節。上野寛永寺、飛鳥山、隅田川堤を桜見の江戸三大名所といったものだが、ただし寛永寺は、れいの彰義隊一件の痛手からまだ立ち直っていない。むろん、三大名所にかぎらず、人々はあちらこちらで桜を愛でてそぞろ歩いていた。

チューリップの国に五年間も留学した武揚は、そんな和風の情緒とは無縁の男だ。彼が人出にさからって芝口まで出向いた目的は、建設中の鉄道工事を見るためだった。

五月には開業が予定されているとあって、ヨーロッパ風の瀟洒な停車場の舎屋はあらかた完成し、新橋から横浜までつながるという鉄路は、鋼色の輝きを南に向かって誇らしく延ばしていた。輝ける未来の象徴のように。

近代化の兆しをようやく目にしえたようで武揚は少しく満足した。ついに我が国にも鉄道が敷かれるかと、うれしさのあまり子供のようにどんどん鉄路をたどり、日暮れ時になって気がつくと、品川にまできていた。

薄暮の中を武揚はひきかえした。そして道にまよった。いったいどこからそんなことになったものやら、ともかくうすらぼんやりとした霧の中を歩いているような感覚だった。

景色に見覚えはなく、人がいれば訊ねてもみるのだが、花見の季節だというのに不思議なことに誰とも行きあわない。まるで無人の町を武揚一人だけがぽつねんと進んでいるようである。

ついに彼は立ちどまった。途方にくれて辺りを見まわした。どこかの野原のようだった。ところどころに崩れた築地塀《ついじべい》があり、廃材が積まれているのをみれば、大名か旗本の屋敷をとりこわした跡地かとも思われた。当時はあちこちに空き地が生まれていたのだ。新橋の停車場にしても、仙台伊達藩や竜野脇坂藩の上屋敷跡地につくられたものであった。あたりは深閑としずまりかえり、寂寞《せきばく》とした気配がただようばかり。

「さて、どうしたものか」

そうつぶやいた時、後ろに足音を聞いた。薄暮の中から三人の男が連れだって現れた。いずれも髷を結い、腰に大小をぶちこんでいる。武家、いや今では士族というらしいが、かつては侍身分だった者に違いない。

「卒爾ながら、道をおたずねいたさんと存ずる」

武揚は侍ばった言葉遣いで声をかけたが、その先は声を呑んだ。近づいてくる三人から明白な敵意が感じられたからである。

背後に気配をおぼえ、ふりかえると、崩れた築地塀《ついじべい》の一つから、これまた三人の旧武士が姿を現わしたところだった。鋭い目を武揚に向けて、ゆっくりと迫ってくる。

前に三人、後ろに三人。彼らは間合いをとり、ぴたりと足をとめた。武揚は取り囲まれた。

「何者だ」

六人は誰も応えず、無言で武揚をにらみすえる。

「わたしは旧幕臣、榎本武揚である」

「その榎本に用あって、われら推参つかまつった」

正面中央にいた長身の男が、しわがれた声で答えた。額から頬にかけてむざんな火傷と刀疵《かたなきず》が走っている。

武揚を追ってきた三人の一人だ。

前後から凄まじい敵意をあびつつ、武揚は敢然と声をはげました。

「名のれっ」

「名を告げる必要はない。我ら六人は、左袒《さたん》の爪《つめ》の者だ。それだけ云っておく」

「左袒の爪？」

「幕臣であったにもかかわらず、おめおめと薩長政府に左袒せんとする腰抜け、腑抜け、裏切り者を爪牙《そうが》にかけてやろうと、心ある忠義の壮士たちが集結した。それが我ら、秘密結社『左袒の爪』だ」

左袒とは、肩肌脱ぎとなり左肩をあらわにすることで、味方する、加勢するという意味である。司馬遷『史記』の「呂太后本紀《りょたいこうほんき》」によれば、前漢の初めに呂氏の乱がおこったとき、功臣の周勃《しゅうぼつ》が、乱に応ずるものは右袒せよ、我につくものは左袒せよと兵士に呼びかけたところ、みな左袒したという故事に由来する。

武揚は深く息をすい、ぐっと臍下丹田《せいかたんでん》に力をこめて、そっくりかえるほどに胸を張った。

「ばかもの！　誰にも腰抜け呼ばわりされるおぼえはない。まして裏切り者などと。わたしは箱館戦争の榎本だぞ。最後まで薩長に盾ついた男だ。もっとも幕府に忠義立てした男だ」

心からその自負がある。このような云いがかりをつけられようとは思ってもみなかった。

「だからこそだ、榎本。そういうおまえだからこそ許せぬ。箱館戦争の英雄が最後の最後に投降し、あろうことか縄目の辱めを受け、命惜しさにおめおめと生き残った。おまえは期待を裏切ったのだ。なぜ五稜郭で自害しなかった。忠臣としての自分をまっとうしようとはしなかったのだ」

頭目であるらしい火傷と刀疵の男が、火を吐かんばかりにそう切りかえし、他の者たちも口々に、裏切り者、腑抜け、腰抜け、オカマ野郎と悪罵を浴びせた。最後のそれは、武揚の本名である釜次郎を意識してのものに他意はなかろう。

「考え違いいたすな。この榎本、かまえて新政府にはつかえじ」

武揚は高らかに宣した。

「新時代こそ、榎本武揚という漢の主《あるじ》なり」

「おのれ、詭弁を弄するか」

「斬れっ、斬ってしまえ」

左袒の爪たちはいっせいに抜きつれた。

武揚は反射的に左腰に手をやった。が、手に触れたのは革ベルトだけだ。

彼は肩をそびやかした。この者たち、よもや本気ではあるまいと、この期におよんでもまだそうたかをくくっていた。ここは一喝するに如かず。ともかく幕臣同士、話せばわかるはずだ。

「腑抜けは、おまえたちであろう」

「何だとっ」

「その刃、なぜ薩長の田舎侍《いなかざむらい》どもに向けぬ。どうなのだ、答えてみよ」

「…………」

男たちの顔がくやしげにゆがむ。

「やはりな。答えられまい。では、この榎本が代わりに云ってやろう。恐いからだな。無腰の人間は斬れても、薩長あいてでは多勢に無勢、返り討ちに合うのがおちだ。どうだ、図星だろう、左袒の爪の諸君。そういうのを腑抜け、腰抜けというのだ」

「お、おのれっ、云わせておけばっ」

六本の大刀が揃ってふりかぶられる。

しまった、舌が過ぎた、と武揚は悔やんだ。怒らせてどうするのだ。まず彼らの頭を冷やし、何とかしてこの場を云い逃れるのが先決だった――。

「待て」

武揚は両腕を伸ばし、掌をつきだした。その仕種で、あたかも彼らを牽制しうるかのごとく。

「そう焦るな。六対一、しかもわたしは無刀だ。いつでも斬れるだろう。その前に、まずは話をきけ」

「聞く耳もたぬ。裏切り者の話など」

「耳の汚れッ」

「そうだ、問答無用」

と怒声をあげながらも、すんでのところで男たちは踏みとどまったようだ。

「格別に、この榎本の本心を明かそうと云っているのだ。それというのも、諸君を腑抜け、腰抜けよばわりはしたが、しかしそれはそれ、今なお徳川に忠義をつくさんとする諸君らの赤心には、大いに感じ入りもした。きみたちこそ忠臣だ」

「な、何を云いだす」

「誤魔化されんぞ」

「また命乞いか」

云いつつ六人は途惑いの色を刷《は》く。

榎本武揚、三十六歳。北の新天地に拠点を築いて抗戦の意思を天下に闡明し、怒濤のごとく攻めよせてきた薩長政府軍を対手に敢闘した男。そして二年半におよぶ過酷な獄中生活を耐えぬいた男。

その気迫が、内心では卑劣な暗殺者であることに忸怩《じくじ》とした思いをかかえた男たちを気圧し、ひるませたものか。

「この榎本とて同じだ。きみたちと同じだ。五稜郭が落城目前となったとき、当然わたしも一度は自決を考えた。しかし、思い直したのだ。徳川にささげたこの命、果たして自分の好きにしてよいのか。それこそ不忠義、利己的な行為ではないか。たとえ降将のそしりを甘受しても、敵におもねってその懐にとびこみ、内側から薩長を瓦解させてやろう。それが本当の忠臣というものだ、そう考えた」

「…………」

今や六人は押し黙った。ふりかぶった大刀がじょじょに垂れてくる。それに勢いを得て、武揚の舌はいよいよ滑らかにフル回転する。

「いわば、この榎本は忠臣蔵の大石内蔵助《くらのすけ》だ。今大石だ。諸君も知っているだろう、内蔵助は吉良上野介の首をとるため、まず味方の目から欺かねばならなかった。ために山崎の遊里で色惚けしたかのごとく酔狂した。山崎の大石蔵之助が、諸君の目にうつる榎本武揚だ。もしかりに、そのとき色惚け酔狂を憤った赤穂《あこう》浪士たちの手にかかり内蔵助が果てていたら、元禄十五年の義挙はあっただろうか。それをよっく考えてみなさい、同志よ」

六人の男たちは顔を見合わせた。

勝った、と武揚は思った。六人の無頼漢を言葉の力で説得した。これぞまさに「吾が舌を視よ」でなくて何だろう。

次の瞬間、六人は笑いを爆発させた。

「もうそれぐらいにしておけ。ヘドが出そうだ」

火傷と刀疵の男が、いかにもうんざりと吐き捨てるように云う。

「敵の懐に飛びこみ、内部から薩長をくずすつもりと聞いて、これはあるいは、と心が動きかけた。しかし榎本、調子に乗りすぎたな。何が今大石だ。ますますおまえを斬りたくなった。――やれっ」

最後の言葉は、他の五人への合図だ。六本の白刃が振りかぶられ、武揚の頭上に殺到する。

四

武揚は死を覚悟した。

横合いから、黒い疾影《しつえい》が躍りこんできたのはその時である。渾沌とした薄暮の中に、それ自体が発光しているかの妖しい輝きで、七本目の刀身が一瞬にして複雑な幾何学模様の線条をえがいた。

ずばっずばっと骨肉の断たれる音、夕空たかく六流の血がしぶく音、ひくい呻き声、どさり、どさりと地面に倒れてゆく音……などは、すべてその模様に付随した効果音にすぎない。

武揚は唖然として、自分の急場を救ってくれた深編笠《ふかあみがさ》の武士を見やった。

文明開化の世に、およそ似つかわしからざる黒羽二重の着流し姿。刀身から滴りおちる血、血、血。夕風に袖が舞っている。

武士はかるく大刀をふって血を飛ばすと、パチンとかろやかな音をたてて鞘に斂めた。

「大事ないか、釜次郎」

名を呼ばれた。しかも幼名を。いかにも呼びなれたらしい親しさで。

「…………」

あれほどよく動いた武揚の舌は、口腔で固まってしまっていた。死に瀕した衝撃のあまりか、しびれきっているようだ。今は目の前の武士をまばたきもせず見つめることしかできない。

──北辰一刀流。

突然、そんな考えが浮かんだ。武士が使った太刀筋は、そういえば北辰一刀流のものだった、と。

「危ないところであったな、釜次郎」

また、呼ばれた。何だ、このなつかしさは。かつて、この声で呼ばれたことがある？　だが、それは昔、遠い昔のことだ。

「わしだ」

武士が深編笠を脱いだ。

「立派に成長したな、釜次郎」

武揚は瞠目した。衝撃が、舌をして自縛から解き放たしめた。

「先生！　千葉周作先生！」

叫び声がほとばしった。昔、相手をそう呼んでいたそのままに。

武揚は幼いころから学問を好んだが、父の円兵衛武規《たけのり》はそれをよろこびつつ、当惑もした。

それというのも、今や武士も学問でしか身を立てられぬ世の中、ほかならぬ武規じしんが備後国安那郡箱田《びんごのくにやすなぐんはこだ》村《むら》の郷士の次男に生まれ、江戸に出て学問で立身し、その才を見こまれて旗本榎本家の婿養子となった男であった。

しかし、だからこそ武規は、自分は生粋《きっすい》の武士ではないという引け目から、息子に一流の武術を身につけさせたいと望んだのだ。

そういう父が子を入門させた先が、組屋敷のある下谷御徒町《したやおかちまち》の三味線堀《しゃみせんぼり》からほど遠からぬ神田お玉ヶ池の練武館、千葉周作の道場であった。決して剣才にめぐまれたとはいえぬ武揚だったけれど、周作は何かと声をかけ、可愛がってくれたものである。

「今は過渡期だ」

武士は——千葉周作はさとすように云った。

「無腰で出歩くのは危険である。くれぐれも自重せよ、釜次郎」

「……これは、夢か。わたしは夢を見ているのか」

武揚は頬をつねり、痛みに呻いた。

「ばかなっ、こんなばかなっ、千葉先生はお亡くなりになったはず。安政二年、今から十五年前に。あれはたしか、そう、十二月だった。葬儀が営まれた誓願寺仁寿院の畳が、真冬の池面に張った氷のように冷たかったことを鮮明に覚えている」

「うむ。高明院勇誉智底敬寅居士《こうめいいんゆうよちていけいいんこじ》というのが、千葉周作の、つまり、このわしの戒名《かいみょう》であるらしい」

そのことを面白がるように武士は——千葉周作は云った。

「だが、わしはこのとおり生きておる。十五年前と変わらぬ姿で。いや、それどころか全盛期の千葉周作の力が十全にそなわった身体で、だ。そなたも見たからには、わかるであろう、釜次郎」

武揚は、周囲に倒れた六体の骸《むくろ》を見やった。

周作は重厚にうなずき、

「わしだけではないぞ。ほかに十人の剣士がいる」

「——じゅ、十一人！」

その声は、全身を容赦なく押しつぶす驚愕によって勝手に咽喉《のど》から搾りだされてきた。

何と、何と、人もあろうに、千葉周作が十一人のうちの一人だったとは！

「いや、さにあらず」

と、千葉周作は武揚の動転ぶりを楽しむように目をほそめ、思わせぶりに先をつづける。

「そなたの出獄と前後して新たに一人が加わり、われらの編成は十二人となったのだ。教えてやろう、この千葉周作を筆頭に、田中新兵衛、大石進、男谷精一郎、岡田以蔵、坂本龍馬、物外不遷、新選組の近藤勇、沖田総司――」

「土方歳三」

かすれた声ながら、そう云った武揚を、ほう、という目で周作が見やる。

武揚はつづけた。

「そして、伊庭軍兵衛。これで十一人」

「よく知っておるな。一風斎さまは、伊庭軍兵衛の臨終に際し、そなたに姿を見られたやもしれぬと仰せであったが、やはりそうだったのだな」

「一風斎！　それが、あの陰陽師の名ですか、千葉先生」

武揚は叫ぶように云った。

周作はしかつめらしい顔でうなずいた。

「我ら十二人の剣士団は、一風斎さまのもとに編制され、統率されておる。いずれも世間では死んだと思われている稀世の大剣士だ。よもや生きていようとは誰も思ってもみない伝説の名剣士たちだ。それが剣士団を編制した。何のためか――」

そこでいったん言葉をきり、心の奥底をのぞきこむような目つきになって武揚の顔を凝視し、さらに語を継いだ。

「考えてもみよ。この千葉周作はじめ十二人の剣士は、めいめいが人生に鬱屈《うっくつ》をかかえ、あるいは志なかばで倒れねばならぬ非命を呪い、それがゆえに二度目の生を願い、寿命の延長を欲した者たちだ。ある者はこころゆくまで剣をふるってみたいと切に望み、ある者は佐幕忠君の宿意をとげたいとの祈願をこめている。その敵するところは現政府、これである」

武揚はよろめいた。斬殺体の一つにかかとをひっかけ、顚倒《こんとう》しそうになって踏みとどまった。

「新政府、薩長政府といってもよい。ともかくそれが、われら十二人の敵だ。思う存分に破邪顕正の剣をふるってくれん」

「………………」

「釜次郎よ、一風斎さまはおまえの加入もお望みであった」

「……わたしの？」

「そうだ。なるほど、おまえの剣の腕はからきしだめだ。師匠であったわしがそれを保証しよう。一風斎さまがおまえを買ったのは、まず第一に生来の学者肌であることだ。学者と申しても、苔生《こけむ》した儒学ではないぞ。理化学者としての素質だ。

第二に、オランダ留学で得られた知見、知識である。そして第三には、恭順論に敢然と背を向け、北の大地で戦った佐幕の志、男児の気概、男の誇りというべきものだ。有言実行、その実績だ。

それらを一風斎さまは嘉し、何としても編制に加えたいと欲された。参謀格、相談役で。しかし釜次郎、そなたよくよく強運の星のもとに生まれたらしい。一風斎さまの星占いによれば、榎本武揚の寿命はこの先しばらく尽きずと出た」

「………………」

「もちろん、わしらのように二度目の生でなくとも加入は可能である。しかるに、そなたは期待を裏切り、新政府に投降してしまった」

期待を裏切り——武揚の顔を汗が流れおちる。彼の足元で冷たい死体となっている男たちも、同じことを云って彼を糾弾したのだ。

「で、一風斎さまはそなたを見限られたが、よほど未練をお持ちであったものらしく、出獄の報を聞くや、そなたの身辺をさぐるよう、このわしにお命じあそばされた。榎本の本意はいづちにある、しかとそれを調べてまいれ、周作と。そなたは、気づきもしなかったが、外出の間は、わしが前になり後ろになりしていたのだ」

「…………」

「そしてわしはついに聞いた。さきほど、そなたがこう云ったのを。——敵におもねってその懐にとびこみ、内側から薩長を瓦解させてやろう。それが本当の忠臣というものだ、と」

「…………」

「こうも聞いた。——この榎本は忠臣蔵の大石内蔵助だ。吉良上野介の首をとるため、まず味方の目から欺かねば、と」

「…………」

「これを額面どおり受けとってよいものか。どうなのだ、釜次郎」

「…………」

「あるいは、その場しのぎの方便であったやもしれぬ。いや、非難しておるのではない。とすれば、それも兵法。卜伝《ぼくでん》こと塚原新右衛門高幹《たかもと》先生は絶賛するに違いない。ともかく、そなたの本意、存念を聞きたいのだ。われらの義挙、壮図に加わるか否かの意思を訊ねる前に、まずはそれを」

「…………」

「安心せよ。わしはこの者たちとは違う」

と、千葉周作は自分が斬殺した六つの死体を平然と一瞥して、

「そなたが新政府に出仕することに決めたと答えても、斬りはせぬ。残念には思うがな」

「せ、先生、わたしは……」

武揚の舌はもつれた。彼が受けた衝撃は、薄れるどころか周作が事の次第を明かすにつれ深まってゆくいっぽうだ。再生剣士団が明治新政府に叛逆するというだけでも想像を絶する戦慄事であるうえ、しかるをいわんや、そこに自分が参加を要請されているというにおいてをや。

「今すぐに答えずともよい。我ら剣士団の存在を知って、それならばと、考えをあらためることもありうるゆえに。いずれ承《うけたまわ》ろう」

周作の言葉に、武揚の筋肉を硬直させていた緊張がとけた。ふうっと意識が遠のき、棒のように死体の上にたおれて、七体目の死体と化したごとくそのままうごかなくなってしまった。

五

——あくる夜明け方。

雨ふりしきる霞ケ関の旧武家屋敷街、「榎本鴨鶏《おうけい》人工孵化会社」なる大看板がかけられた小さな家内工場、その門の扉に、ひとりの男がもたれかかるように座っている姿が見つけ出された。

失神しているだけだということはすぐにわかったが、同時にこれがこの工場主の弟、榎本武揚だということもわかって、人々を驚愕させた。

——武揚は意識をとりもどした。

はじめ、薄暗い夕空の下、十二人の剣士の影が横一列にならんでいる幻覚が見えた。彼らを前に、剣士団を統率するかのように陰陽師の、かつて箱館五稜郭で伊庭軍兵衛の死に際して出現した陰陽師の姿がよみがえってきた。とたん——「うぬ」と武揚はとび起きようとして、右の脇腹と腰の部分に激痛をおぼえた。

「武揚」

と、呼ぶ声がした。

兄の武与がのぞきこんでいた。武揚はここが自分の謹慎する兄の家の一室であることに気がついた。

——どうして、わたしは？

「おまえは、けさこの屋敷兼工場の門前に、雨にうたれて気を失っておった。いかがいたしたのじゃ」

武与がきいた。

武揚はすべてのことを思い出した。……思わずさけんだ。

「い……一風斎は何者か？」

「イップウサイとは？」

武揚は起きなおろうとして、脇腹と背の痛みにまたがばと伏した。歯を食いしばりつつ、昨夕の怪異を語ろうとしたが、いやいや待て、兄を巻きこむことになってはと思いなおした。

さなきだに一笑に付されかねず、それだけならばまだしものこと、いっそ頭がおかしくなったのかと心配されるのは必至の内容なのである。

「い、いや、なんでもございませぬ、兄上。昨日は鉄道を見に芝口から品川まで足をのばし、帰ろうとして道に迷ったのです」

「品川まで。何というむちゃをする。おまえはまだ謹慎中の身なのだぞ」

怒るというより、心底から武揚を案ずる口調で武与はいう。むかしから弟をたて、つねに気づかってくれる優しい兄だ。

「ご心配をおかけして申しわけございませぬ。いささか調子にのりすぎたと反省しております。夜どおし歩きまわって、どうにかこうにか無事に帰りついたようで、ほっとして疲れのあまり眠りこんでしまったのでしょうな、門前で」

夜通し歩きまわった記憶は片鱗もないが、ともかくそう考えるほかない。

武与はくびを横にふった。

「無事に？　おまえの脇腹に打たれた跡がある」

武揚は脇腹をおさえた。気を失い、死体の上に倒れたことを思い出した。多分その時にでも柄にぶつかってできたものか。

「なお、おまえの背――腰の上にも傷がある。それは小柄で刻んだあとじゃ。まるで、眠りこんだおまえを、いちど裸にして、そのような細工をしたと見える」

「あ――」

今度は武揚は腰に手をやった。

「小柄で刻んだ、と仰せられると？」

「風という一字。地水火風の風の字が」

武与はわがことのように顔をしかめた。戚々《せきせき》と心《こころ》ばむ声で、

「おまえの口にしたイップウサイとやらに何か関係が？　のう、武揚。おまえ、まさかよからぬところに出入りしているのではあるまいな」

「よからぬところですって？　思いすごしですよ、兄上。この武揚、いのち永らえた以上は、もうひと花さかせてみせよう、そう考えているのですから」

「うむ、その胸積もりならば。ともかく、くれぐれも自重するのだぞ」

武揚は考えた。いや、考えるまでもない。もうひと花さかせるのは、明治政府という新しい土壌でと決めていた。その決意をくつがえすつもりはなかった。

幕府には忠義をつくした。渾身の忠義を。

二年半の牢獄生活という重い代償もはらった。今さら徳川に忠義立てして何になろう。

彼が望むのは、オランダで得た知識を役立てること、それにつきる。何に役立てるのか。当然、新しい国づくりに。愛する日本を、飢狼《がろう》のごとき強大なヨーロッパ諸国の侵略の牙からまもり、さらに進んで、列強に伍してゆけるだけの近代国家につくりあげることだ。

山田一風斎とその一味の企ては、それに逆行するものでしかない。同心することなどできるはずもなかった。いや、同心しないだけではすまされぬ。やつらは近代日本建設にあたっての疫だ、厄だ、敵だ。つまりは武揚にとっても敵なのである。

では、いかんせん――。

もちろん彼らをとめねばならぬ。千葉周作をはじめとする稀代の再生剣士が、新政府に対し〝破邪顕正鏡の剣〟をふるう前に、あばき、摘発し、一網打尽《いちもうだじん》にしなければ。だが、どうやってだ？ ひとり武揚の力でなしうることではない。訴え出るのが早道だろう。正道だろう。それ以外にはない。

ここまでは自明の理だ。考えるまでもないとは以上のことだ。その先にまで思考を進めてゆかねばならないが、そこで、たちまち武揚の考えはゆきづまるのである。

だとして、誰が耳を傾けてくれよう。一笑に付されかねず、それだけならばまだしも、いっそ頭がおかしくなったのかと……。

考えが煮立ち、あげくのはてには真っ黒に焦げついて、武揚はくるしげな呻き声をあげた。

「まあ、ともかく休め。おまえは冷たい雨にうたれた。風邪でもひいたら大変だ。清明の時節は雨紛々という。外出には蛇の目をもってゆくのだったな」

盛唐の詩人杜牧《とぼく》の一節を引用して、武与は立ちあがった。

その瞬間、脳裡にひらめくものがあった。

――セイメイ……晴明……。

――蛇の目……そうだ、蛇の道は蛇！

部屋を出てゆこうとする武与の背に、武揚は呼びかけた。

「兄上、誰ぞ陰陽師につてはございますまいか」


土御門晴景《つちみかどはるかげ》――。

齢は五十年配かと見えた。

顔に刻まれたしわに、えもいわれぬ気品と風格がただよう。それは連綿たる公家の血の証というよりも、己の術を頼んでそれ一筋に打ちこんできた求道者の崇高な境地をしめしているようであった。

「五稜郭の義将、榎本武揚どののご高名は、かねてよりうけたまわっておりました。慮外のご来訪をたまわり光栄に存じます。いや、まずは何よりも、ご出獄をお祝い申し上げまする」

京都訛りがやわらかに響く声で、しかし慇懃《いんぎん》な態度はくずそうとせず晴景はそう挨拶した。

「とは申しながら、榎本どのはオランダ帰り。時勢の最先端をゆくお方だ。時代おくれの迷信、まじないのたぐいと、世間ではそう見られておりまする陰陽師をこうしてお訪ねになられるとは、いささか腑におちぬものをおぼえます」

「いや、そのように卑下されましては、わたしも旧幕臣、時代から置いてきぼりにされた落伍者として忸怩たる思いです」

武揚はゆるゆると首を横にふって応えながら、目の前の陰陽師装束の初老の男性が、その風韻とはうらはらに、存外と冷静に自分を客観視していることに感じ入った。

土御門家は、かの安倍晴明いらい陰陽道をつかさどる家だ。姓の安倍を土御門とあらためたのは室町時代のことであるらしい。

江戸時代になって土御門泰福《やすとみ》が、陰陽寮の長官たる陰陽頭に復帰、代々その地位を独占して、本朝陰陽師の総帥、頂点、本宗家を誇った。つまり土御門家は陰陽寮と同義語になったのである。

そうして明治維新を迎えたが、二年前の閏十月、千二百年の歴史をもつ陰陽寮は廃止されてしまった。何ともあっけない終末だった。

最後の陰陽師となった土御門晴雄《はるお》はその前年に四十三歳の若さで病死、遺児で現当主の晴栄はまだ十四歳と若年だ。陰陽寮が主管していた天文暦道は大学校（東京帝国大学の前身）の天文暦道局に移され、土御門家はその京都出張所のような扱いに格下げされた。

「天文暦道局ヲ東京ニ移シ、西京ハ土御門家ヲ以テ官庁ニ充ツ」

というわけである。

さはさせじ、と立ちあがったのが晴雄の庶兄、晴栄には頼もしい伯父にあたる晴景だ。有名無実となった京都の土御門家に若い晴栄をとどめおき、みずから陰陽師の高弟たちを大挙ひきつれ上京した。陰陽道は無用の長物ならざることを新政府の重職者に知らしめてくれん、と息まいて。

東京での後ろ盾となったのが妹の藤子である。

彼女は孝明天皇の妹和宮《かずのみや》親子《ちかこ》内親王《ないしんのう》が時の将軍徳川家茂へと降嫁《こうか》した際、そのお付きとなって江戸にくだり、大奥にあって桃の井と称した。

旧旗本の榎本武与は、つてをたどりにたどった末、桃の井の兄である土御門晴景にゆきついたのだった。

「榎本どののほうこそ、落伍者などと。されば同病相あわれみに参られたとでも？」

初老の術客は、あくまで要慎ぶかく云う。

「ただならぬ要件です。どうか——」

武揚はそれとなく左右を見た。

彼が通されたのは、どこか剣術の道場を思わせる板張りの簡素な広間だった。晴景の弟子らしい陰陽師たちが、その独特の装束に身をととのえて列座している。

晴景はやや考えていたようだが、

「承知」

と云い、彼らに向かってあごをかるく振った。

門人たちが退出した。

「菊、おまえも」

晴景はもっとも近くにいた陰陽師に声をかけた。

それは、常軌を逸した企図と覚悟を胸にのりこんできた武揚も、さきほどからチラチラと脇目をつかわずにはいられないほどに幽玄典雅な美貌の陰陽師だった。薄暗い広間の中、その周囲だけ月影がそそがれたように玲瓏と明るい。二十歳をこえていまいと思われる若さ——晴景の娘でもあろうか。

菊とよばれた陰陽師は、坐した場を動かず、警戒の色をかくさぬ目で武揚を見つめる。その横に、すっきりとした拵《こしら》えの、古風な大刀がひとふり置かれてあった。

「よい。榎本どのが、父を害せんとするいわれもない」

「ご息女でしたか。ならば、ご退席いただくにはおよびませぬ」

武揚のことばに、晴景は苦笑らしい色を見せ、それ以上は菊をうながそうとしなかった。といって武揚に紹介するでもなく、

「ただならぬ、と仰せでしたな」

と、うながした。

「はい」

うなずき、武揚は息を吸った。どう切りだすべきか、あれこれ考えてきた。

そもそもの発端となった五稜郭での怪異をか、その謎が腑におちた辰の口の牢獄における亀吉の話をか、それとも実例を、再生した千葉周作を我が目で見た過日の実体験から語るべきか――。この瞬間まで、迷っていた。が、ここは単刀直入に出ることにした。

「擬界転送のことをうかがいに参上しました」

その言葉が武揚の口から出るや、晴景はがばっと立ちあがった。顔面蒼白、今にも喰らいつかんばかりの目で武揚を見やる。両手をにぎり、ぶるぶると拳はふるえた。

武揚は呆気《あっけ》にとられた。ここまでの反応とは思わなかった。やはり擬界転送は存在するのだ！　千葉周作を見てなお、言葉を交わしてさえもなお、理性と西洋流近代知識を盾にしがみついていた一抹の疑念が、この瞬間に消し飛んだ。

ややあって、晴景は我にかえったようだ。自嘲の笑いを浮かべて菊を見やり、

「これはしたり。父はまだ修行が足りぬらしい。擬界転送？　はて何のことやら――と、空っとぼけてみせることは、もはやできず相成った」

と肩をすくめた。

菊は、坐したままで同じ体勢、顔色一つ変えていない。ただし大刀はその手の中にあった。

晴景は腰をおろした。そして、初めて見るように武揚の顔を凝視した。

「正直申して驚きましたぞ。擬界転送は陰陽道の最高機密。秘中の秘、それをご存じとは。しかも、人もあろうにオランダ留学で最新の西洋知識を身につけたお方の口から術名を聞こうとは」

では、やはり存在したのですな、などと見透かされるようなことを口にする武揚ではない。重々しくうなずいてみせ、先ほどのことばをくりかえした。

「ただならぬ要件、そう申したはずです」

「いかさま。で、どこでお知りになりましたか」

「それを答える前に、いま一つお訊ねしたい。一風斎という名の陰陽師をご存じでしょうか」

「はて、一風斎？」

晴景はくびをひねった。演技ではなさそうだ。ほんとうに知らないのだろうと武揚は判断した。

「では、お話し申しあげる」

六

榎本武揚は、「擬界転送」のことを語り出し、語り終えた。

長い、永劫とも思えるほどに長い沈黙があった。

「……とほうもない話であるかな」

やがて晴景は、肺腑の底から呻き声をしぼりだすように云った。

「なれど榎本どのが擬界転送を知っている。その一事が何よりの証拠。そして一事が万事、一滴舌上《いってきぜつじょう》に通じて大海の塩味を知る――これぞ動かすべからざる真実といわねばならぬ。なるほど、ただならぬ事態です」

「では、あらためてお訊ねいたす。ここまで聞いても、一風斎は知らぬ、と？」

「知り申さず」

「心当たりは」

「ない。いささかも」

「しかし土御門どの、あなたは全国六十六州の陰陽師の頂点に君臨するお方ではありませんか。若い現当主の後ろ盾であり、先代の晴雄どのがご存命のころより、庶兄の晴景どのこそは真の陰陽頭にておわす――と、内情を知る者はそうささやいていたやに聞きおよびますが」

武揚はくいさがった。いま口にしたのは、兄の武与が聞き集めてきた話である。

「弟の晴雄は国事に奔走して多忙の身であった。いきおい陰陽頭のしごとはこの晴景ひとりが代行するようになり、陰陽術の能力も確かにわたしのほうが上ではあった。が、一風斎という陰陽師は知らず」

「しかし――」

「榎本どの、もしやあなたは、この土御門晴景こそ一風斎かとお疑いなのでは？」

両者の視線が空中でからみあった。

「なんとなれば、わたしには動機がある。徳川の世でこそ陰陽寮は手あつい保護をうけられた。そのお墨付きで存立していた。土御門家は正二位、配下の取締出役《とりしまりしゅつやく》は帯刀をゆるされた。

それを解体したのが新政府だ。陰陽寮再建、土御門体制の復活のため十二人の剣士を擬界転送にかけた――としても不思議はない、と。

しかし、この推測には致命的な欠点がある。天社神道禁止令により陰陽寮が廃絶されたのは二年前だ。伊庭軍兵衛という剣士が擬界転送されてから一年後だよ。つまり、一風斎とやらの活動は陰陽寮が廃止される前に終わっている」

「陰陽師は星に未来を読むと聞きます。あなたはそれを察知し、周到に事前準備を重ねてきた――その可能性はなきにしもあらず、との疑いをいだいて参上したことは認めましょう。

だが、お目にかかって一目でわかった。あなたは一風斎ではない。いま話したとおり、わたしは一風斎の実物を見ているのです。軍兵衛の死の間際、ほんの一瞬でしたが。

あの陰陽師から放たれていた妖気は、三年を経ようという今も、思い出すだに身震いが出る。土御門晴景どの、あなたから感じられる清雅で、厳乎《げんこ》たる霊気とは似て非なるものなのです」

かたり、と小さな音がした。見やれば、菊が大刀をかたわらの床においたところだった。

「それは重畳《ちょうじょう》。では、疑いは晴れたのですな」

晴景は安堵の色をみせて、

「しかし心当たりはない。ひとくちに陰陽師と申して、それこそピンからキリまで、その数は全国に五万人はくだりますまい」

「そんなにもとは」

「辻占いの類いも陰陽師なのです」

「わたしが問題にしているのは、そんな雑魚《ざこ》ではありません。いみじくもあなたがおっしゃった陰陽道の最機密、秘中の秘、それを操れる術客だ」

「そうでしたな。いや、そうでなくては。とはいうものの……」

そのまま黙然と考えこんでしまった晴景に、武揚は助け船を出す。

「擬界転送を使える者は？」

晴景は強い光を宿した目で武揚を見かえした。

「まず以て、この土御門晴景」

はっと武揚は、胸をつかれる思いだ。晴景としては、たんに自負をこめて自らを筆頭にあげただけなのだろうが。

「それから、ここにいる菊が使います」

「ご息女も」

晴景の顔を、さっきと同じ苦笑らしい色がかすめた。

「年若く、まだ未熟なれど、陰陽師としての天賦《てんぷ》の才は、父をしのぐものを有しております。ほか、わが高弟たちの中の幾人かも、おそらくはその域に達しているはず」

「その人たちのお名前は」

晴景はきっぱりと首を横にふった。

「いずれもよく知る者たち。榎本どのの云われる一風斎に該当する者では断じてないと、誓って晴景がこれを保証いたしましょう」

「すると、ほかには？」

「遺憾ながら。たしかに擬界転送は大技ゆえ、使える術客の数は限られてくる。

しかし、陰陽師といっても安倍晴明の土御門流だけではありませぬ。晴明の師といわれる賀茂保憲《かものやすのり》の賀茂流あり、その分流の幸徳井《こうとくい》流あり、晴明の宿敵だった芦屋道満《あしやどうまん》の芦屋流あり、そのほか吉備《きび》流、陽候流、吉宜《きちぎ》流など、長い歴史の中で分岐した支流はそれこそ数知れず。

そうした系統の中に、ふと突然変異的に驚異の術客が誕生する場合もあります。というより、一風斎なる者は、そういう者と見てまず間違いありますまい」

「さがしだす手立ては？」

「さいわいにも土御門家は諸国陰陽師支配のご免状を幕府から発給されておりました。その系列をたどって調べの網を六十六州にかければ、他流であってもそれなりの術客、一風斎とおぼしき人物をあぶりだし、しぼりこみ、特定することは不可能事ではない。ただし、時間はかかりますが」

武揚は焦れたように膝をすすめた。

「敵はもはや『編制』を終えているのです。そんな悠長なことをしている時間はありません。それに千葉先生、いや転送人間の千葉周作の言によれば、剣士は十二人だとか。その十二人目が誰かも気にかかるところです」

「それにつきましては、榎本どの、わたしのほうの疑念もお聞きねがいたい」

「何でしょう」

「擬界転送は大技です。いかな異能の術客であっても、一人をこの世に転送させるのがせいいっぱいのはず。げんにこの晴景がそうであり、菊や、弟子たちもまたしかり」

「しかし、一風斎は――」

「いや、擬界に転送させること自体は、存外にたやすいものです。十指にあまる人間を転送させ、それと引きかえに擬きをこの世に転送させることぐらいは。というのも、そこには物々交換の均衡《きんこう》力学が作用するので、その力を利用できるからです。

しかし本人に代わって擬きが死んだ後、いったん擬界に転送した本人を、擬界からこの世に転送させてくるのは至難のわざ。その数千倍、いや数万倍の力が必要となります。よって――」

晴景は同じ言葉をくりかえした。

「いかな異能の術客であっても、一人をこの世に転送させるのがせいいっぱいのはず」

「……その意味するところは？」

「一人の剣士につき一人の術客。されば一風斎という術客も、じつのところ十二人いるのではありますまいか」

武揚は声をうしなった。まったく考えてもみないことだった。

「道は一を生じ、一は二を生じ、二は三を生じ、三は万物を生ず。万物は陰を負い陽を抱き、沖《ちゅう》なる気は以て和を為す――陰陽道は『老子』のこの一節に発します。一風斎とは実に意味ありげな名かと」

「……し、しかし、転送人間の周作は、あたかも一風斎がひとりのように喋《しゃべ》っていたが……」

「一にして多、多にして一。二風斎、三風斎、四風斎……さらには十二風斎がいて、その総称が一風斎なのでは――。

この推測が正しいか間違っているかはともかく、一人の術客では十二人もの剣士をこの世に転送できないということだけは、純然、かつ厳然たる定理、術的実存とお心得ください。さて、疑念の二は――」

まだあるのか、と武揚は身がまえた。

「お話では、千葉周作は榎本どのを勧誘し、いずれ答えを承ろうと申したとか。されば、その時を待って、いったんは誘いにのったと見せかけ敵の正体にさぐりを入れる、という手もとれたはずでは?」

「むろん、そのことは考えました。虎子を得るには虎穴に入る、と。しかし、わたしは彼らとそれ以上接触することをおそれたのです」

「なぜ」

「そのまま深みにひきずりこまれるのではと、そう懸念したからです。下手にかかわって、新政府からあらぬ嫌疑をかけられても困りますから。もっともこれは、彼らが暴発したとしての心配だが」

「ということは、榎本どの、あなたは新政府に与《くみ》するお考えなのですな」

「伯夷叔斉《はくいしゅくせい》を気どって、このまま世捨て人になる気など金輪際もちあわせておりませんよ。正直に打ち明ければ、一風斎一味が陰謀をたくらんでいるという明白な証拠を手土産にしようと考えているのです。それならば、ただ出仕するより、新政府でしかるべき地位が占められるというものだ。

土御門どの、あなたにとっても悪い話ではないはず。陰陽師の存在価値をぞんぶんに証明することができるのですから。この機会をのがすという手はありません。当然、新政府は考えをあらため、前非を悔いて、陰陽寮を復活させることでしょう」

「おお、陰陽寮の復活！」

晴景はおうむがえしに叫んだ。その顔がいきいきと輝く。両者の思惑はここに一致したのだ。

「手柄は、二人のものということで？」

「もちろんです。土御門と榎本の貢献により、恐るべき反政府陰謀が明るみに出されるのです」

「よろしい。そういうことであれば、この晴景、土御門一門の総力を結集して、一風斎めの正体を至急つきとめてみせましょう」

七

ここが昨日とおなじ広間だろうか、と武揚は目をみはる思いだ。

案内されたのは、剣術の道場めいた板張りの広間だった。さしたる装飾もなく、簡素で、ガランとした空間だったはずが、今はちがう。全然ちがう。まるで別物だ。陰陽道の神祭の場と化しているのである。

まず正面の壁一面に大きな神棚がしつらえられている。ずらりとならべられた白幣は百本以上もあり、その一本ずつに武官の装いのひな人形が守護者よろしく配置され、つまりは百体を超すひな人形が小軍団をなしているのだった。

神棚の前にはいくつもの祭壇がもうけられ、金銀七宝、神鏡、神玉、神剣、神鈴、土器、神酒の樽、燈――

ほかにもおびただしい数の珍奇な呪具のたぐいが置かれている。左右の壁面は、陰陽道独特の星型の紋様や不思議な文字で記された霊苻、護符、呪符がべたべた貼りつけられてあった。

そうしたものどもだけでも充分に異様だが、さらにはこの広間を埋めるように百人以上もの陰陽師たちがぎっしりと列座し、呪文を唱えていた。ことに最前列にいる一人など、派手な身振りで印を結んでは解き、解いては結ぶ仕種をくりかえしている。これぞ迷信の極み、といって片づけられないほどの壮観さだ。

彼は戸口で足をとめていたが、ようやく我にかえって、

「これは何をしているのです」

と訊いた。

「先生を呼んでまいります」

武揚を広間に案内した三十年配の陰陽師がそう答え、正面神棚へと向かった。呪文を唱える陰陽師たちの中央がすこし空いて、一筋の道のようになっているのだ。

その道をとおって土御門晴景がやってきた。陰陽師集団を背後にしたがえて最前列で印を結んでいたのは晴景であった。

「武揚どの、よくお越しくだされた」

今では同志となった親密さを声ににじませて晴景は云った。しわがれて聞こえるのは、もうかなり長い間のどを酷使しているからであろうか。顔に汗が滴り、肩で息をしている。

「何事ですか、これは」

昨日の今日で、早くも晴景から、ご足労をわずらわせたいと使いが来るなど武揚には思ってもみないことだった。土御門のネットワークを通しての探索に半月はかかるものと漠然と考えていたのだ。

「至急つきとめてみせましょう、そう申しあげたではありませぬか。武揚どのがお帰りになられたあと、すぐ

に弟子たちを招集し、準備にとりかかったのです。新政府に陰陽寮復活を強訴しようと、京都からそれこそ根こそぎ彼らを引きつれ東下していたことが幸いしました」

「準備？」

「蛇の道は蛇」

よほど自信があるのだろう、晴景は片目をつぶってみせた。

「われらは陰陽師です。陰陽師が陰陽師を探索するからには、陰陽の術にたよるのが筋というもの」

「なるほど」

と武揚、わかったようでわからないままにうなずいてしまう。

「すでに探索のための式神は諸国に放ちました。とはいえ、これにはさほど期待しておりませぬ。一風斎も、それなりの備えをしておりましょうから。今やっておるのは、もっと大きなことです」

「大きなこと？」

「さよう、力の凝集です。念の力の。凝集が頂点に達した時、これを諸国に向けて発信します。念の力は、さながら空中をすすむ不可視の波となって遠くまであまねく伝わる。陰陽道の総帥たる我ら土御門一党による渾身の念の波、いかな一風斎とて、この念波の網をのがるるすべのあるべけんや。異能の術客を探知した念波は、反射してここにもどり、その所在を我らはたちどころにして知ることができるというわけです」

「それはいつまでに？」

武揚は訊いた。兄の家を出た時、すでに夜になっていた。

「あと半刻ほどで念の力の凝集は完了します。この陰陽道場に充満した念の力は、あれを通じて発信されることに――」

晴景は正面神棚にならぶ白幣をさししめた。現代ふうにいうならば林立する超高性能アンテナ群を。

「幣は合計百二十本ある。我らの数も百二十。それぞれの念の力が発信され、空中で一つになり、天井をつきぬけ、屋根をこえ、はるか上空で傘のように広がり、波となって四方に進む――。もし武揚どのが霊眼をお備えなら、そのように可視されるはず。

ともかく、さような仕儀にて、まず間違いなく今日のうちに一風斎の所在をつきとめてみせましょう」

晴景は矜持《きょうじ》の顔でそう云うと、力強い足取りで神棚の前へともどってゆき、また精力的な身ぶりで印を結びはじめた。

武揚は待つことにした。戸口ちかくの壁によりかかり、チョッキのポケットからアムステルダムで買い求めた純銀の懐中時計をとりだした。――午後十時半だ。

晴景のふりかざす念の力など、西洋科学の徒たる武揚としては、信ずべからざるもの、眉唾ものの論理と排撃せねばならない。だが、この異質の場に身をおいていると、それがほんとうにあるかのごとく思えてくるから不思議だ。いや、どんなに科学の常識で否定しようとしてみても、この呪具と陰陽師が混然一体と化した空間に、やはり目に見えぬ不思議な力の波動が生み出されつつあるのを自覚せずにはいられないのである。

「――蛇の道は蛇、か」

武揚は無意識のつぶやきをもらし、それがくしくも、かつて自分の脳裡にもひらめいた警句であったと気づいて、神意の感にうたれた。

一刻――時計の針が十一時半を指そうかという頃だった。

それは音もなくはじまった。壁に貼られていた霊符、護符が一枚、また一枚と、つぎつぎにはがれおちていったのが幕開けである。

「ややっ」

異変に気づいた陰陽師たちが、身がまえる姿勢をとる。風の仕業ではない。戸口、窓はすべて閉ざされているし、あちこちに置かれた燭台の炎は自然に伸びあがって周囲をあかるく照らしている。

つぎには祭壇がゆれた。躍るがごとく跳ね、かたむいて、載せていた呪具を土石流のように床にぶちまけた。

つづいてメリッ、メリリッ、メリメリと木板のへし折れる音がひびきわたった。霊符、護符のはがされた壁板があちらこちらでひびが入ったかと思うと、外からすさまじい力でおしやぶられたのだ。

むざんに開いた穴から、どさどさと何かが投げこまれてきた。何十匹と知れない数の動物の死体のようだ。

一瞬、武揚は博徒《ばくと》のいやがらせを連想した。彼の子供の頃、一部の先鋭的な旗本グループが渡世人の互助団体と抗争になった。すると旗本たちの屋敷には連日のように、犬や猫の生首、あるいは首のない胴、腐った馬の死体、どの動物のものともしれぬ内臓がなげ入れられたものである。

しかし武揚は、次の瞬間、わが目を疑った。投じられてきた死体は、どれ一つとして彼の知るいかなる動物とも似てはいなかった。

「おお、我らの式だ」

「式だ、式が返されたぞ」

陰陽師たちは口々にわめきたてる。

誰か一人でも立ちあがってよさそうなものだが、依然としてめいめいの場に坐しつづけている。坐してわめき、坐して腕をふりまわし、坐して狼狽している。立てないのだ。

いつのまにか苔とも黴《かび》ともみまがう深緑色の物質が床一面にひろがり、彼らの下半身にもおよんで、床に粘着してしまったかのごとくである。

そして神棚の白幣《はくへい》がたおれた。いっせいに、一本とあまさず、バタバタたおれていった。

真に武揚が瞠目したのはこの時であったろう。白幣を守っていた武官のひな人形が立ちあがったのだ。

直立しても高さ三寸に満たない愛らしい武官人形軍団が行動を開始した。最初のうちはいくつかに隊伍を組み、統率された動きで整然と縦列行進してきたが、祭壇が配置されたエリアを抜けでると、まるで沢蟹《さわがに》の群れのごとく床いっぱいに波状展開した。ひな人形一個につき一人の陰陽師を担当して、正面からキリキリと玩具の弓を彎《ひ》きしぼる。

そのうちの一体が、トコトコとした歩みで武揚の前にもやってきた。弓弦《ゆづる》をしぼろうとして、その手をとめた。

「…………」

人形の目がまばたきするのを武揚は見た。人違いでした、というように人形は謝意の笑みをやわらかくそよがせると、踵をかえしていった。

弓射ちがはじまった。床に粘りつけられた陰陽師たちは、この夢幻的な攻撃を避けることができなかった。払いのけようとしても、武官人形は手のとどく範囲の外にのがれ出て矢をつがえるのだ。

ぶん、ぶううんと、あちこちで虫の羽音のような弦音をたてて矢が放たれてゆく。矢といっても爪楊枝《つまようじ》よりも短く針のように細い矢だが、それに射られると、陰陽師たちはがっくり首を垂れ、肩を落とした。

人形のほうでも動きがとまる。人を刺したあとの蜂が死骸になるように転がるのだった。

——晴景は？

武揚は悪夢に溺れそうになる自分を叱咤しつつ目を投げた。動かなくなった陰陽師集団の前方で、晴景はまだ印を結びつづけていた。ただし、その動作は酔っぱらったように緩慢だ。

助けにゆかねば、と歩を踏みだした瞬間、戸口の両開きの扉が音をたてて二枚とも吹き飛んだ。武揚は愕然とふりかえり、そこに二人の人物が立っているのをみとめた。

一人は陰陽師だ。円錐形の立烏帽子、薄紫の欠腋の袍——土御門晴景ら広間の百二十人の陰陽師と何ら変わるものではない。しいてちがいを探すならば、奇怪な装飾がほどこされた杖のようなものを握っていることぐらいであって、百二十一人めが遅ればせながらやってきたかの趣きである。

武揚の注意はもう一人のほうに集中した。黒羽二重の着流し、腰に大小を差している。かぶっていた深編笠をかるがると飛ばすと、その下からあらわれた顔は——。

「千葉先生！」

「腰のきずは癒えたかな、釜次郎」

剣師たるの神聖なおもかげを台無しにする自堕落な笑み。その言葉はつまり、武揚の腰に「風」の一字を掘りつけたのは自分だとみとめたも同然だ。

——風！

武揚の目は、はじかれたもののごとく、ふたたび千葉周作の傍らの陰陽師に向かう。

はじめて見る顔だ。すうっと薄く切れこみを入れただけのような目の細さが印象的な顔。では、この男がそうなのか。この男が、伊庭軍兵衛の臨終に際し瞬間的に瞥見した陰陽師なのか。あの顔は妙に渾沌として、造作が「風」という字に見えたことは覚えているのだが——。

いや、やはり間違いない。全身からふきつけてくる妖気のようなものは同じだ、と武揚は確信し、確信の叫びを放った。

「一風斎！」

陰陽師は応じなかった。武揚を一顧だにしなかった。前方を見つめ、能舞台をすすむような足どりで正面奥の神棚に向かって歩みだした。晴景がなお孤軍奮闘している、その場所へと。

「待て、一風斎！」

武揚は反射的に追いすがろうとした。

「おまえこそ待て、釜次郎」

千葉周作が着流しの袖をひるがえして、武揚の行く手をふさぐ。

「一風斎さまは、これより大事をなされる。邪魔立てはゆるさぬぞ」

すっと両腕を左右に伸ばし、悠然《ゆうぜん》と通せんぼの構えだ。その肩ごしに、一風斎が晴景にちかづいてゆくのが遠望される。

「そこをおのきください、千葉先生」

「きけぬなあ」

「おのきくださいぃ」

「ふふ、のかぬというに」

武揚は見た――一風斎が晴景の肩をけりあげたのを。晴景は無力な野の石仏のように、ごろりと横転した。

「どけっ」

敢然たる一歩を武揚は踏みだした。

「ききわけのない子だ」

周作の右手が大刀の柄に伸びる。その肩の向こうで、一風斎が晴景の位置を占め、杖のようなものを空中にふるって、怪しげな行をはじめた。

「無腰で出歩くのは危険だと、師であるわしが諭したのを忘れたか。おまえのいかぬ癖だ、釜次郎。子供のころから変わっておらぬとみえる」

「師のありがたき教え、何で忘れましょうや」

武揚は懐中に右手を入れ、米レミントン社製の回転式六連発拳銃を抜きだした。ずしりとした持ち重りが安心感を与えてくれる。鋼鉄の地肌の鈍い輝きも頼もしい。もっとも、周作の先日の忠告を服膺《ふくよう》したからではなく、夜間の外出を危ぶんだ兄の武与から護身用にとむりやり持たされたものだが。

「さあ、おどきください」

武揚は左の掌でハンマーを起こした。金属のパーツとパーツが精確《せいかく》にかみあうメカニカルな硬質音が、武揚の心にさらなる落ち着きをもたらす。

「つまらぬものを持って参ったな、釜次郎」

周作は、みじんも怯んだ色を見せない。それどころか、せせら笑うようにそう云った。

「どかぬと、撃ちます」

「わしが死んで十七年か。いよいよ以て銃がはばをきかす世となったようだな。さような悪しき時代には、いずれ目にものを見せてくれん。いや、まずはおまえの目にそれを供してやろう。わしを撃て、釜次郎」

「何と」

「かまわん、撃ってみよ。擬界に往った者はな、特典として、銃弾などものともせぬ身体になって還ってくる。それを今ここで、試しに見せてやろうと云っておるのだ」

武揚はためらった。よもや思ってもみないことだった。銃を突きつけた相手から、撃てと命じられようとは。

周作がうすく笑った。

「ならば、わしが撃たせてやろう」

左足を後ろにひいて身をしずめたと見るや、その左腰に燦然《さんぜん》たる銀光がたばしった。

反射的に武揚はトリガーをひいた。ひいてはハンマーを左掌で起こし、四四口径弾を六発またたくまに撃ちつくした。

すさまじい銃声が広間にこだました。黒色火薬に特有の濃い白煙がたちこめた。

それが晴れると、千葉周作は立っていた。何事もなかったかのように——いや、抜刀した大刀は武揚に浴びせられず、厳たる、凛たるたたずまいで青眼にかまえられている。北辰一刀流、石火の位。

「身がまえは、七つの星の心にて、敵くる方へ回す剣先」

周作が朗々と剣歌を詠じるのを、武揚は唖然として聞いた。

いきなり眼前を剣光が一閃した。

右手に激痛が走った。パーカッション・リボルヴァーは武揚の手から放たれ、高々と宙を飛んだ。

それに向かって銀蛇が襲いかかる。一弦をかるく爪弾《つまび》くにも似た音が空中に鳴って、レミントン・ニューモデルアーミーは、銃口の先から機関部、銃把までを真っ二つにされて床に落ちた。

「見たか、これぞ北辰一刀流秘剣、七ツ星二枚おろし」

周作はしぶみを効かせた声で云って、大刀を鞘に斂めた。

武揚は棒立ちになった。すべての気力が失われてしまった感じだ。口をきく力もない。

「さぞや驚いたであろう。所在をさがしている当の男がみずから乗りこんできたのであるからな」

周作はちらと視線を背後にくれてから、口吻を穏やかなものにし、あらためて武揚に語りかけた。ふりかえったのは、一風斎がなすべきことを遂行しているか確かめたものらしい。

「しかしながら、これこそが一風斎さまの目的だった。かねてよりの狙いであったのだ」

「…………」

「一風斎さまがおまえを瞥見《べっけん》すらなさらなかったのは、ほかでもない、榎本武揚はもはや用済みとなったからだ。この意味がわかるか、釜次郎」

「…………」

「存外にぶいやつだな。おまえは、一風斎さまの意のごとくあやつられてきたのだ。あやつられるがままに土御門晴景のところまで導かれてきた。おまえは、おまえ自身の意思でここまでたどりついたと思うておろうが、さにあらず、そうなるよう仕向けられていたのだ。

と申して、何か術をかけられたわけではないぞ。これからこの千葉周作が、順を追って事の次第を話してやろう。本来ならば一風斎さまがなされるべきことながら、今はあのとおり、大願成就《たいがんじょうじゅ》に専心されておられるでな」

「…………」

「伊庭軍兵衛臨終の場で、一風斎さまはわざとおまえの目に触れるようにした。そして、これで十一人という声を聞かせた。軍兵衛の遺骸の左右が逆になっていた謎とあいまって、一瞥しただけの陰陽師の姿と言葉は榎本武揚の心に深くきざまれることになった。

さて、その武揚は辰の口の牢獄で、しがない巾着切りの亀吉を装った一風斎さまから、擬界転送のことを耳にする」

武揚は呻き声をあげた。

「ふふ、そうだ。亀吉はすでに死んでおった。あれは一風斎さまだったのだ。

おまえは知らぬだろうが、土佐で入獄中の岡田以蔵のもとを来訪なされたような容易さで、今度は辰の口の牢獄にも忍び入りあそばされたというわけだ。

ともかく、こうして榎本武揚の頭には、陰陽道の最高機密である擬界転送という新たな知識が注入された」

「…………」

「そのうえで、出獄した武揚の前に、わしが――この千葉周作が忽然と姿をあらわす。武揚は確信せざるを得ない。ああ何ということか、擬界転送とは事実だったのだ、と。

しかし、あのときわしは二つのうそをついた。

一つは、一風斎さまが榎本武揚の加入を望んでいるといううそだ。何のためにか。そう思わせてさえおけば、武揚は自分が道具として使われていようとは考えもしないであろう。一風斎さまやわしが〝接近〟する不自然さから目をそらされるであろう。もちろん、武揚が新政府に出仕し、もう一旗あげようともくろんでいる、そのあさましい心根を読んでのことだ。

二つめのうそとは、まあ、これはうそといえるかは微妙なところではあるが、われらの編制は確かに十二人なのだが、あの時点でこの世に転送されてきていたのは千葉周作ただ一人であったということだ。その理由は晴景から聞いているのではあるまいか、そうであろう、釜次郎」

武揚の背に、どっと汗が流れた。あやつられてきた、仕向けられていた……ようやく話が、話のみちすじが見えかけてきた。

「さりながら、肝腎の部分はうそではない。われら十二人の剣士団が敵とするところは、現政府――というくだりはな」

「…………」

「いつわりとまこと、空言と真言、虚と実とが混然一体となった周作の話を、武揚は真に受けた。おまえの身体に風の一字を彫ってやったのは、いわばだめ押しよ。この期におよんでそれでもなお、すべては夢だったと退嬰《たいえい》させぬ歯止めとしてであった。さて、かくまでのことをされて、榎本武揚はどう動くであろう」

「…………」

「動いたものよ、釜次郎。一風斎さまのもくろみどおりにな」

「……わたしが、その……どうして土御門晴景どのを頼ると？」

ようやく声が出た。

それよ、肝腎な点は、というように周作は大きくうなずいた。

「おまえは旧幕臣という引け目、しかも最後まで抵抗した叛逆の臣という負い目を以て新政府に出仕することとなる。その引け目、負い目を払拭するためにはもってこいだと、この一件を利用しようと考える。

とはいえ、しっかりとした証拠がなければ顧みられない。それどころか、かえって榎本の頭は大丈夫なのかと、おのれの評価をさげてしまう。

そうではないか、釜次郎、千葉周作らの大剣士たちが再生した、それのみか新政府への叛乱《はんらん》をくわだてていると、そんなたわごとを万に一つも信ずる者が、この世にあろうとは思えない。ひとり――」

周作はそこで言葉をきった。よし、あとはおまえが云え、というように。

で、武揚は云った、万斛《ばんこく》の悔しさに身を灼《や》きながら。

「――土御門晴景をのぞいては」

「そのとおりだ。晴景はおまえの望みのとおりに動いてくれた。一風斎さまがおまえを動かし、おまえが土御門晴景を動かしたのだ。せんじつめれば一風斎さまが晴景を動かしたことになる。

おまえはその道具だったのだよ、釜次郎。あしかけ四年にもおよぶ道具――しかしながら、それも今日でお役御免というわけだ。ご苦労であったな」

「何のためにっ、何のためにそんな手の込んだことをしたのですっ」

「おまえには、もうわかっているであろうに。一風斎なる謎の陰陽師を探索するため、晴景が配下の術客を総動員して生み出した霊的な力、凝集された陰陽の強大な力――それを奪うためである。奪った力で何をするかといえば」

ここで周作はふりかえり、一風斎の動きを目にとめた。

「ふむ、準備は整ったらしい。まもなくお始めあそばす気配だ。さあ見よ、釜次郎、これから起こる奇蹟をしかと見よ。目に灼きつけ、頭に、心に刻印するのだ、自分が犯した恐るべき罪を」

己の罪を見る、その言葉が武揚を繋縛《けいばく》した。

そして彼は見た――一風斎の手から、笏にしては長い、杖にしては短い棒状のものが宙に投擲されるのを。

それはヌルリとうねった。瞬時に変態し、成長をとげた。一匹の蛇に、いや蛇とも、龍とも、タツノオトシゴともつかぬ奇怪な生物に。長さは十尺ばかり。うねうねと全身をくねらせながら、空中を泳ぎまわった。

胸には鞭を思わせる一対の胸びれがあり、背にはとげのような長い背びれがあり、尾部には淡々とけぶる細い尾びれがある。それらを巧みに操りながら、この空間を、すなわち霊的な力が充満し、凝集した陰陽の海を闊達に遊泳した。

武揚はふりあおぎ、しびれる思いでその生物を望見した。時に、近くまでやってきた。ひらひらと扁平な龍身、カマスのように尖ったくちばし、がっしりと強靭《きょうじん》なあごとえら——かろうじて何かになぞらえることはできるが、それ以上はとても無理だ。この世にあるべからざる姿態、目をそむけたくなる醜悪さそのものだった。胸が悪くなり、吐き気がこみあげた。

「——くとぅるー神さま」

傍らでつぶやかれた周作の声は、あきらかに讃仰《さんごう》の響きをおびていた。讃仰と、狂気の響きとを。

くとぅるー神——それがあの生物の名であるのかどうなのか、武揚は周作に訊きただそうという気にはなれなかった。

生物は身をひるがえすと、武揚の頭上から去っていった。なぜ回遊しているのか、それは問うまでもない。生物は喰らっているのである、吸収しているのである。

道場に充満した陰陽の強大な力、諸国に向けてあまねく撃ち放たれ、一風斎の所在をつきとめるはずであった霊的な力は、むなしくも生物の餌になっていった。それが間違いではない証拠に、見よ、ほっそりとしていた腹部がしだいに膨らみをおびてゆくではないか。

母衣《ほろ》のように大きく腹が膨張すると、生物は空中の一点で回遊するのをやめた。そして排卵、いや産卵をした。腹部のすぐ後ろに二枚貝を思わせる器官が出現したかと思うと、貝殻めいた硬質の合わせが左右に開き、不

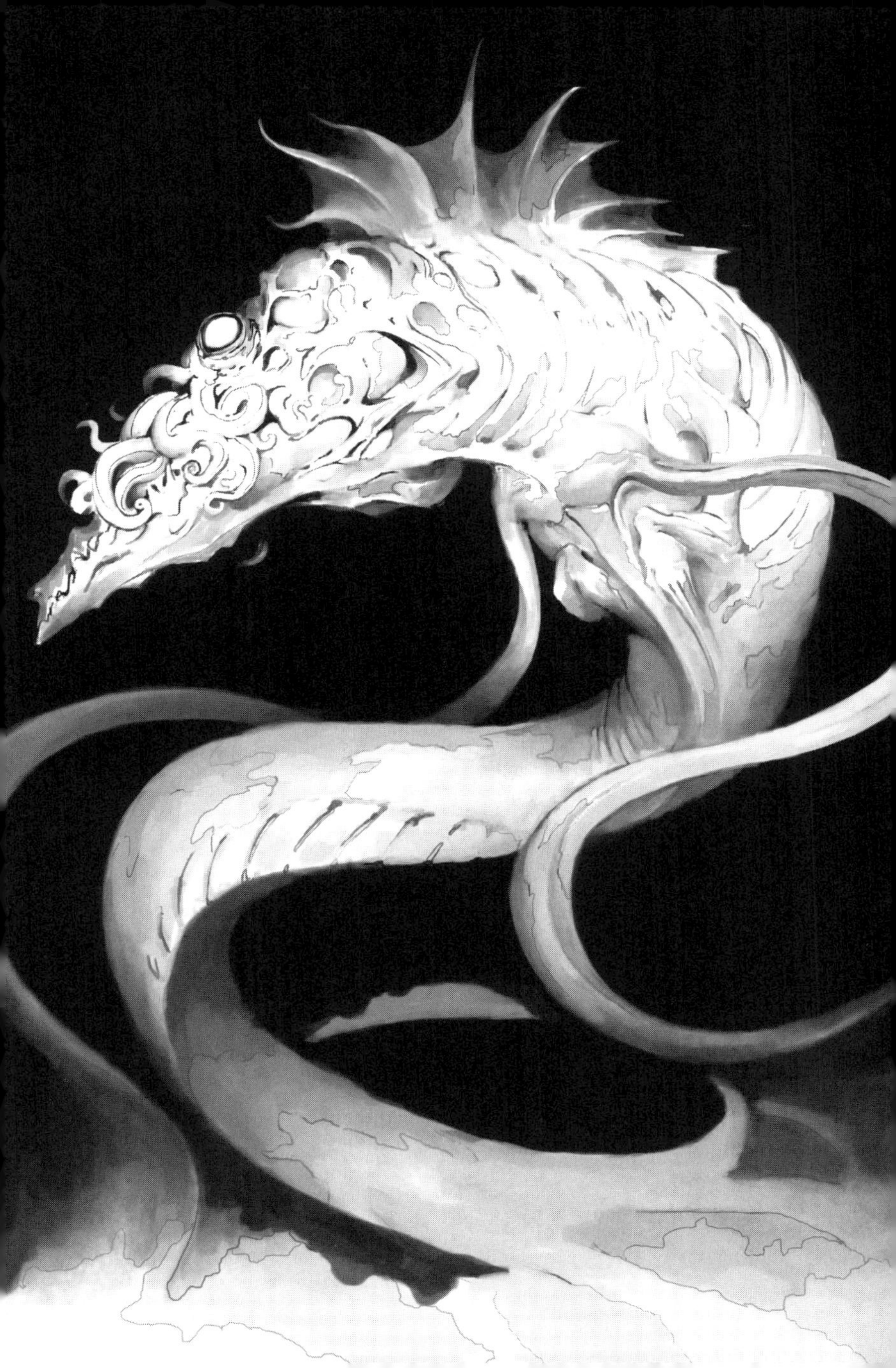

思議な青みをおびた卵形のものが顔をのぞかせたのだ。それはすぐに落下し、動かぬ陰陽師たちの間に転がった。

生物は回遊を再開した。また滞空し、さらに卵を産み落とした。それが幾度もくりかえされる。武揚は無意識のうちに回数をかぞえていた。九、十、十一回。

十一回……十一個の卵……これで終わりだ、と武揚が戦慄的に予感したとおり、生物は十一個目で産卵を完了したようであった。腹部はもとどおり平たくなった。

生物は一風斎の頭上を旋回し、彼が伸ばした右手をめざして降下した。

一瞬後、一風斎の右手は笏とも杖ともつかぬ棒状のものをにぎっていた。彼は神棚の前をはなれ、道場の中央にまですすんで歩をとめた。

一風斎は棒状のもので床を指し、左右を優雅に掃《はら》う仕種をした。

と、不思議なことが起きた。動かぬ陰陽師たちが二つに分かれ、目に見えぬ巨大な掌によるもののごとく、左右の壁際へとかきよせられていったのである。風に吹きよせられる塵《ちり》か芥《あくた》でも見るようであった。むろんこれが強風のしわざなどでないのは、並んだ燭台のどれ一つとして消える炎のなかったことからも知れる。

床に残ったのは燭台と、卵だけだ。

深緑の、苔とも、あるいは黴《かび》ともみまがう物質でびっしりとおおわれた床に、十一個の卵が真円を描いて配置されている。それなるさまは、さしずめ環状列卵というところか。真円のさしわたし二間ほどで、その中央に一風斎が立っている。

そろって卵は光を放ちはじめた。みずから発光する燦たるかがやきの中に溶けこむようにして卵たちが消えうせると、床には代わって直径三尺ばかりの円陣が出現した。太古の文字か印章を連想させる怪奇な紋様の描かれた十一の光円陣が。

次の瞬間、それぞれの円陣がいっせいに光を伸びあがらせた。

その光の束を目で追った武揚は、あっと声をのんだ。天井にも同じように十一の光円陣が出現していたのである。やはり環状に列して真円を描き、こちらは逆に床に向けて光を伸ばそうとしていた。

床の光と天井の光とは次々に連結した。十一本の円筒がぐるりと列をなす。これこそは完璧な光の環状列柱というべきだ。

「集団擬界転送、ここに成る」

一風斎の声が聞こえた。声はこうつづいた。

「降りてまいれ、十一人の転送剣士たちよ」

武揚は見た――光りかがやく十一本の円筒の中を人間がゆるゆる降下してくるのを。

目を疑わしめる怪奇現象のつるべうち。武揚は自分の脳みそがぐつぐつと煮立ったすえに蒸発するのではないか疑い、慄然となった。すると、やにわに光の円筒は消えた。光の円陣も消失した。

一風斎をかこんで十一人の男が降臨していた。彼らの顔はいずれも円の中央を向いている。飼い主の命令をまつ猟犬のような忠実さを背から漂わせて一風斎を見つめているのだ。

「長居は無用。では、ゆくとせんか」

一風斎は十一人を満足そうに眺めまわすと、歩きはじめた。

十一人の顔がこちらを向いた。

武揚は総毛立った。見知った顔をみとめたからである。

やや小肥《こぶと》りで、剣をあやつるようには見えない温厚柔和な円満相の初老の男、あれは剣聖とうたわれた男谷精一郎先生ではないか。ときおり千葉道場にも顔を出すことがあって、話す機会はなかったが、いくどかこの目で見た。

それから、あれは伊庭軍兵衛だ。瀕死の状態ではなく、完全に恢復している。もちろん隻腕だ。武揚の記憶にあるとおり、ないのは左手、残っているのは右手である。

さらに土方歳三がいた。千代ヶ岡砲台で別れた時と同じく山形のダンダラ模様の袖口の羽織を着ている。

同じ恰好をしたのが、さらに二人。どちらも武揚は見覚えがある。徳川慶喜の後を追って大坂から江戸に海路もどった時、〈富士山〉に歳三と一緒に乗せてやったのだ。いかつい顔をした口の大きな男が近藤勇、男装した女剣士かと疑われる美貌が沖田総司である。

剃りあげた頭に、黒々と濃い眉、鍾馗髭《しょうきひげ》の老僧は知らぬ顔だが、おそらくこれが物外和尚とやらに違いない。

そのほか、まるで宮本武蔵もかくやの大男や飛蝗のように顔の細い小男など、おおよその見当はつくが、しかとは云い当てられない者たち――。

やってくる。彼ら十一人がやってくる。近づいてくる。一風斎にしたがって進んでくる。左右に分かれ、斜めに雁行して――もっとわかりやすくいうならば、滑走路を闊歩する「Gメン75」ウォークで。

「礼を申し上げよう、榎本どの」

はじめて一風斎が武揚をかえりみた。

「これなる十一人が擬界より転送し得たのは、土御門晴景と、ご貴殿のおかげ」

歩をとめることなくそう声をかける。

武揚は固まった。

おかげ、成果、責任、すなわち――罪!

武揚の脳裏で逐次そう変換されてゆくのを見透かしたように、一風斎は細い目をさらに細めて笑うと、悠然とかたわらを通りすぎた。

「さらばだ、釜次郎」

隊列に千葉周作がくわわる。

なすすべもなく見送る武揚をその場に残し、一風斎と十二人の転送剣士団は、深夜の魔風となって去っていった。

第八章　山内の剣侠たち

山内容堂

一

謎の陰陽師、その使徒ともいうべき十二剣士。夜の闇をついて彼らはいずこへ向かう。

「Gメン75」などといって、びっくりされた方がおられよう。「おのれ、時代小説なのに、その言葉づかいは何だっ」と、あるいはお怒りのむきも。

お忘れあるな、読者諸賢よ。この一巻が「クトゥルー・ミュトス・ファイルズ」に列せられてあることを。

さて、この「Gメン75」ウォークを上空からドローン撮影したとすると、その隊形はアルファベットのV字となる。二本の斜線が合する下端が隊形の先頭であり、菊池俊輔《しゅんすけ》の名曲高鳴る番組オープニングでは、その他の顔ぶれに異動はあっても黒木警視正にふんする丹波哲郎《たんばてつろう》が不動の位置をしめていたものだが、そのポジションに、山田一風斎がいる。

十二剣士は右翼、左翼にそれぞれ六人ずつ。

まず右翼のほうを見てゆけば、先頭から順に千葉周作、男谷精一郎、隻腕の伊庭軍兵衛、近藤勇、土方歳三、そして沖田総司。

十七年前の安政二年と最も先に擬界へ転送され、擬界から転送されてきたのも群をぬいて早かった千葉周作は、指揮官たる一風斎の下で、いわば副長格であるのかもしれない。

この六人はいずれも旧幕臣であった。いってみれば佐幕チームである。

左翼の六剣士に目を転ずると、千葉周作と肩をならべているのが物外和尚だ。一風斎が勧誘したさい筆頭にと甘言されたのを覚えていて、当然とばかり先頭の座をしめたものか。次に大石進。いささか不服げな顔ではあったが、並走するのが男谷精一郎なので、プライドは保たれ、かろうじて納得しているようす。

大きな顔をして坂本龍馬がつづき、岡田以蔵が猫のような足どりで駆けている。云うまでもなくこの二人は土佐っぽで、武市半平太がひきいた土佐勤王党の盟友であった。

その後ろが飛蝗のような細長い顔をした小男、薩摩男児の田中新兵衛。

そして、しんがりをつとめる男は新兵衛よりもさらに小柄で、身体の線は細くなよやか、やさしい女性的な顔立ちをしていた。彼と新兵衛は九州者であり、これに以蔵を加えれば〝人斬り〟という共通項でもくくられる。

以上の左翼六人は、どちらかといえば幕府打倒だった立場。すなわち反幕チームである。

なお、反体制派の六人が左翼であるのはあくまで偶然であり、他意はない。それはともかく、佐幕と反幕の混成チーム――これが十二剣士団の実情なのであった。

双方とも、先頭の二人こそは高齢で、大勢の弟子を傅育《ふいく》した剣師であり、それなりにおこないすましたところもあった。ひとり男谷精一郎のみならず四人ともに剣聖の称号をたてまつってもいい実力、実績、風格を兼ねそなえた者たちであった。

だが、後ろの四人となると事情は違う。転送時で二十代、三十代の血気にはやる年齢であったし、ことに新選組の三人と新兵衛、以蔵、十二番目の剣士の三人など京都で死闘を演じた不倶戴天《ふぐたいてん》の間柄だ。

伊庭軍兵衛も反幕軍との戦いで左手を失った。龍馬だけは超越的な顔をしているが、近藤、土方、沖田を見る目にはさげすみの色を隠しきれない。

――以上の十三人が、Gメン75隊形を保って品川宿をすぎ、東海道を西下する。

大森、蒲田《かまた》をすぎ、多摩川をわたれば現在の神奈川県である。旧国名でいうと川崎、横浜までが武蔵国で、その先は相模国だ。

江戸時代、武蔵国には金沢藩一万二千石、相模国には小田原藩とその支藩の荻野山中藩《おぎのやまなか》あわせて十二万三千石があったぐらいで、残りは武蔵国久良岐《くらき》郡神奈川におかれた奉行所が管轄する天領であった。

しかし大政奉還で奉行所が廃され、三藩も一年前の廃藩置県によって今はなく、この明治五年三月時点での行政区画をいえば、武蔵国の川崎、横浜および三多摩地方などから成る神奈川県。そして神奈川県に編入されてしまった鎌倉、三浦の二郡をのぞく相模国に伊豆国を併せた足柄県——この両県が、海沿いを東西に走る東海道につらぬかれている。

鎌倉をすぎ、江の島に注ぐその名も境川をわたると、そこから先が足柄県となる。藤沢、平塚、大磯と疾風のごとく彼らは進み、昼夜兼行であったにせよ、いったいいかなる魔力によったものか、土御門晴景邸を出立してから一日後には、小田原のさらに西方、巍峨《ぎが》たる箱根の山中に到達しているという早業であった。

二

怪石奇岩が多い、絶壁が多い、巨樹が多い。

あくまでも日本的な風景だから、酒を愛し、旅を友として、月をめでた盛唐の詩人がこれを見て、

「危うい乎《かな》、高い乎」

と詠じたろうか、という疑問はあるけれども。

ともかく、峥嵘《そうこう》として崔嵬《さいかい》、「一夫《いっぷ》、関《かん》に当たれば万夫《ばんぷ》も開く莫《な》」き天下の嶮、箱根山——。

晴れた日中であれば逆しまに富士を映す芦ノ湖も今は夜の闇に呑まれ、天空から降りしたたる月影も星影も吸いとって、どこまでが湖面でどこからが湖畔やら見きわめがつきがたい。

旧箱根関所にほど遠からぬ汀《みぎわ》。静寂の中にきこえてくるのは岸をあらう単調な波音だけ。湖岸にせり出すよ

うに建った広壮な屋敷がある。表札を掲げてはいないが、屋敷には「第二酔擁美人楼《すいようびじんろう》」の名があった。

その時刻――。

屋敷の主人はみずから提灯を手に、ひとり中庭に降りた。邸内は深閑と静まりかえり、よもやそんなはずもあるまいが、主人の付き人《つびと》すらいないのではとさえ疑われる静けさである。

湖面に接した中庭に十三の人影があった。

「よく来てくれた、一風斎」

屋敷の主人――山内容堂は呼びかけた。心のたかぶりを抑えかねた声音である。

「どんなにかそなたの参上を待っておったことか」

「おゆるしくださいませ」

あいかわらずの逆V字隊形の先頭で山田一風斎は応えた。

「ようやく編制が完了いたしましてございます」

「編制！」

と容堂はおうむ返しに云い、一風斎の左右に雁行する十二の黒影を目で舐めるように眺めやり、もはや昂奮を隠さぬ声で云った。

「この者たちであるか。これなる十二人が、そなたの申した、例の件のうしろ盾となる者たちか」

「例の件の」

一風斎は云った。

「うしろ盾には、かくのごとき者がついておりまする、ということを鯨海酔侯さまにお知らせ申しあげました、その十二人にございます」

十二人は地面に片手をつかえていた。

「例の件」

自分から先にその言葉をもちだしたにもかかわらず、容堂はこんどはかすれた声でいって、それっきり沈黙して、追いつめられた獣のように目をひからせたのであった。

例の件。——と一風斎は、まるでそれが容堂との間の了解事項であったかのような口ぶりである。しかし容堂は「そのこと」について、声に発して相語ったことはいちどもない。

しかし、知らぬ、といったら完全に嘘になる。「例の件」が「そのこと」をさすのは百も承知だ。

それは容堂のクーデタであった——と大見得をきりたいところだが、如何せん、それでは云いすぎになる。もはや容堂には、よしんば薩長政府を転覆したにせよ、みずからが首班となって新たな政権を運営する力などなかった。ならば徳川家を将軍位に復さしめ、旧のごとく幕藩体制を復活させられるかというと、そこまでの力も持たない。

このときの山内容堂こそ、まさに「老公」であった。それどころか一人の老人に過ぎなかった。時勢にうちすてられた、否、時勢にのることをみずから峻拒した狷介《けんかい》な老人である。

明治新政府が出帆すると、容堂は京都在府中に議事体裁取調方《ぎじていさいとりしらべかた》総裁という重要ポストにつき、居を東京に移した。その後いくつかの重職をかねたが、翌明治二年には総裁職を辞任、代わって就任した上局議長もすぐに解任されて、兼任していた学校知事を辞めると完全な無役となった。

すでに後藤象二郎、板垣退助、福岡孝弟、佐々木高行ら土佐輩出の人材が有能な官僚として新政府で活躍しており、容堂のような「お殿さま」など、もうお呼びではなかったのだ。これは何も容堂ひとりにかぎったことではなく、薩摩の島津、長州の毛利も事情は似たようなものだったが。

——時代、である。

では、いっさいの公職を退いた老公容堂に幸福な隠居生活が用意されていたかというと、実はそうではない。

土佐藩の江戸藩邸は鍛冶屋橋にあったが、容堂は明治元年末に田安《たやす》家の屋敷を手に入れ、箱崎に藩邸をうつした。強奪したも同然で、この恐れをしらぬ横紙破りは、維新の功労者としての容堂の実力をいかんなく見せつけるものであった。

徳川御三卿筆頭の屋敷のことだけはあり、隅田川河口の広大な中州をしめる敷地は、以前には鷹場《たかば》として使われていたほど広大なもの。そこに輝く甍《いらか》をつらねた邸第《ていだい》、楼閣は「田安御殿」とまで称されていた。陽光きらめく江戸湾にのぞんで青松白砂、墨堤《ぼくてい》をかえりみれば春には桜、秋には紅葉が華やかに彩る。――容堂の得意たる、思うべし。

しかし、田安御殿の入手までが容堂の絶頂であった。

ほどなく彼は箱崎の藩邸を追い出されてしまうのである。藩主の山内豊範が土佐から上京して屋敷の主人となったからで、もともと容堂は山内一族の分家出身、一代かぎりの中継ぎであり、ピンチヒッターとして起用された男、そのお役目にも終わりがきたのだ。

すべてにおいて容堂の威光はおとろえていた。よってたつ地盤が、それと気がついたときには失せていた。

直言居士の板垣退助は、容堂に面とむかって云いはなったという。

「もはや殿の時代ではございませぬ。どうか、おひきさがりくださいませ」

容堂はひきさがった。唇をふるわせて箱崎の藩邸を退転すると、綾瀬川に面する下町の橋場に一軒を見つけ、その小さな茅屋《ぼうおく》に「酔擁美人楼」なる額をかかげた。酔擁美人楼とは容堂の号である。

まさに去りて棲む綾水の陰――容堂はこの陋屋で快々として娯《たの》しまぬ日々をおくる。巷間喧伝される柳橋での遊蕩三昧《ゆうとうざんまい》など、彼がかかえた鬱屈の、あわれむべき表出でしかない。

かくもみじめな〝晩年〟を迎えることになろうとは想像してもみなかった容堂である。

思いかえせば大老井伊直弼の強権に抗して屈せず、隠忍自重、時勢にのってからは国事に明け暮れてきた。

しかるに彼が思い描いたことは何一つ実現しなかった。

徳川慶喜に進言した大政奉還は、雄藩連合国家の布石にこそ位置づけられるべきものであったが、卑劣な薩長と稀代の策士岩倉具視に逆利用され、こともあろうに幕府打倒の出発点となってしまった。悔やんでも悔やみきれないとはこのことだ。

あとはもう、これが時代の勢いというものか、気がつけば薩長の政府が発足していた。しかも容堂の足元からは、殿が最後でおためらいあそばされたので、わが土佐は新政府において、得てしかるべき地位、力を占められず、という怨嗟の声がうずまいてさえいる。

これが現実だ。南海の鯨が、赫々たる理想をかかげ、そのために奔走、粉骨砕身し、結果として得たものだ。新政府からはじき出され、藩邸からもつまみだされ、陋巷に落魄《らくはく》しているという現実。版籍奉還によって版すなわち領地と、籍すなわち臣民を奪われ、廃藩置県によって何と藩そのものまで消えてしまったという、シュールにもほどがある現実。

そして容堂はもはやかつての容堂ではなく、この現実を変える力はない――。

容堂は鬱屈した。心を病んだ。その心の闇につけいったのが山田一風斎である。

いかに容堂が一風斎との交流に心の救いを見出したか、彼を朋友とまで呼んで、その感慨を詠んだ一篇の漢詩が今に遺っている。

親戚亦罵吾　　親戚マタ吾ヲ罵《ノノシ》ル
而無知吾心　　而《シコウ》シテ吾ガ心ヲ知ル無シ
親戚与朋友　　親戚ト朋友ト
其情孰浅深　　其ノ情イヅレガ浅キ深キ

紛紜実所厭
去棲綾水陰
親戚宣拒絶
朋友同酔吟
風流吾事足
不肯論古今

紛紜《フンヌン》タリ実ニ厭フ所
去リテ棲《ス》マン綾水ノ陰
親戚ハ拒絶ヲ宣シ
朋友ハ酔吟ヲ同《オナジ》ウス
風ノ流レニ吾事《ワガコト》足レリ
肯《ガヘンジ》テ古今ヲ論ゼズ

風ノ流レ——一風斎との交流さえあれば自分はそれで満足だ、と。明治四年四月の作と伝わる。

けれども、二人の間で「例の件」について話題にのぼることはついぞなかった。

——新政府に復讐なされ。

——復讐し得るか。

——できます。

——いかにして？

二人は肚と肚とでそう語り合っていた。つまり腹芸の応酬を愉しんできたのだ。

実に危険なる「愉しみ」——

いまそのことを——「例の件」という一語で、ずばりと一風斎に切り出されて（思わず口にしたのは容堂のほうが先だが）、容堂は、まるで匕首《あいくち》を胸につきつけられたように色蒼ざめたわけである。

いかに剛毅な容堂といえども、事が事柄、肌も粟立ってくるのを禁じ得ない——であった。

「一風斎——」

容堂は息をあえがせあえがせ云った。

「そなたは、この容堂の存念を知る。だが、わしは知らぬ、そなたの胸宇《きょうう》を。申せ、その胸底には何がある。落ちぶれ果てた今のわしに、なぜここまで心を寄せてくれる」

「……………」

「わしはもうそなたに報いてやれぬのだ。そのような力はない。

や、そういえば、そなた、わしに数々つくしてくれながら、一度として見返りを求めようとはせなんだな。ここ、第二酔擁美人楼の購入は別にして――。なぜだ。おまえは藩士でもないというのに」

「一度、乾退助さま帯同の願いをお聞きとどけいただいたことがございます」

「さようなこと、報酬のうちに入らぬ。云え、一風斎。そなたの存念、今こそ明かしてみよ」

……以後数十秒、湖畔のこの中庭の闇には、ただ打ち寄せる波のひびきだけがあった。

やがて、一風斎はたぎる声で、ほとばしるように云った。

「期するところは容堂さまと同じ、わたしも新政府を壊したいからです」

「なぜ？　薩摩、長州に何ぞうらみでもあってのことか」

「うらんでいるのは、身分差別でございます」

「身分差別だと？」

「はい、その点はおそれながら容堂さまのお考えとは異なります。人間は生まれながらにして平等であり、身分によって差別されてはならぬ――というのがわたしの持論です。……容堂さま、もしやご不興を買ってしまったでしょうか？」

「不興？　土佐で殿さま、殿さまとかしずかれていた頃ならば、あるいは、な。だが、こうして陋巷に零落し、殿さまという身分そのものが消えゆくは必然かと実感する昨今、さほど奇異とは聞かぬ。我ながら不思議なことではあるがな。これが諸行無常《しょぎょうむじょう》というものか……ともかく、つづけよ一風斎」

つづけた一風斎の言葉には、さらなる力が、熱情の奔流があふれ、うねった。

「人間は平等、身分差別はあってはならぬ――。土佐の片田舎で、不動の原理ともいうべきこの思想を得たわたしは、同時に陰陽師として星を占い、十数年のうちに時代が変わることを知りました。徳川の覇権は終わり、新しい世が来る、と。ならば来たるべきは、人間がみな平等に生き、生まれながらの身分で差別されることの絶対にない社会でなくてはなりませぬ。しかし、わたしは一介の陰陽師、何ができましょう。いや、できることはある。擬界転送の術を用い、わたしの命令一下でうごく剣士団をつくりあげ、彼らの力を自由にあやつって、身分差別撤廃の障碍《しょうがい》となる存在を、敵を、排除してゆく――ということならば、できる！　そのために営々と剣士集めに歳月をおくってまいりました。とはいえ、わたしは藩士ではない、ただの土佐人にすぎませぬ。金も力もありません。陰陽術の力のほかは何ももたぬ素寒貧《すかんぴん》なのです。剣士集めと並行して、恐れ多くも容堂さまの知遇を得ましたのは、陰陽の術をつかって恩を売り、来《きた》るべきときに、それを返していただこうという、あさましい胸算用からにほかなりませぬ」

「あさましいとは思わぬ」

容堂は、ほろりとしたような声で云った。

「今のわしには、そなたしかおらぬのだ。最初は利によって結縁《けちえん》し、しかし次第にそこから情が芽生えてゆく、そんな出会いもあるぞ。

しかし一風斎、新政府は四民平等を宣布したではないか。そなたの欲する身分差別廃止をうちだした新政府を、なぜに壊そうとするか」

今度は短い沈黙があって、

「容堂さまは、何も……何もおわかりではございませぬ……」

一転、一風斎の声は蕭々《しょうしょう》と、かなしげな風韻《ふういん》をおびた。

「四民平等とは、何とまあ、しらじらしい自家撞着《じかどうちゃく》の言葉であることか。怒りを禁じ得ませぬ。士農工商の四民にかわって華族、士族、平民という新たな身分制度ができたではありませんか。身分とは、すなわちそれ自体が差別。新政府は、それがわかっておらぬ。

いいや、わかっているのです。わかっていて、わからぬふりをしているのがなお憎い。そもそも五箇条の御誓文なるものにしてからが『上下心ヲ一ニシテ』という言辞を用いています。上下——天皇を頂点にすえた少数の上層による支配、身分差別をもちいた支配を、下層の人民に強要しようというのが新政府の方針。

天皇制身分差別国家の建設をもくろむ、そんな新政府を今のうちに壊したい、葬りさりたいというのが、この余命少なき一風斎の『修羅の執念』なのです」

「余命少なき——」

「あと、この一風斎の寿命は、長くて一年ともたぬはず。よしんば新政府を壊せたにせよ、身分差別なき社会の建設につくすことはかなわぬ身です。

よって容堂さま、新政府をくつがえさば、もはや御処置は容堂さまの御勝手」

「一風斎」

今度は容堂がすこしばかり沈黙して、

「実を申せば、わしのほうも寿命はさほど長からざるべしと思っていたところだ」

「容堂さま——」

その先を一風斎につづけさせず、

「身分差別か。そなたの申すこと、少しはわからぬでもない。山内家の分家という低い身分——あくまで主家一族内での序列だが——に生まれたわしは、幼いころから抜きんでた夢をいだき、能力にもめぐまれていたと自負する。

しかし現実という壁は、そんなわしの前に厳として立ちはだかった。中継ぎの君主にすぎぬという身分は、わしをひしがせた。

わしは弱い人間だ。すくいを酒にもとめた。あびるように飲みつづけた結果、わしの心はいやされ、身体はむしばまれた。わしの身体は、酒精の毒にただれておる。ただれはてておる。

自分の身体なればこそわかるのだ。わしの余命も一年足らず、と。一風斎、すべてに遺漏なきそなたのことだ、山内容堂の星も占っているのであろう」

「そ、それは……」

一風斎は云いよどんだ。

「隠さずともよいではないか。まあいい。そのようなわけで、この容堂にも先がない。となれば望むものは、そなたと同じ——新政府の殄滅《せんめつ》だ」

「容堂さま」

「以て瞑すべし。見せてくれ、一風斎。その後ろ盾となる、これらの者たちが——」

容堂は一風斎の左右に雁行隊形でひかえる十二の影を愛でるかに見やった。

「なしとげてくれるというのだな、それを」

「彼らが」

とうなずいて、一風斎はあごをしゃくった。

「その方ら、御挨拶いたせ」

すぐ右うしろの男が、ゆっくりと身をおこした。

「千葉周作にござる、土州侯。久しぶりにご尊顔を拝したてまつり、祝着至極に存じます」

これが——と、容堂は前に出ようとした。月影も星影もあるにはあるが微弱で、千葉周作を名のった男の顔は大半が闇におおわれていた。

「お照、参れ」

一風斎が唱えるようにそう云った。

と、闇の中から一匹の蛍が飛んできた。カブトムシのような大きさだが、体形は細長く、何よりも腹端に発光器をそなえているからには蛍と呼んでさしつかえなかろう。

蛍は男の額のあたりでホバリングした。ルシフェラーゼ酵素がルシフェリン色素に加えられてつくられる化学エネルギーが光エネルギーに変換され、男の顔を照射した。

「おお」

容堂は歎声を放った。

それはまぎれもなく江戸在府中に交遊した千葉周作であった。

容堂は嘉永、安政の当時、将軍継嗣《けいし》問題では一橋《ひとつばし》慶喜を推す〝一橋派〟に与した。一橋派の領袖は、慶喜の実父で水戸の烈公こと徳川斉昭であったから、斉昭おかかえの剣士千葉周作との間に縁が生じたのである。当然、十七年前の彼の葬儀には花輪を手配したし、香料をそなえもした。

次に一風斎の左うしろの男が身を起こした。蛍が周作を離れ、すーっとそちらに移動した。化学反応の光に照らされた顔は容堂の見知らぬものだった。

「備後尾道《おのみち》は済法寺が住持、物外《もつがい》不遷と申します」

「ほ、そなたが拳骨和尚か」

「拙僧の綽名が叡聞《えいぶん》に達しているとは、物外、畢生《ひっせい》の光栄至極に存じます」

蛍が今度は周作の後ろに向かった。三人目が名のるより先に容堂のほうから声を放った。

「おお、男谷信友《のぶとも》ではないか」

「ご機嫌うるわしゅうぞんじまする、土州さま」

ことほどさように当時の剣客といったら、やはり男谷精一郎にまずは指を屈するのだ。幕末の柳生宗矩《むねのり》、といったら云いすぎにせよ。

蛍は物外の後ろに飛んだ。四番目の男が身を起こすと、その巨軀ゆえ小山が隆起した感があった。

「大石進でござる。筑後柳河、立花家家中――」

柳河藩は十一万石。土佐二十万石なにするものぞの気概を見せて烈々と大音声をひびかせ、金茶色の眼光を炯々と燃やした。

「とは申せ――聞くならく、柳藩やぶれて山河あり、と。新政府、ゆるすまじっ」

今にも抜刀しかねない勢いだ。

男谷精一郎のうしろは左を欠いた隻腕だった。

「蝦夷共和国歩兵頭並《ほへいがしらなみ》、伊庭軍兵衛で」

そう名のりをあげた。将軍奥詰ではなく、遊撃隊でもなく、最後の役職で。

その心根を容堂が忖度《そんたく》するまもなく、蛍はつぎなる男へと移動する。

六人目――その顔を容堂は知っていた。だが、慮外の衝撃が彼から声をうばった。

「殿」

と短く云っただけで、坂本龍馬のほうも名のろうとしない。措辞《そじ》を付そうともしなかった。

蛍は頭上で迷っていたが、龍馬が手ではらいのける仕種をしたので、斜めうしろに向かった。

口の大きな男が光の輪のなかに浮かびあがった。

「新選組局長、近藤勇」

名のっただけで挨拶はない。

すぐ後ろで声がつづいた。

「同じく副長、土方歳三」

左翼の列に向かおうとしていた蛍は、しぶしぶ引きかえしてきて、歳三の陰々たる美形を照らした。

すぐにまた——。

「同じく一番隊隊長、沖田総司」

やむなし、という感をぞんざいな翅づかいににじませて、蛍は歳三の肩をこえ、青春溌剌《はつらつ》たる顔を照らす。

胸の病は完全に癒えている顔であった。

歳三と総司の割りこみがすむと、蛍は近藤勇のつぎに照らすはずであった顔に発光器を向けた。

「…………」

闇夜にきらめく猫目のような眼光が容堂の瞳孔を射た。内省的で思索的、寡黙《かもく》な感じの青年は、含羞《がんしゅう》の笑みを浮かべただけだった。

「そちは何者か」

笑みにつりこまれるように容堂のほうから訊いた。

代わって応えたのは前にいた坂本龍馬だった。

「意思表示ぜよ、殿さまに名のるほどの者じゃないという」

「何」

「知らぬが仏ぜよ。こいつが誰か知ったら、まちがいなく殿は平静ではいられなくなるぜよ。ここは名無しの権兵衛ということにしておくぜよ」

かたや饒舌《じょうぜつ》、かたや結舌《けつぜつ》。くちびるに緘《かん》した青年の肩を蛍は飛びこした。

「薩摩藩、田中新兵衛でごわす。薬丸示現流をいささか遣いもっそ。なにとぞ、お見知りおきを」

飛蝗を正面から見たような細長い顔の男がお国訛り丸出しで律義に挨拶した。

その後ろの男で十二人目だった。

「仰ぎみればいよいよ高し玉幸ふ神代《かみよ》ながらの富士のしら山」

蛍が飛んでくる前に、彼は小声で歌を詠んだ。

「――と辞世した時には、思いもしなかったことでござるよ。三カ月後にまたこうして霊峰を仰ぐことができようとは」

昼間ならば富士の白嶺が鮮やかに見える彼方をふりあおいでから、顔を向けもどした。蒼白い化学の光に照射された顔は女性的でやさしげだったが、土方歳三の陰々さほどではなかったものの、妙に明るくすさみはてた感じがあった。

「肥後の住人、河上彦斎でござるよ。伯耆《ほうき》流居合を少々。よろしくお願いするでござるよ」

彦斎はにっこりとした。

容堂は緘黙した。昨年末であったか、彼は〝人斬り彦斎〟と呼ばれ恐れられた無頼の徒が、肥後藩あらため熊本県庁から護送され、戸塚原の刑場で首を打たれた、ということを聞いていた。もちろん一面識だにない男だが、たかだか三カ月前というところに、ほかの十一人とはまたちがう生々しいものを感じずにはいられないのだ。

なおこれは、まだ岡田以蔵とは知らぬ容堂の理解がおよぶところではなかったが、右翼と左翼の後半三人は奇しくも好対照の一対といえる。一方は新選組トリオ、かたや人斬りトリオで、新選組とて「壬生狼」として京都をふるえあがらせた恐るべき人斬り集団であるからには。

蛍が河上彦斎の顔からはなれ、容堂の目の前に飛んできた。

おもわず彼は一歩しりぞいた。蛍は人間の、それも美しい女の顔をしていたのである。女の顔はあだな笑みを容堂におくると、また闇の中へどこともなく飛びさっていった。

「これなる十二人――」

一風斎の声に容堂はぎょっとした。転送者たちがつぎつぎと〝お目見え〟をする間、彼の念頭から一風斎の存在は消え失せていたのだ。

「古来、天下の嶮を称さるる、この箱根の山にも比すべき『いずれも万夫不当の大剣士』。容堂さま、この者どもをつかうからには、『これにあたる者が世にあろうとは存じませぬが。……いかが』でございましょう」

「うむ」

容堂は決然とした声をあげた。晴れやか、とさえいっていい声を。

驚きからさめると、彼はもうあえがなかった。肩で息をしなかった。すでに匙は投じられた。あとは前進あるのみ

思ってもみよ――

千葉周作　　北辰一刀流
男谷精一郎　直心影流
物外不遷　　不遷流
大石進　　　大石神影流
坂本龍馬　　北辰一刀流
田中新兵衛　薬丸示現流
岡田以蔵　　鏡新明智流
河上彦斎　　伯耆流居合

伊庭軍兵衛　心形刀流
近藤勇　天然理心流
土方歳三　同
沖田総司　同

容堂が、名無しの権兵衛を岡田以蔵と知るのはすぐ後のことになるが、ともかくこれだけの顔ぶれを見れば、頼もしいをつきぬけ通りこして、恐ろしいというしかない。まさに「恐るべき超絶の集団」である。これが容堂に活力をあたえた。この者たちならばやってくれるだろう。新政府殄滅を。

「一風斎」

容堂は嬉々として呼んだ。

「で、わしは何をすればよい。そなたに云われ、これこの通り、箱根の山中に隠れ家を用意した。つぎに何をわしに望むか。わしは土佐の山内容堂だ。腐っても鯛《たい》ならぬ、南海の鯨だ。かくなるうえは末期の力をふりしぼり、そなたの、否、そなたらの望みをかなえて進ぜようぞ」

容堂は昨明治四年、五月から七月にかけ愛妾をつれて箱根を旅し、紀行文『函嶺遊記《かんれいゆうき》』を残している。だが、これは世をあざむく偽装で、真の目的は一風斎の要請を容れ、人外絶境の地である箱根山中にアジトを準備することにあったのだ。

考えてみるまでもなく千葉周作、男谷精一郎の顔を知る者は多数がなお存命である。しかるをいわんや伊庭軍兵衛、近藤勇、土方歳三、沖田総司においてをや。

さらに江戸は——いや東京は今、薩摩、長州、土佐の田舎侍が、いわば進駐軍となって大挙移住してきている。坂本龍馬、岡田以蔵、河上彦斎の面もすぐ割れるであろう。

よって彼らを東京には置けぬ。周囲の目を気にせずともよく、それでいて一朝事ある時にそなえ東京に遠からざる処を、と一風斎はのぞみ、箱根に別墅《べっしょ》を購入することを容堂にもとめたのであった。

もっとも、その際に一風斎が提示した人数は「後ろ盾となる十一人」であって、別墅に隠すその十一人が何者であるのかも、容堂には知らされることがなかったのだが。

「さしあたってのところ『何もあそばす必要はござりませぬ。ただ飼うておきなされ』と申し上げておきましょう」

「飼うておく？」

「あくまで言葉のあやです。この者たちはわたしに綱でつながれております。それが擬界転送、すなわち第二の生を得るための引きかえ条件でして」

「ずっとつながれたままなのか？」

一風斎は首を横にふった。

「わたしのためひと働きすれば、綱は切れる仕組みになっております。それで放免、あとは何をしようと各自の勝手。それを待ちのぞんでおる者も少なくはありますまい」

二十四の瞳、そのほとんどが期待に輝いた、と容堂の目には映じた。

「ゆえに、こやつらは、もしこの一風斎が命ずるならば、『一年黙せといわれれば一年黙し、十人の女を犯せと命ぜられるならば十人の女を犯し、百人を殺せと仰せられるならば、百人を殺すでございましょう』」

「待て、一風斎」

「は」

「少しは慎んだらどうだ。いくら何でも、やりすぎだろう、こうもちょくちょく」

「や、これは」

「ほどほどにしておけよ。過ぎたるは及ばざるがごとしだ」

「しかと承ってございます。とはいえ、この者たちは、いずれも根は善人、好漢どもでございます。魔人としてよみがえったわけでもなく、正真正銘の本人、本物でございますうえ、『いま申す通り、拙者の綱にとらえてあるかぎり』は、云いつけに――」

「これ、というに」

「は。ともかく、云いつけにはそむかぬということを申しあげたいのでございます」

「相わかった。飼うておけばよいのだな、ここ第二酔擁美人楼に。で、いつまでだ?」

「まもなく、と申しあげておきましょう。ただいま式神どもを駆使督促し、新政府にさぐりを入れておりますれば。そのうちの優秀な一匹から、何やら面白い情報がつかめそうだとの中間報告が入っているのです」

「まもなく、か。少し漠然としておらぬか」

どこか不安そうに容堂は云った。

「では早くて半月、遅くともひと月以内には、とお約束いたします。これでいかが」

「ならばよし」

容堂と一風斎はうなずき合った。つぎに一風斎は起ちあがると、ふりむいて、目の前の二人にあごをしゃくった。

「千葉周作」

「はっ」

「物外不遷」

「南無」

「わたしの不在中、よろしく頼んだぞ。くれぐれも容堂さまに対したてまつり粗相のなきよう」

「心得ましてございます」

二人はがばと両手をつかえた。

またも容堂が不安げに云う。

「や、そなた、どこへ」

山田一風斎はどこへゆく。

「――東京へ。式神どもを陣頭指揮しに。やつらを叱咤、督励してまいりますれば、容堂さま、なにとぞ近日中の吉左右《きっそう》をお待ちくださいませ」

その声とともに、陰陽師の姿は闇に溶けたか、地に吸われたか、はたまた湖面をわたってきた時ならぬ一陣の風に、無数の微粒子となって吹きちらされたか――後は踏みしだかれた露草がのこるばかりである。

三

山内容堂は最初、ちょっと薄気味わるかった。

なにしろ世間では死んだと思われている人間、それも一人、二人ならばともかく、何と十二人もと生活をともにすることになったのだ。

彼らが黄泉国《よみのくに》から帰還したのではなく、本人そのものであるということは、一風斎から擬界転送なる陰陽術の原理を聞かされて理解したつもりの容堂ではあった。

けれど、話ひとつでは果たして真実なのかという確信が得られないのも当然で、だからそれがゆえに、蘇生した死体と――死体集団と、一つ屋根の下に暮らすという気味のわるさをぬぐえなかったのである。

彼らの秘密基地となる第二酔擁美人楼に、容堂は数人の用人しか連れてきていなかった。

秘密がもれるのをふせぐためというより、もう彼はそれだけの人数しか自由に使えなくなっていた。いずれも容堂につかえて長く、口のかたい者たち。

一風斎が去ったあと、容堂は手をうち鳴らして彼らを中庭に呼んだ。ある程度のことまでは明かしたうえで同行を命じたが、何はともあれ引き合わせておかねばならない。

すると――。

そのうちの二人がさっと顔色をかえ、

「さ、坂本龍馬！」

と叫んだ時には、

「ふふ、似てはおるが別人じゃ。何にせよ、口外は無用であるぞ」

と余裕をみせた容堂も、つづけて一人が、

「い、い、以蔵、岡田以蔵！」

とのけぞって気絶したので、今度は彼のほうが顔面蒼白となった。

このとき、右翼チームの千葉周作と男谷精一郎がさっと容堂の左右をかためたのは、さすがに剣聖と称されるだけのことはある動きであった。いっぽう左翼チームの物外不遷と大石進も、すかさず岡田以蔵の両脇に移動したが、これは以蔵が不穏の動きをしめした時にそなえてのものにちがいない。

けれども当の以蔵はといえば、れいの含羞の笑みをくちびるにそよがせ、たおやかに目を伏せただけだ。

にもかかわらず龍馬が、

「そうぜよ、人斬り以蔵ぜよ」

と、さかしらに代弁したのは、まことにもって当てつけがましいかぎりであった。

伊庭軍兵衛と新選組の三人は興味津々の表情で傍観し、田中新兵衛と河上彦斎は以蔵によりそうようなまなざしをそそいでいる。

「そちが、岡田以蔵か――」

意を決して容堂は声をかけた。一風斎の綱にとらえられているかぎり云いつけにそむかぬ、という言葉を念頭においてのことではなく、かつてこの男を死に追いやったのは自分なのだと自覚して。

こそ、と以蔵の頭が小さくふられる。

「不悧をいたしした。しかし、藩政をつかさどる者として当然のことであった、と今もその思いはかわっておらぬぞ」

以蔵は顔をあげた。伏せていた目もあげた。猫目石のようなきらめきが、にっこり笑った。

「そのように仰せくだされてこそ、岡田以蔵、一分の面目も立つというものでございます」

近藤勇が沖田総司をかえりみて、不思議そうに訊いた。

「どうした総司、なぜ泣いておる」

土方歳三も云った。

「おかしなやつだなあ、おまえって男は」

総司はこぶしで目をぬぐって答える。

「だ、だって――」

総司はすぐに感情を表に出す。それが彼の取柄だともいえる。だが、声もなく色にも出さず、心の中で泣いている者も、このとき一人いた。

新兵衛と彦斎は視線を交わし、目と目で何かを語りあっているようだったし、千葉、男谷、物外、大石の老剣士は苔生した千古の石碑のごとく、慮外の融和ムードにも動じた気配はみせない。

「容堂さまっ」

気絶した同輩を介抱している用人が、おびえた声をあげた。

「その者、ほんとうに岡田以蔵なので？」

「そ、それはな……」

容堂は答えに窮した。みずからが以蔵であるとみとめ、会話まで交わしてしまった以上、どんないいわけがあるだろうか。

用人は恐怖に身をふるわせ、なおも訊く。

「坂本龍馬に、岡田以蔵……さ、されば、武市半平太もおりますので？」

「ばかものっ」

容堂は一喝した。

その時、龍馬が明るく叫んだ。

「みんな、見るぜよ」

スッと腕をのばしたその指の先には、東の空がうっすらと白みだしている。

「箱根の夜明けは近いぜよ」


いったん屋敷に入ったが、十二剣士は少しも中でおとなしくしてはいなかった。すぐにも連れだって外に出ていった。容堂は気が気ではない。彼らのあとを追いかけた。

「おお、これが芦ノ湖でござるか。何とも美しい湖でござるな。拙者の生まれた肥後熊本には、これほど大きな湖はないでござるよ」

朝焼けの空を映す湖面を見やって、人斬り彦斎がほれぼれとそういったので、一同感じ入り、舟遊びとなった。土御門晴景邸からここまで、日に夜を継いで駆けてきたというのに、誰も疲れの色を見せていないのが不気味といえば不気味だ。

屋敷に隣接して湖岸にボート小屋があった。内部をのぞくと一艘の中型船、二艘の小型船が用意されている。当然のように右翼の六人、左翼の六人がそれぞれ小型船にわかれて乗りこもうとしたが、

「まて、皆の衆」

と、左翼チームのリーダー格の物外不遷が、読経で鍛えられた野太い声で一席ぶった。

「我らは、それぞれのゆえあって一風斎さまの徴募に応じ、第二の生を歩むこととなった。佐幕、反幕と立場は少しく異にするとは申せ、これぞ仏教でいう衆生《しゅじょう》の縁、巡り合わせでなくして何であろう。

愚僧、いたく感動いたしておる。いわば乗りかかった船じゃよ。何が悲しうて、よそよそしくも二手にわかれることなどあろう。我らの目的は一つ、新政府の殄滅なり。されば一味同心、同じ一つの船で漕ぎ出そうではないか。のう、皆の衆」

「異議なーし」

たちまち衆議一決、小型船はひっこみ、中型船が湖に浮かべられた。

「ふはは、これぞ呉越同舟《ごえつどうしゅう》であるな」

「大船に乗った気分、とこそ云うべけれ」

「どうぞ、お先に」

「いや、かたじけない。では、御免」

そんなふうに言葉を交わしながら、こもごもといった感じで乗りこんでゆく。

「土州さまも、さ、いかがでござる」

旧知の親しさを見せて男谷精一郎がさそった。

「いや、わしはひと眠りするとしよう」

結局一夜を明かした容堂は首を横にふった。それでなくとも、十二人の転送剣士団推参の衝撃で気力はつきかけている。

「まあ、さよう仰せにならずとも」

「ご遠慮は無用でござる」

「そうだ、ご老公には船長になっていただこう」

「それは名案。船の名は容堂丸でどうだ」

「異議なーし」

声はますますにぎやかに飛び交い、伸びてきた手も二つや三つではなく、容堂はたちまち船上の人になってしまった。

湖面に立ちこめる朝靄をきりひらくように容堂丸は汀をはなれて進んだ。

櫓をこぐのは新選組トリオと人斬りトリオ。これに伊庭軍兵衛も加わって、隻腕ながら見事な操櫓ぶりである。

千葉、男谷、物外、大石の老剣士四人はさながら親衛隊のごとく容堂を囲み、坂本龍馬はひとり舳先に立って、片腕を懐手に袖を朝風になぶらせている。

「ふん、気どりおって」

龍馬の背に憎々しげな視線を向けて、千葉周作が吐き捨てるようにつぶやいた。

その小さな声を耳にとめて、男谷精一郎がおやっという顔をする。

そのとき、

「ご一同、富士山でござるよ」

河上彦斎が櫓をこぐ手をやすめずに感嘆の声をはなった。

対岸に屏風のようにそそり立った山塊の向こうに秀峰が上半身をぞんぶんにのぞかせていた。頂上付近にのこった白雪が朝陽をあびて赤銅色《しゃくどういろ》に輝くさまは秀麗というほかない。一同はみとれた。

みとれつつ彦斎の述懐を耳に入れる。

「後ろ手に縛《いまし》められて唐丸籠から仰いだ時は、これが最初で最後、生涯の見納めかと涙が滂沱《ぼうだ》とあふれたものでござったよ。恥ずかしながら先に披露いたした辞世の歌は、その際の感興でござるよ。

されど思いもよらぬことでござるよ、こうしてまた富士に再会できるとは」

「おいどんは初めて見るでごわす」

田中新兵衛が、こちらも感激を顔に塗るように刷いて云う。

「いやあ、美しかね、もう。なんちゅう美しさでごわそうか。おいどんは、鹿児島から京都までしか知りもさん。鹿児島で山ちゅうたら桜島でごわす。富士にはおよびもつきもさんが、来る日も来る日もモクモクと黒煙ばあげて、実に勇壮、ぼっけもんな山でごわす。新兵衛は、桜島のように生きたか」

「九州は阿蘇もりっぱかけん」

と大石進が受け、それがきっかけとなったか、湖面の朝靄《あさもや》がしだいに霽《は》れてゆくように剣士たちの間にわだかまっていた敵愾心《てきがいしん》や、ぎごちなさも、ほとび、霞《かすみ》とたなびきはじめた。

お国自慢や、それを盾にしての自己紹介がはじまったが、ここにきてとうとう気力も体力も限界に達した容堂は、深い眠りの淵にひきずりこまれていった。

彼らの談論風発を聞きのがしたのは、不可抗力とはいえ、何とも惜しいことではあった……。

四

夜になると酒盛りがはじまった。

ところが酒宴に参加するグループと不参加グループの二派に分かれたので容堂はおどろいた。思ってもみないことだった。さらにびっくりしたのは、参加したのが千葉周作、男谷精一郎、物外不遷、大石進の四剣聖であったことだ。悟りすました老境者ばかりではないか。

新選組トリオと人斬りトリオなど、京都の祇園や島原の色里で酒と女の味になじんだはずで、先陣をきって宴にとびこんでくると思っていたのに、さにあらず、外で剣の稽古に精を出すという。

坂本龍馬と伊庭軍兵衛は、おれたちどうしようかという顔で互いの肚のうちを探りあっているふうだったが、結局は不参加派にころんだ。

「いかんのう、若い者がそれでは！」

「うむ、覇気がないのじゃな、覇気が。近ごろの若者にもこまったものよ」

大石進と物外不遷、その意気軒高たる応酬で五老人の酒宴は幕を開けた。老公山内容堂をカウントしての五人。場所は第二酔擁美人楼の書院である。主人が「鯨海酔侯」だけのことあって、酒樽が天井ちかくまで積みあげられている。

しばらくの間、ぐびぐび、ごくごくと手酌でせわしなく飲みほすあさましい音のみが書院を満たしていたが、

「まあ、時代がちがう。文久、元治、慶応、明治とあわただしく、せせこましい世の中だ。若者のスケールもそれに合わせて縮んでゆく」

と男谷精一郎がすぐに話の穂をついだ。

「うむ。おれたちの時代はよかった」

千葉周作がうなずき、しみじみと云った。

周作は以前、精一郎に対し丁寧な言葉遣いであった。かなた直参旗本、こなたも幕臣藩士とはいえ奥州の郷士出身の新参者だったから。それが今は対等をとおりこして、実になれなれしい。

「よかったよ。実にいい時代だったよ。若者たちは輝いて生きていた。そうではないか」

「そうだ」

大石進が呼応した。

「文化、文政の青春に乾杯！」

「乾杯！」

「乾杯！」

「乾杯！」

「か、乾杯……」

容堂も、しかたなく盃をあげた。文政十年生まれの彼としては、一言なかるべけんやだが、グッとこらえた。殿さまでなくなってから、容堂は座の空気を読むのがうまくなった。

「これは気分がいい。さ、もう一度、乾杯じゃ！」

「乾杯！」

「乾杯！」

「乾杯！」

「か、乾杯……」

もう一度が、もう二度になり、三度になり、四、五、六、七度と重なって、たちまち一本目の酒樽が空いた。

四剣聖の健啖ぶり、酒豪ぶりに、容堂は目をみはる思いだ。飲むほどに語らい、語らうほどに飲む転送老人たち――。

酒樽は次々と空になってゆく。

「しかし、一風斎さまの仕事を早くかたづけて、自由の身となりたいものよ」

早くかたづけてと簡単に云うが千葉周作、それは新政府を打倒することなのだが、ともかく平然と彼はそう云った。

「自由の身となって、何がしたい、於菟松」

男谷精一郎が意味ありげな顔をして周作を見やる。二人はまだ千葉於菟松《おとまつ》、男谷新太郎と名のっていた頃からの剣友であった。

「何がしたい、といって……そ、それは」

周作はつまった。娙の佐那のことを思い浮かべながらうっかりと口をすべらせた不覚を、精一郎に衝かれたのだ。しかも狼狽のあまりか、一瞬ではあったにせよ、別人のごとき下卑た表情までさらしてしまったから、

「――それは、まあ、いろいろだ。わが北辰一刀流をさらに隆盛たらしめ、なおかつ……」

と、今さらしかつめらしく返答したのが、かえって三剣聖の笑いを誘発することとなった。

「ずばり、女じゃろう、玄武館」

物外不遷がにやにやとして云う。彼は周作を道場名で呼ぶのだ。

周作はきっと物外をにらんだ。

「さ、さ、さようなことはっ。そういう御坊は、何を欲するか」

「拙僧も女じゃよ」

「へ？」

僧籍にある身が悪びれたふうもなくそう答えたので、周作は鼻白んだ顔になった。

「あきるほど女を抱いてみたいのじゃ。精泉、つまり精液の泉が涸れつくすほどにな」

あきれたことに物外は、あぐらをかいたまま両腕を宙にまわし、座位で女体を抱きつらぬいているかのごとく卑猥に腰を波うたせてみせるのである。

「拙僧は破戒僧じゃ。見てのとおり不飲酒戒をやぶっておるでな。いまさら不邪淫戒が何であろう。あれをしてはいかん、これもだめ。無常、中道、三法印。十二因縁、慈悲、涅槃。どれもこれも仏の教えなどクソくらえだ」

「おいおい、拳骨の。僧侶がそのような罵詈を口にしてよいのかね」

と云った男谷精一郎も、

「そうだ。和尚、仏罰がこわくはないか」

と訊いた大石進も、字面だけ見れば、いさめ、たしなめているようだが、その実、面白がってけしかけるかのような調子であった。

「仏罰がこわくて僧侶をやってられるか。いや、ちょうどよいで、ここで宣言するが、転送した拙僧は僧侶をやめるぞ。おお、本気じゃとも。

人間が死んだらどうなると仏教は教えておる。みなも知るとおり、六道に輪廻転生するというのじゃ。が、山田一風斎さまはそうではないという。どちらのいうことが本当か、臨終の拙僧はそれが知りたくて一風斎さまの誘いに乗った。結果はこれじゃ。拙僧が往ったのは六道でなく擬界であったよ。

よって拙僧は仏教をすて、くとぅるーさまに帰依するものなり。南無くとぅるー、南無くとぅるー、南無くとぅるー」

さらに物外は学のあるところを見せ、サンスクリット語でもとなえた。

「くとぅるー・シャラナム・ガッチャーミ」

すると、ほかの三剣聖も、まるで申し合わせたかのように盃を傍らにおき、物外に応じて三唱するのである。

ひとり容堂はぽかんとして、

「その……くとぅるーさま、とは何であるか？」

と、あやしみつつ訊いた
「生兵法《なまびょうほう》ならぬ生信仰はけがのもと。土州さま、なまなかのことでは訊かぬが身のためでござる」

おごそかな調子で男谷精一郎が云った。

物外も容色をあらため、こうつけくわえる。

「知らぬが仏、でござる」

座に沈黙が降りた。が、すぐにも、ごくごく、ぐびぐび、というあさましい音が重なって起こり、

「女だな、かくいうわしも」

と、中断していた話題を継いだのは、誰あろう男谷精一郎であった。

千葉周作が盃をとり落とし、

「し、新太郎、これは驚いたことを申す。おまえという男は、幼いころから自他ともにみとめる謹厳居士《きんげんこじ》にして聖人君子――」

「には飽いたのだ」

精一郎は温厚そうな顔の中で、目だけを野良犬のように貪欲にひからせて応じた。

「せっかく第二の生を与えられたからには、同じ道を歩んではつまらぬではないか。剣聖よ、君子よとおだてられ、わしはさような世間の評判という縄に自分で自分を縛って生きてきた。もうその轍《てつ》は踏みとうない」

「下総守は、さような理由で擬界転送に応じられたか」

大石進が感にたえたように訊いた。

精一郎は首を横にふる。

「恥ずかしながら……幕府の命運を思い、講武所改革に邁進《まいしん》したいとの一念であった。ところが、この世に転送されてみれば、幕府はなく、当然ながら講武所もない。それどころか藩も武士も存在せぬという。何なのだ、この世界は？

どことなく一風斎さまに騙された気もせぬではないが、今さら愚痴をこぼしてもはじまるまい。このうえは、幕府をほろぼした新政府に一太刀浴びせ、あとは欲望のおもむくまま生きてゆく所存である」

「さすがは新太郎だ。おれもおまえの心意気にあやかりたきもの。さあ、飲め」

周作がにじりよって、いそいそと献盃《けんぱい》する。

「剣豪、転じて性豪にか」

大石進が嗤《わら》った。

「いや、剣豪ではあったが、性豪になれるかというと、それは自分でもわからぬ。朝鍛夕錬、性豪を目指すつもりではあるが。ま、目標はあくまで高くなくてはならぬで」

と精一郎、あくまで律義に応じ、

「して、ご貴殿の望みは如何、武蔵どの」

「これはしたり。わしの武蔵数寄《すき》を見抜かれようとは。とは申せ、この大石が望みはまさに武蔵。一に武蔵、二に武蔵、三、四がなくても五に武蔵だ。まずは彼の畢生の名著たる『五輪書《ごりんのしょ》』に註解をほどこしたい」

「ほう、たしかにあれは難解」

と物外がいい、周作と精一郎も点頭する。

進はわが意を得たりとばかり大きくうなずき、

「註釈がなければ読めたものではないが、この大石進こそはうってつけの註釈者と心得る」

「おお、まさに適任」

「今武蔵どのにして、はじめて成し遂げられる難業かと存ずる」

「いやあ、それほどでも」

と、照れる進。

容堂はようやくほっとした。四人の剣聖が酒を酌みかわすからには、どれほど閑寂にして高雅、枯淡の境地に達したる剣法談義を聞きうるものかと、ひそかに楽しみにしていた。

だが、話題は女、女、女であり、わけのわからぬ信仰らしきものであったりと、いささか興ざめであったところに、ようやく話がそれらしくなってきた――のだが。

「で、五輪書の註釈を終えたら、次は何を？」

「柳生新陰流の遣い手に十兵衛三厳《みつよし》がおるが、彼の者の剣書『月ノ抄』はどうかな。あちらも難物であるぞ」

周作と物外が訊くと、進は首を横にふった。

「いや、『五輪書』でじゅうぶん。あとは、女だな」

「おお！」

「やはり！」

「男はそれでこそよ！」

「新免武蔵は生涯不犯《ふぼん》であったという。剣の修行のため、身にたのしみをたくまず、恋慕の思いに寄る心なし。――ふふ。武蔵を慕い、武蔵に憧れ、武蔵たるべしと発願《ほつがん》したが、まさにその一点が、武蔵と大石進のちがいなり。わしの好みの女はの、胸はでかくなくてもよいが――」

容堂は頭が痛くなってきた。

「や、どこへゆかれる、土州侯」

そっと腰を浮かしたが、完全に起ちあがる前に千葉周作に見つかった。

「いや、何、ちょっと酔いざましに、外の空気を吸ってまいろうと思うてな」

「お酔いあそばされたと？　まださほど召されてはおわしますまいに。ささ、どうぞもう一杯」

「わたしからも一献《いっこん》」

「さあ、土州さま」

「そんなことでは鯨海酔侯の名が泣きますぞ」

容堂は起ちあがると、伸びてきた手をかわすように飛びのいて叫んだ。

「厠《かわや》である」

ふりかえらずに後ろ手に障子戸を閉めた。

と、とんでもないやつらじゃ――。

廊下を進む容堂の背に、四剣聖の声が追いすがってきた。

「厠である」

「あはははははは」

「土州！　土州！　土州！」

「わはははははは」

「近ごろの若者にもこまったものよ」

「うわはははははははは」

五

外で剣の稽古に精を出す――といったのは、老人たちの酒盛りに出ないための逃げ口上ではなく、じじつ若い八剣士は、月光のおぼろおぼろとかげる夜空の下、芦ノ湖の湖畔で竹刀を松籟《しょうらい》のごとく打ち鳴らしていた。

土方歳三だけは竹刀をにぎらず、見つけた切り株に腰をおろし、一輪のスミレの花を茎ごと横ぐわえにして、虚無的な目で暗い湖面をながめている。

「剣聖たちは酒でも飲んで、往時をふりかえっていればいいのさ」

独り言だったが、それを耳ざとく聞きつけ、

「そのとおりぜよ」

と、同じく稽古にくわわっていない坂本龍馬が応じた。彼は片手を懐手《ふところで》に、歳三からやや離れたところに立っていた。洋装の歳三と和服の龍馬は好対照の姿だ。ただし龍馬の足元は皮革のアンクル・ブーツではあったが。

「剣聖、剣聖とおだてられちょるが、人を斬ったことのない老人たちぜよ。竹刀剣法の剣聖ぜよ」

「そういう坂本さんは、人を斬ったことがあるのかね。北辰一刀流の剣をふるってさ」

「剣の時代は終わったぜよ」

龍馬はふところからアメリカ製の回転拳銃を取り出し、湖に向かって狙いをつけるポーズをとり、バーンと口で云って、また懐中におさめた。

「そういう土方さんは、剣に斬られたがぞね？」

剣士という者は、剣に生き、剣に斃れてこそ。おまえは銃に撃たれて死んだくせに、と龍馬一流の皮肉であ

る。

　歳三はさげすみの目で龍馬を見た。

「要らぬことを申したようだ。どうか放念してください、坂本さん」

　龍馬もさげすみの目で歳三を見た。

「いや、わしも云いすぎたぜよ。気にせんでつかあされ、土方さん」

　歳三は切り株から腰をあげると、闇の中に歩み去った。

　龍馬は肩をすくめた。


「竹刀を交えていると、次第に心が通じ合う。そんな気がしてまいるから不思議なものだ」

「拙者もそうでござるよ、近藤さん」

　河上彦歳が応じると、近藤勇は心底うれしそうな顔をした。

「あなたもか。これは思いもかけず――」

「まこと、剣は人を殺しもするが、心をつなぎもするでござるよ。しかしながら、それも命のやりとりをするという、その覚悟あってこそでござるよ」

「同感だ。むかし、柳生但馬守が剣は不肖の器、とか云ったらしい。だが、人から不肖の器とさげすまれる剣にしか、なせぬことがある」

「剣士もそうでござるよ。剣士とはそういう人間でござるよ。そうでなくてはならぬのでござるよ」

「ますます同感だ。いやあ、河上さん、あなたとこんなに話が合うとは」

　二人は竹刀を烈しく打ち合わせながら会話している。いや、それだけではない。双方、目にもとまらぬ速度で竹刀を次々とふるいつつ疾走していた。恐るべき速度で夜の湖畔を並走、爆走し、かつ連続的に竹刀を交え、そうしながら泰然と剣法談義をかわしているのであった。

ちなみに、八剣士の中でこの二人がいちばん年嵩《としかさ》である。死亡時の年齢でいえば彦斎は三十九歳、勇は三十五歳だが、ともに天保五年の生まれ。

「考えてみれば、これこそ不思議だ。河上さん、佐久間象山を斬ったあなたと――」

「そのひと月前、池田屋でわたしの兵学の師たる宮部鼎蔵先生をはじめ、同志をおおぜい斬殺した、近藤さん、あなたと――」

「――死んだ河上彦斎と」

「――死んだ近藤勇とが」

「こうして竹刀稽古をしているとは」

「でござるよ」

「そのうえ、あなたとわたしには共通点がある。転送剣士十二人の中で、わたしたち二人だけが――とうっ」

「新政府に斬首された――えいっ」

「岡田以蔵くんも獄門だったというが、彼の場合は新政府ではなく土佐藩だから――それ、籠手《こて》ッ」

「ともかく新政府はゆるしておけぬでござるよ。いばりくさっているやつばらの首をさらしてやりたいものでござるよ――胴だッ」

「岩倉の首、木戸の首――これでどうだッ」

「大久保の首、西郷の首――くらえッ」

「やろうよ、河上さん。ほかの十人は知らず、われら二人だけでも」

「心得てござるよ、近藤さん――それ、隙ありでござるよ、面ッ」

「いててて」

「おーい、近藤さーん」

沖田総司は呼んだが、その時には近藤勇と河上彦斎は一対の走る剣戟機械のごとく湖畔ぞいに駆け去ってしまっていた。

「仲のいいこつでごわんさあ」

ほれぼれするように田中新兵衛が云った。

総司の稽古の相手は新兵衛であった。最初はそうではなかった。新選組は新選組で、人斬りたちは人斬りたちでそれぞれ竹刀をふるっていた。

「そんなことじゃいかんぜよ」

自分は竹刀をとろうともせずに龍馬がそう云ったのだ。

「いつもと同じ顔ぶれじゃ上達せんぜよ。心形刀流に薬丸示現流、鏡新明智流、伯耆流居合、それに天然理心流と、ここは剣派のるつぼぜよ。他流を知る機会ぜよ」

というわけで、ばらばらと組み合わせを変えているうちに、自然発生的に相手ができあがった。総司にとっては新兵衛がそうであった。

「わたしが今こうしてあるのも、新兵衛さんのおかげなんですよ」

兄事《けいじ》するかのごとき総司の口ぶりである。二人はちょうど一回りちがう辰年の生まれで、死亡年齢を較べても、五年先に死んだ新兵衛のほうが、総司よりも七歳年上だ。もちろん、そんな年齢的なことばかりでなく、総司の人なつこい性格は、みずからをして天然の弟キャラたらしめずにはおかないのであった。

「どういう意味でごわす？」

彼らもまた竹刀を交わしながら話している。剣で語らいつつ声でも語らう、それが剣士の流儀なのであろうか。

「新兵衛さんや以蔵さんが京都であばれまわってくれたから、幕府は浪士を募って、その結果、紆余曲折《うよきょくせつ》はあったけど、新選組が世に生まれたんです。そうじゃなかったら、わたしなんか武蔵の片田舎の無名の剣士で終わっていました」

「時代でごわすよ。わしのおかげなどではなか」

「時代?」

「黒船が来なかったら、わしも薩摩でずっと船頭をやっていたでごわす」

「新兵衛さんは、海の男だったんだ」

実をいえば総司は新兵衛のことをあまりよく知らない。新兵衛が島田左近暗殺の嫌疑をかけられ京都奉行所で腹を切った文久三年五月、まだ新選組は産声《うぶごえ》をあげたばかりであった。局長は芹沢鴨《せりざわかも》である。

「自分では狼きどりでごわした」

「狼?」

「新選組も壬生《みぶ》狼と呼ばれたと聞きもすが、この新兵衛も海の狼と自分を呼んでおったでごわす。海はよか。ほんとうのこつ、よか。わしは夕方になると一丁櫓をあやつって沖に出て、小舟の上で丸太を木剣がわりにふって、師匠の羽山乃吹先生直伝の薬丸示現流を完成させたでごわす」

「丸太? 丸太で何を斬った、海狼の新兵衛さん」

「落日でごわす」

「狼よ、落日を斬れ――か」

ふとそう口にして、京都の美しい落陽が思い出され、総司はまるで祇園で新兵衛と酒を酌み交わしながら話しているかのような錯覚にとらわれた。

新兵衛は満面の笑みでつけくわえる。

「落日、それと桜島でごわすな」

桜島――朝の舟遊びの際に聞いた新兵衛の言葉が脳裡によみがえってきた。

――新兵衛は、桜島のように生きたか。

「薩摩か、遠いなあ」

「沖田さんは、どこでごわす」

「わたしは奥州の白河ですよ。山奥でね、雪ばかり降ってて、子供のころはあかぎればかりつくってたな。何年になるかなあ、国を出てから」

しんみりと総司は云う。しかし、竹刀はすこしもとまらず新兵衛とめまぐるしく打ち鳴らしているのだから、さすがは名剣士というべきであった。

「見てみたいな、わたしも桜島を」

「あん山は日に七色も変わりもうしてな。そらよか眺めでごわんさ」

「おもしろそうだな。いつかみんなで行こうじゃないか」

「みんな？」

新兵衛は首をかしげた。

当然のように総司は云った。

「十二人みんなで、ね！」

最後が岡田以蔵と伊庭軍兵衛という組み合わせであった。最後が、と書くと、まるで残り者同士がしかたなく結びついたようだが、そうではなく、実はこの二人がいちばん早くペアになったのだ。

「伊庭軍兵衛です」

龍馬のアジ演説が終わると、つかつかと軍兵衛は以蔵の前に歩みより、頭をさげた。

以蔵はかすかに面くらった表情をみせた。

「……おうわさはかねがね。岡田、以蔵です」

とまどい、かつ警戒するようでもある。旗本直参の息子が、なぜおれなんかのところへ、と。

「お久しぶりです、岡田さん」

「何だって？」

「ほら、岡田さんはむかし江戸にいらした。桃井《ももの い》道場に――」

「確かにいたが」

あれは安政元年前後のことだった。武市半平太の申請していた江戸での剣術修行を土佐藩庁がゆるしたので、武市門下だった以蔵は下僕として随行を命じられたのだ。

半平太は鏡新明智流の四代目桃井春蔵を剣師としてえらび、以蔵もその道場である士学館にかよった。半平太はたちまち頭角をあらわして塾頭のようになり、いっぽう自分は……往時の思い出が、走馬灯のように以蔵の頭をかけめぐる。

しかし、目の前の片腕の剣客に見覚えはない。切れ長の涼しい目の美剣士――もう二十年近くも前のことだから、きっとまだ前髪の少年であったにせよ。

軍兵衛が云った。

「黒船が再度やってきた年でした。世情は騒然としていたのを子供ながらに覚えています。

ある日のこと、わたしは大川に遊びにゆき、猫が流されてくるのを見た。子猫でした、生まれたばかりのね。まだ目も開いているかどうかの子猫が三匹、粗末な木箱に入れられて……きっとどこかの心ないやつのしわざだったのでしょう。三匹は身を寄せ合って、火がついたように泣きながらわたしの目の前を流されてゆく。助けたかったが、情けないことに泳げないときている。父から水練にもっと力をいれるよう云われていたのに、水がこわくてならず、本を読むのに夢中だというのを口実に、おろそかにしていたのです。わたしは河畔を走って、どこまでも追いかけるしかなかった。叫んでいたのでしょう、誰か、あの猫を助けて、とか。すると、わたしを追いこした黒い影が、それはもう力づよく川面に跳躍し、みごとな抜き手をつかって追いつくと、猫を救いあげてくれたのです。

わたしは差し出された箱を受け取りながら、助かった猫のことなどより、その人をぽかんと見つめていました」

以蔵は首をかしげた。話の筋がよく呑み込めていないという顔だ。

「で、そいつに金でもせびられた?」

「ものも云わずに立ち去りました、びしょ濡れの濡れねずみになって。黒の着流しが、やせたほそい軀にぴったりとはりついて、でも、その後ろ姿の鮮やかなことといったら……。それっきりになったのをわたしはくやみました」

「ふうん」

「せめて名前だけでも訊いておくのだった、と。けれども数日後、父と蜊河岸《あさり》を歩いていると、その人を見かけたのです」

「ほう、幸運だね。おれの田舎の土佐ならありうることだが、江戸は広く、人も多い」

「父の手前、その場で声をかけるのははばかられました。その人は士学館に入ってゆきました」

「士学館? それは、おれが通っていた桃井先生の道場だが」

こみあげる笑いを軍兵衛はおさえられなかった。

「岡田さん、ほんとうに何も覚えてはいないんですか」

「何のことだ」

「わたしは父に内緒で、親しい家士にたのんでその人の素性を調べてもらったのです。南国土佐から剣術修行のため江戸に遊学中の——」

「武市先生が猫を？」

「岡田さん、もしや、わたしをおからかいですか」

「すまん。しかし——おれだって？」

「南国土佐から剣術修行のため江戸に遊学中の岡田以蔵、というのが家士の調べてきたことです。わたしは士学館に入門したいと父に申し出て、大目玉をくらいましたよ。ばかもの、おまえは練武館の跡取り息子ではないかって。そうこうするうちに、その家士が耳打ちしてくれて、あなたは土佐に帰ってしまわれた、と」

「江戸にいたのは短かった。一年かそこらだ」

「わたしはがっかりした。しかし、がっかりとしてばかりもいられないので、剣術に、家剣である心形刀流の修行に、打ちこむようになったのです。それまでは、剣術の家に生まれながら剣がいやで、学問所に入りたい、佐藤一斎先生に師事したいなんて思っていたんですが……。

あの、ほんとうに何も覚えてないんですか」

軍兵衛は同じ問いをくりかえした。

「覚えがない。ただ——」

「ただ？」

「おれなら、ありうることだ」

「おれなら？」

「猫が好きだからさ。あっちこっちでそんなことをやっていた。しょっちゅうやっていた」

「あはは、なるほど」

「何がなるほどだ」

「あなたの名前がわかるまで、失礼だが、わたしは勝手にこう呼んでいた、黒猫侍って」

「黒猫、侍？」

「黒猫を思わせる気高さと、鋭い迫力がそなわっていましたからね、びしょ濡れの岡田さんには」

高知の牢獄で一風斎が見た岡田以蔵は醜悪な肉塊にすぎなかったが、擬界転送によってあらゆるダメージは修復され、容貌ももとにもどっている。これが人斬りと呼ばれていたとはおよそ信じがたい、繊細で、内省的でさえある孤独の貌だ。

その面貌を以蔵は拳でかく真似した。そして、架空の髭をなでつけ、

「にゃあ」

と鳴いた。

「いまのは黒猫侍が名のりをあげたのさ。——鏡新明智流、岡田以蔵」

「心形刀流、伊庭軍兵衛」

あらためて名のりあった二人の竹刀が、同時にあがった。

剣戟しながら芦ノ湖を一周して近藤勇と河上彦斎が帰ってきたのは、夜が明けるころであった。

六

ひと月がすぎた。

十二剣士は酒をのんだり竹刀稽古をしたりするだけではなく、あらゆる山中の娯楽に熱をあげた。芦ノ湖での遊泳、釣り、舟遊び。山中に分け入っては手製の弓で鳥やシカを射たり、キツネ、タヌキに罠をしかけたりした。

「クマはいないか、クマは」

と大石進が腕を撫す。

「なんでクマなんじゃ、今武蔵よ」

物外不遷が問うと、

「あれよ。箱根にきたからには、クマにまたがりおウマの稽古というやつをやってみたいのよ」

「壮なるかな、勇なるかな。よし、これから捕らえにゆこうぞ、今武蔵」

「おーい、金太郎は足柄ぜよ、箱根ではないぜよ」

龍馬が声をかけた時には、先を争うように駆け出した二老人、もうその姿は鬱蒼とした森林に消えていた。

千葉周作と男谷精一郎は碁を打っている。縁側に碁盤をもちだして。

すでに新緑の季節である。木漏《こも》れ陽《び》をあびて二老人は緑に濡れ染まってみえた。

「蝉は鳴かぬか」

「まだ少し早かろう。それより於菟松、おまえの意中の女性はだれであるか。ぞっこんらしいが、わしにだけ明かしてみよ」

「ふふ、秘密じゃ。それっ」

パチッ。

黒石が、精一郎の慮外の場所におかれる。

「し、しまったぁ」


新緑、そして初夏を思わせて汗ばむほどの陽気であった。沖田総司と田中新兵衛は芦ノ湖で遠泳にいどんでいた。

「気持ちがいいなあ。海にくらべて、湖もすてたものじゃない。ねえ、新兵衛さん」

「そうでごわすな……や、ありゃ何でごわす？」

総司は新兵衛のゆびさす先に目をやった。カルデラ湖をかこむ汀道《なぎさみち》に白い土煙りが立っていた。竜巻のように湖畔を高速で移動している。

「あれは……あ、近藤さんたちじゃないか。こんな暑い日によくやるよなあ」

まさにしかり。近藤勇と河上彦斎であった。

「こんどは左回りでどうだ、河上さん」

「よしきた、近藤さん」

というわけで、以前とは逆回りに芦ノ湖剣戟一周を試みているのであった。


土方歳三の孤影は箱根山中を幽鬼のように彷徨する。——と見えて、彼は何やら軍略を練っているようすだ。

鳥羽伏見、甲州勝沼、日光今市、そして蝦夷地と、死闘、激戦を経た体験が、歳三をして京都市中の治安部隊の一副隊長から野戦軍の指揮官に変質せしめていたのだ。

十二剣士の中で彼だけが軍人であった。しかも経験豊富な。

十二剣士の中で彼だけが商人であった龍馬は、切り株の上にならべた大小の石ころを標的に早打ちの稽古に余念がない。銃声を聞かれて不審に思われてはならないから、もっぱら「バーン、バーン」と擬音を口にしつつ引鉄《ひきがね》を引くだけだが、彼は存外このシャドウ・シューティングに入れあげた。

夕方になって大石進と物外不遷が一頭のツキノワグマをかかえてもどってきた。クマは死んでいた。

「くそ坊主が殴り殺してしまったのだわ」

「わしが手を出さねば、追いつめられたおまえさんが斬り殺していたはずじゃ」

二人は責任をなすりつけ合った。

それでも夕食のクマ鍋をなかよくつつき、手柄を自慢した。


「箱根いうたら温泉ぜよ」

翌朝、龍馬がそう云いだした。昨夜の夢に箱根権現さまがあらわれ、入湯を勧められたという。

「うむ、温泉じゃ！」

容堂が大きくうなずいた。

「湯本、塔ノ沢、宮ノ下、底倉、堂ヶ島、木賀もしくは姥子、くわえて芦ノ湯、これを総称して箱根七湯という。いずれ劣らぬ名湯ゆえ、のんびりと人間《じんかん》の旧染塵《きゅうせんじん》を洗い流してくるがよかろう」

前年、アジトをさがすべく箱根を巡歴した際、容堂は温泉がことのほか気に入り、次の七言絶句を詠んだほどである。

布《ふ》襪《べつ》芒《ぼう》鞋《あい》雲《くも》ヲ蹋《ふ》ミテ行ク
朝来《ちょうらい》幾里《いくり》嶙峋《りんしゅん》ヲ度《わた》ル
予期ス此ノ夕べ温泉ニ浴ス
洗ヒ得タリ人間ノ旧染塵

この身に積もった俗世間の塵芥を温泉の湯で洗い流すことができた――と。

容堂が十二剣士につよく勧めたのは、彼らにそれを味わわせてやろうという親心からではなく、すこし遠ざけておきたいからであった。一カ月近くもひとつ屋根の下に暮らし、くたびれ果てていた。約束の期日が迫っているというのに、一風斎からはまだ何も連絡がない。

「しいてあげるとすれば、七湯のうち、ご老公のお勧めはいずれでござろうや」

大石進が訊いた。現在のように箱根十七湯となったのは時代が昭和にくだってからである。

「さよう、病人の身体にいいといわれているのは芦ノ湯じゃが、おまえたちには必要なさそうに思われる。眺めがいいのは山頂に近い宮ノ下の湯で、まさに絶景じゃ。湯本も感激ものだが、ちと遠いな」

「ここから近いのは？」

と千葉周作。

「ふむ。となれば、やはり芦ノ湯かの」

「決まったでごわす」

田中新兵衛が大きな声をあげ、一同はがやがや立ちあがった。容堂はほっとした。

千葉周作が声をかけた。

「では、ご老公もごいっしょに」

「い、いや、わしはよい。みなでのんびりしてくるがよかろう。気に入ったら一晩でも二晩でも泊まってきてかまわぬのだぞ。一風斎が参ったら、すぐに呼びにやるで」

と云いつつ容堂は我知らずあとずさりしている。

「ここはぜひ、ご老公さまにご出馬いただき、温泉の味わい方などご教授いただかねば。ご足労を慮ったればこそ近場の湯にした次第。さ、ささ、ご出馬、ご出馬」

「いいと云うておるに」

「ご遠慮なさらず。では、おぶって参らん」

まさに返事も待たずの早業、あっというまに容堂は周作の背中にかつがれていた。

硫黄のにおいがきつく鼻をつく。

とろりと濃厚に白濁した露天の湯であった。百人が同時に浸かって余りある広さで、そこに肩まで湯にしずめ、桃源郷のごとき心地よさをとっぷりと愉しんでいる十三人である。

ただし景色はさほどよくない。地獄谷といっていい荒涼たる山肌に、あちこちで白い蒸気がいきおいよく噴きだしているのだ。

天候も悪い。ここのところ好天つづきだったが、彼らが着物を脱いだころから曇りはじめ、いまでは厚い雲がのしかかるように垂れこめて、地獄谷のすさまじい景観に陰々滅々たる気配をくわえていた。景色のせいなのか天候のせいなのか、あたりに人の姿はない。いうところの貸し切り状態ではあった。

話は、おのずと各自の擬界転送体験におよぶ。剣客たちは自身の状況を披歴し合った。

まず千葉周作が述べ、つづいて田中新兵衛、大石進、男谷精一郎と時系列に語り進んでいって、その次が岡田以蔵だった。

「――なるほど。みなさん、死ぬ直前に入れ替わってるんだな」

「とは？　拙僧もそうであったのだが、以蔵どのは違うとおおせられるか？」

と、物外不遷が不審のくちぶりで訊く。

以蔵はうなずいた。

「ええ。おれの場合は、一風斎さまが牢に現われたその夜のうちに。――かかる悲惨な状態においておくのは忍びがたい、一刻も早く擬界で休息するがよろしかろう、とのことで。ありがたかったなあ、地獄に仏とはこのことかと思いましたよ。だから土佐勤王党のことを自白したのは、おれじゃなくて、もどきの岡田以蔵なんです。おれが擬界に転送したのは五月十六日の夜、もどきの以蔵が死んだのは閏五月十一日。ということは、ほぼ一か月前に入れ替わっていたことになるわけで」

「なんだと？」

近藤勇が目をむいた。

「わしはてっきり、擬界転送という秘術は死ぬ直前にのみ発動するものと思っていたぞ。ちえっ、一風斎さまも意地が悪い。もう少し早く現われてくださったら、刑場で冷や汗をかかずにすんだものを」

「死ぬ直前でなかったのは、おれも同じだよ、勇さん」

土方歳三が云った。

「やっ、歳もか。して、どんな状況で？」

「戦場では、いつ、どのように死ぬかわからぬからと、一風斎さまは事前に――行軍中に出現されたのだ。あれは確か千代ヶ丘砲台を出た直後、追いかけてきた榎本武揚と話している最中のことだった。そのすぐ後に榎本は脱走兵に襲われたんだが、彼を救ったのは、だから、もどきの土方歳三だったというわけだ」

「すると、もどきであっても本体同様に剣の腕が立つと？」

と、小首をかしげながら男谷精一郎が訊ねる。

歳三は、その意を察して、

「もどきといっても、なにも姿形がそっくりなだけの木偶の坊というわけではありません。男谷先生の場合は病身で臨終でしたから、もどきのほうも病身で臨終だったのです。わたしは死地に乗りこむ闘志にあふれていましたから、もどきも死地に乗りこむ闘志にあふれていた。もどきというのは、もうひとりの自分なのですよ」

と答えた。

「しかし、もどきは左利きだろう？」

と訊いたのは、左手のない伊庭軍兵衛である。

歳三は軍兵衛を見やった。

「さよう。だが榎本は、気づくどころではなかったはず。あとになって思い到ったかもしれないが、それこそ後の祭りというやつさね。そういう伊庭さんのほうは？」

「わたしは死の直前でならなきゃならない理由があった。右手のない伊庭軍兵衛が生きていてはまずいからな」

「死人に口なし、か」

「そういうこと。しかし、箱根で左手をなくす前に擬界転送していたら、隻腕にはならずにすんだようだな。どういう仕組みかはしらないが、もどきがどんな目に遭おうと、擬界に転送されたおれのほうは無事だっていうんだから。ま、これを云っても詮のない話だがね」

「わしも、死ぬ直前ではなかったぜよ」

と坂本龍馬が口を開いた。

「わしは険呑な状況だったぜよ。つまり、暗殺されるかもしれなかったのぜよ。不意をつかれて、一風斎さまのなぎもどきが一瞬遅れたら、それで終わりぜよ。で、善は急げ、即刻、近江屋の土蔵で擬界転送したぜよ。

本館にもどって中岡慎太郎と話しておったのは、もどきの龍馬ぜよ」

「なるほど」

うなずく一同。

その後、沖田総司と河上彦斎が、転送は死の直前だったと打ち明け、話者は一巡した。山内容堂は体験談の聞き役に徹している。

話の継ぎ穂は失われた。たちのぼる湯けむりの中、誰もがそれぞれの物思いに沈むかのようだった。

と、そのとき、

「不思議でごわすなあ。コウセンなのに湯の色が白いとは」

と田中新兵衛が云う。

「それ、どういう意味ですか、新兵衛さん」

沖田総司が訊いた。

「黄色か泉——コウセンとは、そげん書くではごわさんか」

「ヨミと読むのだ、それは。黄というのは湯の色のことではなく、陰陽五行説で地を意味する。つまり地中の泉のことで、つまりは冥府をさすのだ」

男谷精一郎がかんでふくめるように説明した。

「や、そうでごわしたか。わしはてっきり硫黄の温泉だからコウセンとばかり思っておりもしたぞ。ひとつ賢くなりもした。礼ば申すでごわす、オトコダニ先生」

「オダニと読むのだ、わしは。なお、温泉を意味するコウセンは、金偏に広いという字に、泉と書く鉱泉なれば可なり」

と、なお解釈をつづけながら、ふと精一郎は、これと似たような字解き問答を一風斎との間で交わしたことを思い出した。

すると、噂をすれば影とはよくいったもの、湯気をあげてゆれる水面に黒い影がさし、ふりかえると岩のふちに立っているのは陰陽師であった。

「一風斎さま！」

精一郎は瞠目し、驚愕し、あわてて居ずまいをただした。白濁していて見えないが湯の中で彼は正座したのだ。ほかの十一剣士も次々それにならう。まさに綱につながれた忠犬もかくやの挙措《きょそ》だ。

「遅かったではないか、一風斎」

容堂だけが主君然と非難の声をあげた。ただし安堵のひびきは隠しきれない。

「お待たせいたしました、鯨海酔侯さま。いささかてこずったものの、とびきりの吉左右を仕入れて参ることがかないました。これはもう特報と申してよろしいかと」

一風斎はしずかに答えた。高々と尖りたった円錐形の立烏帽子、薄紫をおびた欠腋の袍——この古風で呪的な装いは、陰鬱たる地獄谷の風景にとけこんで、彼こそがこの地の創造主であり、主宰者であるかのようだった。

「特報とな」

容堂は粛然たる面持ちになって云った。特報、すなわちそれは、明治新政府を殄滅させる糸口をつかんできたということなのである。

「聞こう。——いや、しかし、こんなところで聞いてよいものか……」

容堂は転送剣士たちを見やり、とたんに居心地のわるい顔をした。みずからを省みても池中の亀のごとく温泉から首だけつきだした姿である。それがぜんぶで十三匹、いや十三人。対するに山田一風斎は鯉に餌をなげ与えるかのごとく立っている——という構図。

一風斎は首を横にふった。

「詳細はいずれ。大筋は把握しましたが、細部がまだでござる。それをつかむために彼らの力が必要となりました。――転送衆」

呼ばれずとも、擬界転送衆の十二人、給餌をまつ亀のごとく、困難な命令を欲する猟犬のごとく、期待と闘志に燃える不穏なまなざしを一風斎にひたと向けている。二十四の瞳を。

「大石先生」

と一風斎は指名した。これは大石進のことだ。

「ここにっ」

敬称までつけられ、もう若くない大石先生は欣喜雀躍と拝命を応諾する。

しかし一風斎はすぐ撤回した。

「いや、相手が相手ゆえ、やはり土佐者をつかうにかぎるか。――以蔵」

「はっ」

「――龍馬」

「ぜよ」

「おまえたち二人を東京につれてゆく。どちらも江戸で剣術修行をしているからには地理にも通じていよう。なおのこと好都合というもの。しかし――」

一風斎はちょっと考えこみ、

「いかに地理に通じているとはいえ、二人が知るのは嘉永、安政のころの江戸だ。となると、伊庭軍兵衛」

「ここに」

「おまえにも同行を命ずる」

「おまかせください」

「これで三剣士。若者ばかりだな。ここは老練の者が一人ほしい」

一風斎は千葉周作、男谷精一郎、物外不遷、大石進を見まわした。うちしずんでいた大石進がふたたび目を輝かせた。

「もちろん江戸に精通した者がのぞましい」

一風斎の目は千葉周作、男谷精一郎に交互に注がれた。

「下総守、あなたにお願いしよう」

「しかと承って候」

男谷精一郎は格式ばって答え、格式ばって平伏しようとして顔を湯面に沈めた。

「一風斎さま」

千葉周作がなじるように云った。湯を割って首が進んできた。

「わたしも江戸に通じておる。生まれは奥州気仙沼なれど、父につれられ早くに江戸に出て参った。町道場主としても成功し、なまじっか直参旗本に生まれた男谷などより、この周作のほうが、よほど市井に交わり、人情の機微にも触れ、江戸八百八町の全般に通暁いたしおる、との自負がござる。それをご勘案のうえ、この千葉周作を、なにとぞっ」

精一郎へのライバル心をむきだしにして周作は愁訴する。

「お訴えのおもむきはよく心得ております、千葉先生。ただ先生は下総守より八、九年はやくに先立たれた。ゆえに下総守のほうがその後の江戸に通じている——というだけの銓衡にございますれば、どうぞ悪しからずご承知ください」

「なるほど、そういうことなれば」

千葉周作、のみこみが早い。

「では、わしは何をすればよいのか」

「これよりわたしは以蔵、龍馬、軍兵衛、下総守の四人をつれて東京へ向かいます。詳細をつかみ、計画を立案したうえでもどって参る所存。千葉先生におかれましては七剣士の取りまとめ役として、ひきつづき第二酔擁美人楼にご滞在いただき、一風斎の再訪をお待ちねがいます。その間は、何をしようと自由。湯めぐりを楽しまれましょうとも」

「一風斎さま」

土方歳三がむっつりと云った。

「どうか一日も早いお帰りを。拙者、いや、われら緒余《ちょよ》の八剣士一同、腕を撫してお待ち申しあげる次第にございます」

ほかの七つの頭が一斉に縦にふられた。

「焦るな。いずれにせよ計画の発動は間近にせまっている。あと一、二カ月というところだ」

そういうと一風斎の顔は容堂に向けられた。

「鯨海酔侯さま」

「む」

「わたしどももとご一緒に、東京へご帰還あそばされませ」

容堂は、肺が空になってしまうのではと思われるほどため息を吐き出した。

「ようやく帰れるか」

「容堂さまには、長らくご不便をおかけいたしました。あとは橋場のご自宅にて、おくつろぎあそばしながら、こやつら――『この恐るべき超絶の集団』が、明治新政府を瓦解せしむる戦慄の情景一幕、それを一風斎、誓って御目に入れたてまつりましょう」

第九章　夕がほの花はふくへの手向けかな

當山九世物外不遷・頂相図《ちんそうず》

一

つくづくと、後藤象二郎という人は気の毒な人であると思う。

身分差をこえて坂本龍馬の信頼をかちえ、龍馬という母胎から船中八策が分娩される産婆役をみごと果たした。そして誰あろう象二郎が間に立って仲介したればこそ、船中八策は雲上人の山内容堂の目にとまるところとなり、容堂を通じて徳川慶喜へと献策されたのだ。

大政奉還という日本史上の一大事件は、名プロデューサーにして傑物エージェントたる後藤象二郎を欠いてはあり得なかった、そういっても過言ではない。

また、王政復古のクーデタに際し、容堂が殿さまのわがままぶりを遺憾なく発揮して、時流に逆らう無益な抵抗をした。その結果、土佐藩の立場が累卵《るいらん》の危うきに傾きかけた時、板垣退助は軍事的手腕を発揮することで土佐藩の頽勢《たいせい》を挽回したのだが、象二郎もまた叔父吉田東洋ゆずりとなる抜群の政治力を駆使して、容堂によってこうむったダメージを最小限に押しとどめることができたのだ。

と、ここまでが彼の絶頂であった。

明治新政府では参与、参議を歴任したが、この物語から一年半後の、いわゆる「明治六年の政変」にやぶれて下野。板垣退助らとともに民撰議院設立建白に参画して自由党を結成すると、象二郎は自由民権運動の激烈な闘士に豹変した。

藩閥政府を攻撃すべく、分裂していた民権派の団結を訴え、

「我がこの口舌を以て兵刃に換え、我がこの肉体を以て砲台に換えよ」

と熱情的な演説をぶって、大同団結運動を陣頭指揮したまではよかった。が、何とその藩閥政府に買収され（たと噂された）、こともあろうに黒田清隆内閣の逓信《ていしん》大臣におさまってしまった（前任者は榎本武揚）。

中心人物が寝がえったので運動は瓦解、これを以て自由民権運動は死んだとまでいわれる。

象二郎は四つの内閣で大臣をつとめたが、変節漢の汚名をこうむることは避けられず、そうなると過去の事《じ》跡《せき》までがあげつらわれた。

自由民権運動の先頭に立ちながら伯爵に叙せられたこと、一時期、実業家に転身して事業を失敗させたことが指弾されたのは自業自得、身から出た錆、まだしもやむを得ない仕儀《しぎ》であろう。とはいえ、大同団結運動は実はトリッキーな猟官運動だったとか、山内容堂の命令ではあれ諫止もせず武市半平太らの土佐勤王党を断罪したのはけしからんとか、船中八策のアイデアを龍馬から奪った盗人だとか、あげくの果てには、それを隠蔽するため龍馬に刺客をさしむけた黒幕だなどという荒唐無稽にもほどがある非難にいたっては、あまりといえばあまりの誹謗中傷、気の毒でならない。

「とくに龍馬という国民的英雄とくらべられるのは、象二郎にとって分がわるく、その大人気者の人気の引立て役として、いよいよ彼は損な役割をふられている」というのが至当だろう。

彼を主役にした映画はなく、テレビ・ドラマでも中堅どころの俳優によって演じられることがほとんどである。萬屋錦之介が龍馬を演じた映画『幕末』（伊藤大輔監督の遺作）では、三船敏郎が象二郎を演じているが、これは真に驚倒すべき例外中の大例外といっていい一大椿事《いちだいちんじ》だ。

なお、この映画は司馬遼太郎の『竜馬がゆく』をベースにしているが、もちろん『象二郎がゆく』などという類いの、彼を主役に擢いた小説も一篇だに書かれてはいない。ファジーというかグレイゾーンというか、こういう怪しげなキャラクターこそ主役にすえると絶対に面白いと思うのだが、書かれる気配がないだけに、後藤象二郎はかえすがえすも気の毒な人であるとの思いを禁じ得ないのである。

さて——。

明治五年四月なかばのある夜、象二郎は気の毒なことになろうとしていた。

もちろん自分が気の毒なことになるとは、直前まで思ってもみず、彼は書斎にこもって、下議院の設置を訴える建白書の草稿にペンを走らせていた。おもにイギリスから直輸入した調度がごてごてと置かれた西洋趣味の書斎で、彼じしんも英国製の裾長ガウンを羽織った姿である。

この当時、彼は左院の議長をつとめていた。

左院というのは、昨年七月に敢行された廃藩置県にともなって官制も大きく改革され、これがいわゆる「三院八省の制」とされるものだが、その三院のひとつが左院で、議長と官選の議員がおかれ、諸法律制度を審議した機関である。日本司法の父たる江藤新平が、フランスのコンセイユ・デターの制に倣って立案したものといわれ、ものすごく乱暴にいってしまうと、立法府であるからには現在の衆参両議院の遠い遠い前身だ。

ちなみに、残りの二院は、正院と右院で、正院は行政府、つまり内閣であり、この下に外務省、大蔵省などの八省がおかれた。右院は各省間の連絡調整をはかる機関という位置づけだったが、ろくに機能せず、さっさと有名無実になった。

象二郎が創立をめざしている下議院とは、普通選挙で選ばれた議員からなる民選議員のことで、とすると、のちに自由民権運動に投じる下地はこのころからすでに充分であったようだ。

表現が微妙さを求められるべき切所《せっしょ》にさしかかり、象二郎は思案のためペンをとめた。

身分差別の意識から抜け出せていない華族や、出身地を鼻にかける薩摩長州の重役たちを刺激しないことが今は肝要である。さて、いかんすべき……。

考えが行きづまった。象二郎はなめし皮のデスク・マットに万年筆をころがした。万年筆は燭台の足にぶつかってとまった。手をのばし、机の隅の文筥《ふばこ》から一通の書状をとりあげ、そぞろに目を走らせる。帰宅してすぐに読んでいた。箱根からの帰還を告げる旧主君からの書翰である。

ということは山田一風斎が四人の転送剣士をつれて東京に潜入し、橋場にある容堂邸の〝第一〟酔擁美人楼に首都アジトを設置したことを意味するのだが、それは知る由もなく、

「やれやれ、また気苦労がはじまるか」

象二郎は苦笑交じりにつぶやいた。柳橋での放蕩三昧の面倒を見なければならぬ。

しかし彼は律義な家臣であった。仁と義と忠を知る漢であった。

彼が容堂に贔屓《ひいき》されたのは、もちろん彼じしんの能力が認められてのことではあったけれど、容堂が信頼した吉田東洋の甥であるという血筋も大きいことを彼はわきまえていた。彼はその恩をわすれず、主君の最期を看取るのはこの象二郎、とまで思いさだめているのである。

達筆でしるされた書簡の掉尾《とうび》に、一篇の漢詩がそえてあるのが容堂らしかった。主君の、そうした文徳風雅《ぶんとくふうが》なところが象二郎は好きであった。それはこんな五言絶句だ。

一死何足惜　　一死何ゾ惜シムニ足ラン
奮然不顧身　　奮然トシテ身ヲ顧ミズ
培養十二士　　培養ス十二ノ士
義憤唯一風　　義憤シテ唯一風アリ

——とはいえ、

「はてな」

と首をかしげざるを得ない。橋場のあの陋屋で容堂が十二人の士を養っているなど聞いたこともないし、まず考えがたいこと。謎といわざるを得ず、それが気になって、ついつい何度も読みかえしてしまうのだろうか。結句、すなわち内容の結びとなる第四句もよくわからない。

「何の意味であろう、義憤して唯一風ありとは。義憤はわかる。容堂さまときたら、全身これ義憤家のようなお方だからな。しかし、唯一の風とは、いったい……」

「唯だ一風と訓じます、それは」

象二郎は輸入椅子からとびあがった。驚くまいことか、自分は書斎に一人こもっていたはず——。

ふりむけば、そこには闇があった。

いうまでもないことだが、この明治五年当時、電灯は日本になかった。いや、世界のどこをさがしても実用的な電灯など存在していなかった。

ロシアの電気技術者パーヴェル・ニコライェヴィッチ・ヤブロチコフが、世界初の実用的アーク灯である「電気ろうそく（エレクトリック・キャンドル）」を開発し特許をとるのは四年後のこと。

そのさらに二年の後に開催されたパリ万国博覧会で、オペラ座大通りに半マイルにわたる街灯としてアーク灯が設置されて大好評を博し、翌年にはエジソンが白熱電灯を実用化させるのである。花の都パリにしてなおかくのごとし。いわんや日本においてをや。

なお、東京電力の前身である東京電灯会社が、わが国初の電気事業者として開業するのは明治十九年のことだ。

さらに余談をかさねると、アニメ『機動戦士ガンダム』に登場するアマゾン川流域の巨大地下要塞にして地球連邦軍の総司令部たるジャブローは、ヤブロチコフの英語よみ「ジャブロチコヴ」に由来するものと思われる。

それはともかくも、机上のほかは戸口付近の燭台だけが光を投げかける薄暗い室内に、その闇の中に後藤象二郎は異装の侵入者を目にしたのだった。

「な、何者だっ」

「ですから、一風と。――山田一風斎と申す、見ての通りの陰陽師で」

「お、陰陽師だと？」

なるほど、よく見れば、円錐形の立烏帽子をかぶり、古式な袍に袖をとおしたその姿は、時代錯誤もはなはだしい陰陽師の扮身だ。

この手合いは土佐にも少なからずいて、文明開化を志向する象二郎は以前から彼らを嫌っていた。どんないかがわしい人相見、口の達者な辻占い、迫力だけは満点の拝み屋も、この恰好をすれば、たちどころに、いっぱしの陰陽師を気どれるとあっては。

しかも目の前の陰陽師は顔の前に黒い紗《しゃ》をたらしているのが不気味で、得体が知れなかった。薄布を透かして見える顔は、目、鼻、口の造作が「風」という字を描いているように見えるのも。

「どこから入ってきたか」

いや、そんなことを聞いている場合ではないと象二郎はとっさに思いなおした。横井小楠《よこいしょうなん》、大村益次郎《おおむらますじろう》、広沢真臣《ひろさわまさおみ》と、連年のように新政府の要人たちが暗殺されているぶっそうなご時世だ。象二郎も、腕に覚えのある屈強な青年たちを書生として屋敷に住まわせていた。

「誰かっ」

と張りあげようとした声は、しかし、驚愕によって咽喉《のど》からうばわれてしまった。

山田一風斎の背後にわだかまった闇から、一人の男が抜けだして、象二郎に拳銃の筒先を向けた。

剛毅といおうか、ふてぶてしいといおうか、活力が横溢するその浅黒い南国の面がまえが、象二郎を絶句させたのだ。

「久しぶりぜよ、後藤さん」

「…………」

「海援隊の坂本ぜよ」

「……りょ、りょ……」

「もうひと声ぜよ」

「……りょ、龍馬！」

「そうぜよ」

「ばかなっ」

声門が狭まったまま硬化したものか、象二郎の声はかぼそい。

「わしぜよ。正真正銘の坂本龍馬ぜよ」

「まさか……」

「わしの船中八策、とんとん拍子にいったねや。薩長の反撃にうまいこと対処できんかったが心残りぜよ。わしが生きとったら、また智恵を出してやれたきに。なあ、後藤さん」

「龍馬、ど、どうしておまえ……」

「わしだけじゃないぜよ。ぜひ、後藤さんに会わせたい男がおるぜよ」

そういって龍馬は拳銃をふところにおさめ、わきにどいた。

と、また闇がうごいた。顔を黒紗でおおった陰陽師と、龍馬を自称する、龍馬そっくりの顔をした男だけではなかったのだ――と象二郎がさらなるおののきを覚えた次の瞬間、彼は氷の手で心臓をわしづかみされたような恐怖に全身を凍結させた。

「……い、以蔵」

よくもまあ声が出たものである。

このときも以蔵はひっそりと口をきかず、

「そうぜよ、人斬り以蔵ぜよ」

と例によって当てつけがましく云ったのは龍馬であった。

「おれの同志ぜよ。連日の拷問で肉体をボロきれのようにされて、最後には、こいつだけ獄門に処された岡田以蔵ぜよ。後藤さん、あんたの仕業ぜよ」

おれの同志、というのはうそではない。龍馬と以蔵は武市半平太ひきいる土佐勤王党の血判者であった。龍馬が、師である勝海舟の用心棒として以蔵を手配したというのは、幕末史の複雑な相関関係図をかざる有名なエピソードである。

龍馬も以蔵も和装で、どちらも帯に大小を落とし差しにしている。

「散髪脱刀令」が出されたが、脱刀とはあくまで刀を帯びずとも罰せられないということであり、帯刀を禁じる「廃刀令」の公布は四年後となる。この姿で東京の町を闊歩しても怪しまれることはないのである。

もはや象二郎は立っていられず、へなへなと椅子にすわりこんだ。両手で頭をかかえ、目をつぶり、

「ゆ、夢、夢ぜよ、これは夢ぜよ……」

と、べつに龍馬のまねをしたのではなく、思わず本来の土佐弁にもどってつぶやいたのだ。

「後藤象二郎、起て！」

裂帛《れっぱく》の気合を放つがごとく、しかしあくまでも静かに岡田以蔵の口から一声が発せられた。

つきとばされたように象二郎は起ちあがった。

刹那、以蔵が腰をしずめて抜刀。

腰からたばしった銀色の光芒は、象二郎をかすめて二閃、三閃した。恐怖にまぶたをはねあげた彼が目にし得たのは、おのれの身体の周囲に躍る糸のような光の条線のみであった。

おそるべき以蔵の抜刀術だ。——

しかも目にもとまらぬ速さでありながら、その操刀は剃刀をひくがごとき繊細さでおこなわれ、それが証拠に、手近にあった机上の燭台は、ジ、ジ、ジとのびあがるろうそくの炎を、剣風に寸毫たりとゆらすことがなかったのである。

氷像《ひょうぞう》のように凍りついていた象二郎は、自分が斬られてはいないことを知ると、ホッとして、まばたきを一つした。と、スコットランド・ウールのガウンがばらばらになって床におち、エジプト・コットンの高級輸入シャツも同じ運命をたどった。

後藤象二郎は、越後さらしの越中ふんどし一枚という気の毒な姿になった。

しかし、それも束の間のことであった。というのも、以蔵がパチンと涼やかな音をたてて大刀をさやに斂めると、その音が合図であったかのように、最後の一枚である白布も彼の股間をはらりと離れたからである。

なお、このとき以蔵の顔を、しまったという表情がかすめたのは、武士の情けでふんどしは残すつもりであったのに、手元がくるって不本意な結果を招来してしまったためであろう。

「これで夢ではないとわかったぜよ」

以蔵に代わって龍馬は云い、うふっと笑った。ようやく恐怖の感情がよみがえったのか、だらりと伸びていた象二郎の陰茎が、たちまち尺取り虫のように縮こまって、陰毛の毛玉のなかへともぐり込んでしまった、その一瞬の一部始終を見た笑いだ。

「自身の皮をはがれ、肉をそがれ、骨をたたれたくないのでしたら、この一風斎の問いにお答えいただきましょう。よろしいですね、後藤議長閣下」

一風斎は、左院議長の役職名で象二郎を呼んだ。

もう股間をかくすことさえ念頭になく、ガクガクとおこりにかかったようにうなずく象二郎。

黒紗のかげで一風斎はほくそえみ、思わせぶりな口調で告げた。

「今上陛下は――」

二

今上陛下とは、いうまでもないことながら明治天皇のことだ。この年二十一歳。さっそうたる青年君主である。

大久保利通が比類なき情熱をかたむけた宮中大改革によって、天皇の身辺から公家、女官らが一掃されて、京都以来ひきずられてきていた旧弊、因習のよどんだ汚濁から天皇は救い出された。

さらに大久保の盟友たる西郷隆盛が、新たに侍従として村田新八、高島鞆之介《たかしまとものすけ》、島義勇《しまよしたか》らを登用。彼ら「勇猛果敢な志士」たちの薫陶をうけて天皇は心身の鍛錬に力を入れるようになり、大久保のねらいどおり「質実剛健で英邁な君主」、「国家の基軸」たるべく成長していた。すなわち、偉大なる明治大帝への道をあゆみだしていた。

その天皇について、山田一風斎は何を語ろうとするのか。今上陛下は――の先はこうつづいた。

「来たる五月二十三日、西国巡幸にご出発あそばすと聞いています」

瞬間、象二郎の目がかっと見開かれる。

「な、なぜそれをっ」

「公式発表がなされてもいないのに、ですか？　それはこういうわけです。――傳三郎」

一風斎の右腕が宙にのびた。一瞬後その手に、虚空から出現したとしか思われない長い笏がにぎられていて、それを陰陽師はかるく一ふりした。

象二郎は、一風斎の右肩に最初、もやのような蒸気が発生し、それが凝り固まって、しだいに形をととのえてゆく、そのあやしむべき過程をおどろきの目で見やった。

肩の上に大きなねずみが現れた。みじかい後肢をふんばって直立し、左手を一風斎の立烏帽子にちょこんとそえている。その顔は人間の老婆で、しかも背中に折りたたまれている薄い膜は翼手のようであった。

「わが伝令式神群の中でもいちばんの働きもの、名を傳三郎といいます。かの安倍晴明に仕えていたのが自慢の古株です。稀代の大陰陽師によろしく仕込まれたおかげで探偵術にも長けている。

今回はこいつの大手柄でした。配下の式神探偵団をひきいて新政府の要人たちの間をかぎまわり、天皇巡幸計画という極秘事項を探りだしてきたのです」

一風斎は左手をのばし、人差し指で人面ねずみの腹部を優しく撫でつけた。ねずみは老婆の声で歓喜に鳴いたかと思うと、その姿はふっと消えた。

一風斎はつづけた。

「しかし、その先がわからない。警戒が厳重をきわめていて、式神たちでは埒《らち》があかないのです。となれば、残る手立ては実力行使あるのみ。そこでこうして坂本龍馬、岡田以蔵という後藤閣下ゆかりの両君をつれてお邪魔にあがったという次第です」

一風斎のことばに以蔵が小さくうなずき、まぶたをとじ、左足をひいて腰をおとし、柄に右手をそえた。一風斎の命令があれば、ただちに抜刀して象二郎を一刀両断——という威嚇。

龍馬も懐中からふたたび拳銃をとりだし、気どったポーズながら象二郎に正確に狙いをさだめる。

「左胸ぜよ」

いわずもがなのことを、あえて口にしてみせるのが、どうも癖であるらしい。

一風斎が云った。

「閣下にお答えいただきたいことというのは、天皇巡幸の詳細です」

「しょ、詳細とは……」

象二郎のこめかみから大粒のあぶら汗がしたたり落ちる。

「すべてを。まずは日程です。何といってもこれがもっとも基本的なことですから。巡幸先はどことどこなのか。何月何日の何時に到着予定なのか、宿はどこで、滞在するのはどれほどの期間か、その地では誰と会い、どこに足を運び、何を視察するのか」

「…………」

「つぎに移動手段です。よもや鳳輦《ほうれん》ではありますまい。なるほど明治元年、京都の御所から江戸城、いや東京城に行幸《ぎょうこう》のみぎりは確かに鳳輦で、翌年の再幸でも踏《とう》襲《しゅう》されました。それはおそらく、天皇というものを知らぬ江戸の民に神威《しんい》を、神秘的な威厳を見せつけるねらいからだったのでしょう。

明治も五年となった今、そんなこれ見よがしは必要ない。必要ないどころか有害だ。文明開化の時代です。頑迷固陋な地方には、むしろ文明の力を見せつけてやらねばならぬ。それでなくとも西国は遠い。となれば海路——船旅だと思いますが、いかが？」

「し、知らん。わしは知らんぞ」

「ふふ、その顔色からして図星のようですね。では軍艦だ。大切な玉をお乗せするのに、軍艦でないはずがない。どの艦に乗船するのか、艦長は誰がつとめるのか、できればその艦の見取り図も。それから護衛艦隊の編制——その隻《せき》数と船名も知りたい。出航するのは品川からか、それとも横浜からか。横浜ならば、それまでに開通しているはずの鉄道を利用するのかどうか、ということまでも」

「知らんものは知らん」

「第三に、顔ぶれです。行幸には、誰が、何人したがうのか。その全員の名簿をいただきたい」

「くどい、それ以上なにを申してもむだだ。知らんといったら知らんのだ」

「第四には警護の陣容です。指揮をとる全権責任者は誰か。どれほどの規模なのか。行く先々で、どのような警護方法を考えているのか。参覲交代における大名行列との比較検討はなされたか。西洋式の警護方式の導入はありやなしや――まあ、そんなところです」

「なぜだ」

象二郎の目がすわった。今はもう全身あぶら汗にまみれながらも、全裸の彼は胸をそりかえらせた。

「陛下の巡幸計画、その詳細をなぜ知らんとする」

「訊いているのはわたしのほうなのですがね」

冷ややかに一風斎は云った。

「ま、是非にとあらばお答えいたしましょう。なぜというに、詳細を知っていたほうが襲撃しやすくなる道理」

象二郎は息をのんだ。

「陰陽師！　いや、山田一風斎とか申したか、おまえは何者である」

「土佐の名もなき陰陽師。身分差別を憎む者。心の底から憎む者。一命にかえても身分差別の撤廃、この社会からの根絶やしを、地獄の、いや海底の神に誓った者――そう申しあげておきましょう」

「身分差別を憎む、か――。しかし、だからとて――」

「さすがは後藤閣下、いささかご理解のおもむきがおありと拝察つかまつります。とはいえ、今宵は人間の平等不平等を問答するため参上したのではございませぬ。巡幸の詳細、閣下の一命にかえて、お明かしねがいたく」

「ことわる」

象二郎は断乎たる声音でいった。

「あくまでしらを切りとおすつもりだったが、この後藤象二郎、おまえの丹心にはどこか感じるところがあるがゆえ、よし、みとめよう。実は、わしは詳細を存じておる。左院議長なればそれも当然だ。しかしな、一風斎とやら、おまえのその丹心はまちがっておるぞ。さような手段では――」

「問答無用と申したではありませんか。お答えをいただきましょう」

「答えたはずだ、ことわる、と」

これは二年後のことになるが、下野した江藤新平が佐賀の乱を起こして失敗、逃亡したので、大久保利通は今でいう全国指名手配書の作成を着想し、江藤の写真を持っていた象二郎に提出を求めた。そのとき象二郎は、言下に「ことわる」と云ってのけたそうだ。そういう後藤象二郎は漢である。

象二郎の目は岡田以蔵に向いた。

「かまわん、斬れ。ただ云っておくがな、わしの叔父、吉田東洋は、以蔵、おまえの仲間であった土佐勤王党の那須信吾らに斬られて落命した。ここでわしが命をおしまず、節をまげず、おまえに従容と斬られるならば、泉下の叔父は、もろ手をあげてわしを迎えてくれるであろう」

「以蔵」

と一風斎はいった。

以蔵が白刃を鞘走らせた。

はらり、と陰毛が幾本か散り落ちた。だが、象二郎は動じない。かっと目をむき、足をふんばり、虚空をにらみつけている。

「龍馬」

と一風斎は云った。

龍馬は撃鉄を起こし、引鉄にかけた指に力をこめた――のを途中でやめて、

「バーン」

と擬音を発した。銃口からは何も飛びださなかったが、龍馬は銃身をはねあげ、さも反動があったかのように見せかけた。

象二郎は動じない。かっと目をむき、足をふんばり、虚空をにらみつけて――龍馬が拳銃をおさめて歩みより、その目の前で手をひらひらさせた。

「気絶しとるぜよ」

「やはり、わたしの出番か」

一風斎は顔を覆っていた黒紗をいったんはずすと、両眼だけが出るようにして結びなおした。弦月のように細い目から、強烈な眼光が春先の雪解け水のようにほとばしる。

「ちと用心がすぎるぜよ」

龍馬が呆れたように云う。

「幡多の郡奉行だったことがあるのでな」

と、一風斎はみじかく応じた。

以蔵が象二郎の背後にまわり、経穴の一つを突いて活を入れた。

象二郎は息を吹きかえした。そして、見た。立烏帽子と黒紗の薄い隙間から両眼だけをのぞかせた陰陽師の顔がせまってくるのを。紫水晶が内部から発しているかと思われる不思議な光が、一風斎の細い目からは滔々と放たれていた。その光に象二郎はまぶしく目を射られた。

紫の眼光は容赦なく彼の眼球へと注がれ、たちまち満ちあふれ、快く圧迫して――象二郎は、自分がその眼

光の下僕になってしまった、何とうれしいことだと、ぼんやり自覚した。

三

「それは象二郎に気の毒をしたな」

山内容堂はしかめ面をした。

忠臣を気づかってそう云ったのだ。

しかし高輪の一等地に敷地四万坪をほこる象二郎の大豪邸を目にしていたら、果たしてそのことばが素直に出たかどうか。高価な西洋輸入品をかざった彼の書斎にくらべ、容堂が坐しているのはさして広からぬ殺風景な座敷である。掛け軸がひとつ掛かるほか、とりたてて調度類はなく、畳の変色ぶりもはなはだしい。

ここが、かつては土佐二十万石の藩主であり、大政奉還の第一殊勲者として満天下にその名をとどろかせた山内容堂の終《つい》の棲家《すみか》——橋場の陋屋であった。と同時に、いまは山田一風斎一味の首都アジトたる機能をになっている。

坂本龍馬、岡田以蔵、男谷精一郎、伊庭軍兵衛の四剣士は横一列で廊下にひかえ、一風斎は書類のたばをかかえて容堂の前に伺候していた。容堂の片手には朱塗りの酒盃がある。

「で、気の毒な象二郎めから仕入れてまいったものとは?」

容堂はうながした。彼は何も聞かされてはいなかった。吉左右、特報と云われはしたが、細部も大筋も知らない。どうか結果を御覧じられませ、と一風斎からはそう云われただけである。

その結果を、結果である書類のたばを、容堂の膝前いっぱいに一風斎は一気に広げてみせた。

「これにございます」

それらは象二郎の書斎の西洋金庫から奪ってきたものだった。また、彼の口述を正確に筆写したものもあった。万年筆の細かい文字は、記憶をたどらせて象二郎じしんに書かせたものである。ともかくこれがすべてだ。現時点で手にしうる「第一回天皇地方巡幸」の全貌が、そこには盛られていた。盛りつくされていた。

一風斎は縷々説明する。

巡幸する地は伊勢、大阪、京都、下関、長崎、熊本、鹿児島、丸亀、神戸で、五月二十三日に出発、ほぼ一カ月半をかけてまわり、帰還は七月半ばが予定されている。

一行は侍従、各省の高官ら七十人からなり、近衛兵の中から選抜された精鋭中の精鋭で特別編成される一個小隊がこれの護衛にあたる。西郷隆盛みずからが彼らをひきい、巡幸の最高責任者をつとめる。隆盛には天皇の輔導、相伴の役もあるから、衛兵の実質的な統率はその実弟で陸軍少輔の西郷従道《つぐみち》が果たすことになろう。

天皇が乗船する軍艦は〈龍驤《りゅうじょう》〉。〈第一丁卯《だいいちていぼう》〉〈日進〉〈鳳翔《ほうしょう》〉らの護衛艦七隻と、運輸船とで艦隊が構成される。護衛艦隊の指揮官は海軍少輔の川村純義《かわむらすみよし》、旗艦かつ御座船《ござせん》となる龍驤の艦長は伊東佑麿《いとうすけまろ》海軍大佐である。

「……以上が大筋です。さらなる詳細は、すべてこれら後藤文書の中に記されておりますれば、これを読みこみ、読みとき、内容を把握、分析、抽出して、もっとも効果的な襲撃計画を練りあげる。まずは素案《そあん》をつくり、それをあらゆる角度から検討し――容堂さま?」

容堂の顔色は真っ青だった。酒盃を口に運びかけた手が途中でとまっている。手がふるえ、盃がワナワナとゆれ、酒が波立ってこぼれ、やがて酒盃そのものが手からポロリと落ちた。

「本気か、一風斎」

ほとんど叫ぶように容堂は云った。

「そなた、本気でこれを申しておるのか」

「本気？」

一風斎はそっけなく応じた。

「この期におよんで、本気か、とは？　どうか一風斎よ、そうではないと申してくれ――わたしの耳には、まるでそう聞こえましたが。ぜがひにも、と懇願なさるかのごとく」

容堂は押しだまった。おびえの色が目に濃くあらわれた。その目で、自分の心の奥底を見きわめんとするかのようだった。それから、身構えるように肩をそびやかし、ふたたび口を開いた。

「あらためて訊く。で、誰をねらうのじゃ」

一風斎はあざけるように笑った。

「西郷――」

「何っ」

拍子抜けと、安堵とがないまぜになって容堂の表情を弛緩させた。

それにかまわず一風斎は、なめらかな口舌でその先をつづける。

「隆盛をみちづれにするのは、少しもやぶさかではありませんが、まずは第一に天皇を弑《しい》したてまつるのが筋というもの。――はっきり申しあげまして」

「て、天皇を！」

「西郷ひとりをほふったところで、新政府は瓦解などいたしませぬ。それは、容堂さまもよくおわかりのはず。たしかに西郷は傑物です。維新の最大の功績者といっていい。しかし、この一風斎の見るところ、西郷の真面目は破壊にこそあって、建設にはあらず。類いまれなる陰謀家ではあっても、忍耐と調整を美徳とする大政治家の器ではないのです。

彼の歴史的出番はもう終わった。創業において、建設において、もはや西郷は役立たずの大木です。そんな男を殺して何になりましょう。むしろ西郷を厄介ものと考えるやつらを歓ばせるだけです。骨折り損もいいところ。それでは何のために手間暇をかけ、策を弄し、十二剣士を擬界転送させたのかわかりません」

「だからとて天皇を！」

「いいえ、天皇でなくてはならぬのです。天皇であってこそ新政府は瓦解します。天皇とは何か。答えは玉《ぎょく》です。玉をにぎった者が最終的に勝利する。それが今の薩長政府です。

薩長が玉を手中におさめて錦の御旗をふりかざしたればこそ、一夜にして幕府は逆賊、賊軍の汚名をこうむり、敗北したのではありませんか。ほかならぬ容堂さまが、それを骨身にしみてご存じでいらっしゃる。ではどうする。玉を奪還すればよいのか？　いいえ、奪ったり奪いかえしたりと、そんな不毛な争奪戦をえんえん繰りひろげるくらいなら、いっそ玉そのものがなくなってしまえばいいのです。なくしてしまえ、わたしはそう申しあげているのです。べつに今上陛下に個人的な恨みがあってのことではありませぬ」

「天皇だぞ、天皇。わかっておるのか、一風斎」

容堂の声はもはや悲鳴にちかい。

「天皇、天皇、天皇、天皇――天皇が何だというのです。それでなぜかしこまり、おそれおののき、ひれ伏さなければならないのです。彼も人間、我も人間。同じ人間に生まれてきたのに、なぜそこに上下の隔たりがあるのか。なぜ彼は貴く、我は賤しいとされるのか。

天皇があるからこそ身分差別があるのです。身分差別の象徴が天皇なのです。卵と鶏どちらが先か式の論争に似ていますが、どのみち同じこと。天皇というものをこの世から消し去らねば、身分差別は永遠につづくでしょう。

新政府は、武家政権のもとで長く弱体化させられていた天皇をかつぎだし、神格化することで、新たな身分差別国家をつくり出そうとしている。今これをとめなければ、その差別社会は時間の流れとともに盤石の重きを加え、ついには誰もこれに立ち向かうことができなくなりましょう。今しかない。新政府が孵化したばかりのひなどりである今が絶好の、そして最後の機会なのです」

一風斎はさらに熱弁をふるう。

「わたしが申しあげているのは、要するに尊夷攘皇《そんいじょうのう》なのです」

「なに、攘皇だと」

「打ち攘《はら》うべきは天皇制。尊ぶべきは、夷が生みだし、確立した人間平等、自由の尊重、主権在民の人権思想にございます。これぞ普遍の真理」

「…………」

容堂はついに黙った。

一風斎の炎の口舌はなおやまない。

「天皇は、京都においては桓武大帝いらいの比類なき絶大な霊力で守護されていました。ここ新都の東京城においては雄藩の御親兵あらため近衛兵の、まさに鉄桶水《てっとうみず》を漏らさざる軍事力で警衛され、つけいる寸分のすきもない。襲撃など夢のまた夢。

しかし、地方巡幸に出るとなれば話はちがってきます。いくら衛兵による警戒に万全を期そうとも、なれぬ旅先では疲れもし、ゆるみも生ずる。不慣れな土地に足をひっぱられもしましょう。そこへ、わが擬界転送衆十二剣士、『この恐るべき超絶の集団』が斬りこみをかけるのです。

その結果は、燎原の火を見るがごとく明らかではありませんか。まず西郷が責任を問われます」

「…………」

「いいえ、ことがことです。西郷の進退問題などですむはずがない。玉が失われたからには、新政府が瓦解いたすのは間違いないこと。なんとなれば、組織にはかならず中心というものがなくてはならないからです。

では、誰が代わって中心にすえられるのか。今上陛下には兄弟がいない。遠い親戚の親王ならば幾人かおりますが、分家筋の彼らに天皇の神秘性は期待すべくもありません。では三条か？　岩倉か？　いいえ、彼らなど薩長あっての彼らです。ならばいっそ薩摩の西郷、大久保か、でなくんば長州の井上、木戸か。そもそもにして薩摩と長州は水と油、仲たがいするは必至かと」

このとき廊下から一風斎を声援するかのように、

「そのとおりぜよ」

の声が勢いよくあがった。

水と油を接着した、その苦労を知る当の本人の発言だっただけに、意外にも説得力があったものとみえ、容堂はまゆを寄せ、うで組みをした。

一風斎がたたみかける。

「まさに両雄ならび立たず。かといって、土佐にしても佐賀にしても手には負えない。となれば、あとはもうあのお方しか残っておりません」

「あのお方……誰だ、それは」

「容堂さまもおわかりではありませんか。徳川慶喜さまにお返り咲きになっていただくのです」

「公方さまに！」

大政奉還を進言した容堂の口から、いまさら将軍家もないものだが、思わず彼は畏敬の念をひびかせてそう口走ったのだ。

「今は水戸にて謹慎中でおわします慶喜さまが、第十六代将軍としてご復帰おあそばしになる。もちろん、慶喜さま一人ではどうにもならない。そこで容堂さま、あなたさまや、薩摩の島津久光さま、越前の松平春嶽《しゅんがく》さま、安芸の浅野茂勲《あさのもちこと》さまらがご出馬と相なって、お力添えする、という筋運びに」

「そ、それは――」

容堂は、くちびるをわななかせた。まさしくそれは、それこそは、彼がその樹立を夢にまで見た雄藩連合ではないか。

「実現するか、一風斎」

「実現させねばなりませぬ。わたしとしては天皇なき新たなこの国で、真の意味の四民平等、いいえ人間平等社会が実現されるのを願うばかりです」

がばっと容堂は立ちあがった。大股で座敷をよこぎると、廊下にひかえた四人の前に臨んだ。

「そのほうらは、どう思うか。実動部隊のそのほうらは。さ、存念を聞かせよ。こともあろうに天皇を弑したてまつるのだぞ」

四人は顔を見合わせていたが、いちばん年長の男谷精一郎が一同を代表して
「それが何か?」

と云った。

「拙者らは、一風斎さまの犬でございますれば、一風斎さまのお命じになったことは何であろうとこれを果たすまで。親を斬れと云わるれば親を、子を刺せと云わるれば子を。いわんや天皇なる者においてをや」

そこまで精一郎が直截にこたえながら、それでもなお容堂は満足しなかった。

「さような原則論が聞きたいのではないわ。胸のうちじゃ、それを申せ」

その言葉は、巨樹をうちひしぐ雷霆《らいてい》のすさまじさで四剣士にあびせられた。

四人はまた顔を見合わせ、うなずき合うと、第一に精一郎がこたえた。

「畢竟、それがしは直参旗本なれば、主君徳川家の御ため、この一身をささげとうござる。知らず、天皇家など」

第二に、伊庭軍兵衛が云った。

「そっくり同じでござる」

第三に、坂本龍馬が口をひらいた。

「洗濯ぜよ、洗濯。日本を丸ごと洗濯するのぜよ。汚れは、すべからく洗い流すべし、ぜよ」

第四に、岡田以蔵がつぶやいた。

「おれ、人斬り以蔵」

第五に——といわんばかりに間髪を容れず、一気に容堂がたかぶった声をほとばしらせた。

「よくぞ申した。さすがは擬界転送衆じゃ、性根がすわっておるわ。よし、この容堂もすえるぞ」

もどってきた容堂に一風斎は盃を差し出した。容堂はそれを手でしりぞけた。

「よい。もう酒には飽いた。今よりは、彼らの活躍に酔おうぞ。いづくにか覓《もと》めん、これにまされる天下の美酒を、じゃ」

廊下の四人が吹きなびくように頭をさげた。

「それにしても、かえすがえすもの無念は、この容堂の失言じゃ。幼沖の天子、それを岩倉具視めにつけこまれ、形勢は逆転し、今の世となった。悔やんでも悔やみきれぬ。まさに禍根は、あの一言にありき。しかし天皇は十六歳、まだ子供であったぞ。それを幼沖の天子と云ってどこが悪い」

「どこも悪くなどございませぬ」

一風斎は冷静な口調にもどって応じた。もう容堂には火がついた。あおる必要はない。こうなったからには、こちらは適度に冷めていたほうが、ますます以て相手は自分のほうから燃えあがってくれるというもの。

「幼沖の天子という正論を失言となす、そのありようが悪いのです。つまり——」

「天皇が悪い」

長い間の胸のつかえをついに除去するかのように容堂はそのひとことを吐き出した。その瞬間、おどろいたことに、容堂は別人のように穏やかな顔になったのだ。その安穏たる顔で、

「天皇が悪い」

と、くりかえし、そして、つづける。

「天皇という存在が悪い。云いたいことが云えずして、国家を一新する何の意味があろうや。ならば如かず、天皇という制度をとりのぞくに。

一風斎、そなたがわしに焚きつけつづけ参ったること、ようやく身にしみて理解したぞ。わしはやる。性根をすえて取り組まん。そう長い命でないとはわかっておるが、ともかくやる。

この者たちの義挙の暁には、かならずや慶喜さまを押し立てて、雄藩連合政権を樹立し、薩長のもくろむ天皇制国家など、この手で粉砕してくれん」

容堂は、一風斎が伏せもどした酒盃を盆からつかみあげると、腕を大きくふりあげて、鉄の銚子に叩きつけた。

朱塗りの盃はこなごなに砕け散った。

「して、これからどうする、一風斎」

「箱根へ参ります」

陰陽師は立ちあがった。

「箱根へ？」

「後藤文書を読みこみ、読みとき、内容を把握、分析、抽出して、もっとも効果的な襲撃計画を練りあげる。まずは素案をつくり、それをあらゆる角度から検討し――そう申しあげましたが、その計画、実はすでに我が頭のなかで完成しております。それを箱根の八人につたえにゆくのでございます」

廊下を見やって、

「すぐに戻ってまいる。出撃にそなえ、せいぜい英気をやしなっておくのだ。よいな」

「はっ」

げに恭順、まさに犬、四剣士は「うやうやしく平蜘蛛のごとく平伏」をした。

陋屋の外に出ると、綾瀬川が隅田川に合流して立てる水音がやけに耳についた。夜空にひろがるのは壮麗な星の世界だ。ふりあおいで一風斎は独り言をもらした。

「義挙、か……律令の八逆にいう、一ニ曰ク、謀反《むへん》。国家ヲ危《あやうく》セムト謀レルヲ謂フ。二ニ曰ク――」

吉原田圃の辺りで鷺が不吉な声で鳴いた。

「大逆」

四

一風斎が去り、容堂が去り、その家臣たちも去って、箱根の第二酔擁美人楼は、残留八剣士のいわばアジールとなった。ここで八人は好きほうだいに日を送った。といっても温泉通いについやされるのが日常ではあったが。

「和尚さーん、みなさんお待ちかねですよ」

沖田総司が物外を呼びにやってきた。

享年、つまり物故年齢のいちばん若い彼は、しぜん使い走りの役を引き受けさせられた。またそれをいやな顔一つせずに従うのが総司の美点であった。

「拙僧は残る。なにやら今日あたり一風斎さまが現れそうな気がしてな」

「ほんとうですか」

「坊主の勘はよく当たるものだ。ともかく、全員外出しておったらまずいだろう。それも温泉になど」

「そういうことでしたら、わたしも残ります」

「ほ、若いのに殊勝な。その心遣いだけありがたく受け取っておこうかの。一風斎さまにはうまいこと云っておくゆえ、安心して行っておいで」

「ありがとうございます。ところで、何をなさっているのですか」

物外はひと抱えもありそうなひょうたんの表面にしきりと筆を走らせていた。くびれの上半分はすでにこまかい文字でびっしり埋めつくされている。

「お経じゃ。一風斎さまの計画が何であれ、大願成就を祈って写経しておるのじゃよ」

「そんなひょうたん、どこから見つけてきたんです」

「納戸のおくに転がっておったわ」

総司は物外の傍らにひざをつき、ますます興味深いそうに訊いた。

「ひょうたんに写経するというのは、何か特別な意味でもあるんですか」

そのとき玄関先から、

「おーい、総司、まだなのか」

という苛立った声が聞こえた。

「あ、土方さんだ。まったく気が短いんだから。あれじゃあヒジカタさんじゃなく、キミジカさんだよなあ、まったく。では、和尚さん、そういうことで、どうぞよろしくおねがいします」

総司は立ちあがると、ぺこりと頭をさげ、廊下を引きかえしていった。

「物外さまは、今日は行かれないそうでーす」

そう報告している朗らかな声が聞こえ、しばらくガヤガヤとしていたが、やがて静かになった。

物外はまた一心不乱に写経三昧にもどった。

総司に仏典の知識があれば、不審に思ったはずである。曹洞宗の僧である物外が、ひょうたんに綿々と書きつけているのは『大毘盧遮那成仏神変加持経《だいびるしゃなじょうぶつじんべんかじきょう》』という密教の根本経典であった。


「わはははは」

「ぶわははははははは」
八、いや七剣士の磊落《らいらく》な笑い声は、露天風呂からたちのぼる湯気を揺るがすかのようであった。
彼らはこの日、芦ノ湖の東北岸に新たに見つけた出湯を楽しんでいた。和気藹藹《わきあいあい》と談話がはずみ、何がきっかけであったか、物外がひょうたんに写経していたことを思い出した総司がその話をすると、それはおかしいとみんなが笑いだし、つられて総司も笑ってしまったが、笑いながら訊いた。

「ねえ、何がそんなにおかしいんですか」

「まったくヘンな坊主だ。ひょうたん鯰ならぬひょうたん写経か。どういう禅問答であろうかの。それがあの和尚に妙に似合っておるから不思議千万」

と大石進がこたえた。

「ひょうたん坊主か、そいつはいいな」

かつて物外の木椀に手も足も出なかった近藤勇が、うさをはらすのは今とばかりに云う。

「ひょうたんにお経ば書くと、何か御利益があるでごわすか？」

と田中新兵衛が訊き、それは総司も知りたかったことなので答えが出るのを待ったが、一同くびをかしげるばかりであった。

「河上さん、あなた何か知らないか」

近藤勇が訊いた。

「知らぬでござるよ」

河上彦斎が思案のすえといった顔で律義に応じ、

「なぜ拙者に訊くでござるか」

と問いかえした。

「河上さんは熊本だろう」

「そうでござるが？」

「肥後熊本といえば、ほれ、あれよ」

「あれとは何でござるか」

「肥後ずいきが名産のはず。いや、勘違いしてもらってはこまる。近藤勇、さようなものを使ったことなどないが」

ややあって、彦斎はやはり律義にこたえた。

「あれはサトイモでつくるでござるよ。それが証拠に、漢字では芋に茎と書くでござるよ」

「勇さんっ」

土方歳三のほうが色白の顔を羞恥に染め、いたたまれない風情で、

「カンピョウと混同しているのではないかっ」

とたしなめるように云った。

見た目に芋茎と似たカンピョウは、漢字で干瓢もしくは乾瓢と書くことからもわかるように、その原料であ

るユウガオはウリ科の蔓性《つる》一年草で、ヒョウタンはその変種なのだ。

「そういえば近藤さん、カンピョウ巻きが好物でしたよね」

沖田総司が助け舟にもならぬことを云った。

「いや、まてよ」

と、千葉周作がくびをひねった。

「たしか拳骨和尚は、僧侶をやめると宣言しておらなんだか」

「おう、聞いた、聞いた。仏罰がこわくて僧侶をやってられるか、とか、仏教をすて、くとぅるーさまに帰依するものなり、とか申しておったな」

と大石進もうなずいた。

「へーえ、初耳です。さっきも、坊主の勘はよく当たるものだ、なんておっしゃってましたが」

思い出して総司は云う。

「そういわれれば、いまだに自分を拙僧、拙僧と云っているな」

と、これは土方歳三。話題がひょうたんではなくなって、近藤勇よりもほっとしていた。

「それについては、男谷先生が注意しているところを、拙者、見たことがあるでござるよ」

彦斎が云った。

「注意?」

幾人かが異口同音に訊いた。

「おい、拳骨の。僧侶をやめて、拙僧はないだろう」

「わはははは」

と、みんな笑ったのは、彦斎の声音が精一郎そっくりだったからでもある。

千葉周作が云った。

「新太郎らしい。あいつ、幼いころから言葉づかいにはひどく敏感であったよ。オトコダニ、オトコダニとからかわれたで、それでかもしれんな。で、和尚は何と？」

「口ぐせじゃ、下総守」

また一同、大笑い。

「似てるぜよ」

と田中新兵衛が、同じ人斬りとしての対抗心からなのか、龍馬を真似たが、似ていなかった。総司だけが笑った。

シラけた空気が流れかけたが、

「坂本龍馬といえば――」

意図したことではなかったにせよ、またも千葉周作が、今度は話題を龍馬に転じたおかげで、近藤勇につづき新兵衛も窮地からすくわれたかたちだ。

「暗殺されたとか聞いたが」

うむ、と一同はうなずく。ついにその話題が出たか、という顔であった。

「下手人は誰かのう」

沈黙がしばらくつづいた。もうもうとあがる湯気ごしに互いをうかがっている風情だ。

「ま、わしの与り知るところではないがな」

自分から龍馬の話題に踏みこんでおいて周作、いけしゃあしゃあと云った。だが、それも当然といえば当然で、彼は龍馬が殺される十二年も前に物故しているのだ。

「お、わしもだ」

と、こちらは龍馬暗殺四年前の物故者である大石進が、いま気づいたように云い、それきり声がとだえたものだから進は、

「新兵衛どん、おぬしもばってん」

とうながした。新兵衛は大石進の半年前の物故である。

「そ、そうでごわした。おいどんもでごわす」

萎縮していた新兵衛は、ほっとした声で応じた。

「新選組の仕業と聞いたが？」

千葉周作が訊ねた。

「わしらではござらぬ」

その問いを待っていたように、近藤勇が首をきっぱりと横にふった。

「当時、そのうわさが京都じゅうに広まったのは事実でござる。しかし新選組ではない。まこと残念なことに。あのときは、御陵衛士の伊東甲子太郎一派をどう始末するかで肝胆をくだいていた。二兎を追っている余裕などなかった。なあ、歳」

「うむ。どこかのトンビに油揚げを奪われた。そういって嘆いていたよな、勇さんは」

土方歳三がうなずいて応じ、

「案外、河上さんじゃないのかね。象のつぎは龍というわけで」

と彦斎を見やった。象とは佐久間象山のことだ。

「拙者は熊本にいたでござるよ。佐幕に藩論が統一されたので、投獄されていたのでござるよ」

歳三は背筋をただした。

「それは失礼いたした。知らぬこととは申せ——」

「いいでござるよ。京都にいたら、もちろん拙者がやっていたでござるよ。龍馬は攘夷にそむく者でござったよ」

一瞬、湯気に殺気が疾《はし》ったようであったが、すぐに彦斎は変わらぬ声でつづけた。

「もちろん、いまは同じ仲間でござるということは心得てござるよ」

「とうぜんだ。わが擬界転送衆のモットーは、和を以て貴しとす」

と千葉周作。

「ほう、誰が決めたのでござる、さようなこと」

近藤勇がつっこむ。

「と、ありたきもの」

しれっとして周作はいいつくろった。

「ならばこういうのはいかがでござろう。士道ニ背キ間敷事《マジキコト》、私ノ闘争ヲ不許《ユルサズ》」

「それは？」

「我が新選組の局中法度書《はっとしょ》でござる」

「けっ、堅苦しいことを申すでないわ。われら転送衆にさようなものの要るものかは」

大石進がうんざりしたように云った。

「堅苦しいですと？」

近藤勇の声がとがった。

「まあまあ諸君。いや、ご両所」

と千葉周作が間に入る。

「近藤さんは新選組という大所帯を率いていた。その苦労は並大抵のものでなかったろう。法度が必要だったのも当然だ。わしの玄武館道場にも綱紀があった。組織には必要なものだ。とはいえ、われらは十二人。個々人の良識《りょうしき》にまかせようではないか」

「千葉先生」

近藤勇はあきれたように云った。

「そもそもは千葉先生が、和を以てなんたらかんたらと仰せ出されたので、それがし、こころみに局中法度書の披歴におよんだまでにござろうが」

「え、わし？　それは要らざることを申した。いったい何の話をしていて、こんなことに――」

「龍馬暗殺でござるよ」

彦斎が云った。

「そうだ、坂本龍馬は誰に殺されたのか、という話をしていたのだった。ま、こう云うては何だが、そればかりは、当の龍馬に訊いてみなければ所詮わからぬこと――」

周作は急に顔をしかめた。

「これはしたり。龍馬に訊ねてみればよいだけのことであったわい」

「なるほど、いわれてみれば」

「なんで思いつかなかったんだろう」

「こんど会うたら、訊いてみるとしようぞ」

苦笑、自嘲、期待――こもごもの声があがり、ふたたび雰囲気はなごんだ。

「あの土佐っぽ、誰にも敵意はしめしておりもさんど。おいどんらの中に下手人ばおらんちゅうことではごわさんか」

田中新兵衛が筋道のとおったことを云った。

「――なるほど」

一同は感心してうなずいた。

思いのほか時をすごして――とはいえ、いつものことではあるのだが、七剣士が温泉からあがったのは薄暮がしのびよる頃であった。芦ノ湖の湖面は光を失い、急にさむざむしい景色になった。

第二酔擁美人楼へと帰る途中、近道して小さな森を抜けていると、さほど大きからざる神社が彼らの目にとまった。

「さてさて、こんなところに神社があったかの」

「何という神社だ」

「えーと、なんとか龍神……クガシラリュウジン社って扁額に書いてありますけど」

「クヅリウ神社と読むのだ、それは」

沖田総司はびっくりしてふりかえり、あははと笑い声をあげた。

「なーんだ、彦斎さんじゃありませんか。ほんとによく似てるんだから、もう」

「クヅリウ？」

はっとした気配をしめしたのは千葉周作だ。

「どうかしたのか、玄武館」

大石進が訊く。

「いや、クヅリウと、くとぅるー。音がなにやら似通っているよう聞こえたでな」

ひょっとして――七剣士はうなずき合うと、鳥居をくぐり、闇のせまる参道をぐんぐんと進んだ。逆V字の隊列、先頭は千葉周作だ。

朱塗りの本殿のちかくで巫女《みこ》がひとり、竹箒《たけぼうき》をつかって玉砂利を掃いていた。

「卒爾ながら、ちとものを訊ねたい」

代表して千葉周作が声をかけた。

「はい、なんでしょう」

巫女は手をとめ、顔をあげた。十五、六歳のまだあどけなさのぬけない美少女である。みるみる、その可憐な顔をおびえの影がおおった。

「いや、怪しい者ではない」

怪しいよ、千葉先生。こんな時間に大小をさした武士の一団が押しかけるようにやってきたのだもの。しかもそのうち三人が「両手で顔を覆っているのが何やら滑稽で、かつぶきみであった」のだもの。

これはいうまでもなく新選組の三人で、九年前に清河八郎の浪士隊徴募に応じて上京したとき箱根を通過したことから、よもや少女の記憶に残っているはずもあるまいが、それでも警戒して「女のように両手をひろげて顔にあてている」のだった。

千葉周作と大石進は年齢的にその必要がなく、田中新兵衛と河上彦斎はといえば地理的に無用だ。

千葉周作は猫なで声になった。

「ひとつ、この神社の神さまについてお聞かせねがいたいのだ」

「縁結びの神さまですけれど」

巫女はそろそろと後じさりながら答える。

「縁結び、とな？　ま、奇縁で結ばれた我らではあるがの。して、九頭龍神とは？」

「当社は箱根権現の末社です。九頭龍大神さまは芦ノ湖の守護神とうかがっています」

「ということは水神だ」

大石進が断定するように云った。

「やはり九頭龍神社とは、くとぅるー神社の訛伝《かでん》したものにちがいない」

「そいじゃ、芦ノ湖に、くとぅるーさまは眠ってごわすか？」

「くとぅるーさまが幽閉されたるるいえって、芦ノ湖のことだったんですね？」

新兵衛と総司が相ついで云った。

「さすがにそれはなかろう。幽閉の館より分霊、分祀されたということは考えられるにせよ――」

パタパタと足音がして、七剣士がそちらに顔をふり向けると、竹箒を玉砂利の上に放り出して巫女が駆け去ってゆくところだった。

「どうしたというのだ」

「さあて」

「おぬしらが顔を隠しておるで、おびえあがったのではないか。無用なことはやめっしゃれ」

大石進が云い、新選組の三人は顔をおおっていた両手をしぶしぶといった感じでおろした。

周作が陽気に云った。

「ともかくお参りじゃ。くとぅるーさまにお参りじゃ」

「おお、お参りじゃ」

「お参りじゃ」

七人はめいめい賽銭箱に小銭を投じた。山内容堂が東京にもどる際、当座の費用にと小金をわたされていたのだ。

「えーと、二礼二拍手一礼でよいのかの」

「是非もないでござるよ。こんど一風斎さまに、くとぅるーさまの祭祀方法を伝授していただくでござるよ」

「南無くとぅるー、南無くとぅるー」

「なんだ、それは」

「拳骨和尚の真似じゃ」

「仏式でごわすか」

「形式よりも、肝心なのはまごころなり」

などと云っているところへ、禰宜《ねぎ》らしい扮装の神職が三人、小走りにやってきた。

「もし、失礼ですが、あなたがたは？」

問いつめるようにそう訊いた。少し前なら「お武家さまがたは？」であったはず。四民平等の世となり〝職業〟としての武士は歴史の彼方に消えた。ただし〝士族〟なる身分としては残っているが。

「さては巫女どのを恐がらせてしまったかの。けっして怪しい者ではござらぬ。われらは――」

千葉周作は一瞬かんがえ、擬界転送衆だと正直に告げることはもちろんできぬから、

「温泉をこよなく愛する七人衆、ひとよんで『湯けむり剣士団』でござる」

と、とっさに大でたらめを云った。

「そうでしたか」

神職たちが意外にもあっさりうなずいたのは、周作の言葉を裏書きして、七人が七人とも湯あがりの上気した顔をしていたからである。巫女がおびえるほどの男たちと神職らの目には映じなかった。

「それはお参りごくろうさまにございます。当社の祭神をおたずねとか。巫女によれば、みなさま、『くとぅるー』とお話しになっていたとの由ですが、『くづりう』と読みまする。由緒《ゆいしょ》書きに、九頭龍大神と仰せらるるは、前身が芦ノ湖の大毒龍にて、あまりに民を苦しめるゆえ、箱根大神がこらしめ、改心させて守護神にしたと伝わっております。どうぞ、心ゆくまで御参拝くださいませ、『湯あがり剣士団』のかたがた」

「いや、『湯けむり剣士団』でござる」

でまかせではあれ、こだわりを見せる千葉周作。

つれだって社務所にもどってゆく神職の背に、沖田総司が声をかけた。

「あのー、お札はどこで買えますか？」

五

「これは一風斎さま、お帰りなされませ」

経文を書きつけたひょうたんを納戸におさめ、暗くなってきたので燭台に火を点じていると、気配を感じてふりかえれば、陰陽師の扮身の一風斎が濡れ縁に立っていた。

「和尚だけか。ほかの者たちは？」

「温泉でござる。湖畔に新しい出湯を見つけたとかで。過ぎぬよう心がけてはおるのですが」

「かまわぬ。何をしようと自由、湯めぐりを楽しもうと――そう申しわたした」

とは云ったものの、一風斎の眉の辺りに苛立ちの色がほのみえる。

「まもなく引きあげてまいりましょう。拙僧は、今日あたりのお戻りかと思い、お待ち申しあげておった次第にござる。なんでしたら、これから呼びにいってまいりますが」

一風斎はちょっと考えたようだが、すぐにくびを横にふった。

「いや、待とう。行きちがいになるやもしれぬ」

開け放たれた障子戸から見える戸外は、闇にしずんでいる。

物外は畏敬の目で一風斎を見やった。

「そのお顔では、よほどのご計画をお立てになったものとお見受けいたします」

――詳細をつかみ、計画を立案したうえでもどって参る所存。

それが箱根を去るにあたっての一風斎の言葉であった。

「わかるか」

「物外は武術家にござる。一風斎さまからは古今の大豪傑にも比すべき気合いが感じられますぞ」

「立てた。立てたどころか」

「で、容堂さまは？」

「大いに乗り気。性根をすえて取り組む、と」

「それはようございましたな。して、新政府を瓦解せしむる計画とはどのような内容でござろう。やつらの帰りをこうして待つ間、無聊《ぶりょう》消しのために、よろしければ拙僧にまずはお聞かせくだされませ。二度手間をおかけしますゆえ、あらましだけでけっこうでございますが」

「彼らがもどってからだ」

一風斎はいったんそう云ったが、すこし沈黙がつづくと、こらえきれなくなったように口を開いた。

「よし、話そう」

とはいえ、いきなり天皇巡幸を披歴したのではなかった。伊庭軍兵衛と土方歳三を擬界に転送させんと蝦夷地にわたった際に榎本武揚を見染め、つまり武揚に利用価値を見出し、彼をだしにつかうべく工作を種々ほどこし、出獄を辛抱づよく待ち、千葉周作をして武揚の尻に「風」の字を彫らしめて土御門晴景のもとへと誘導した経過を縷々かたった。

それが実をむすんで、陰陽師たちの結集した強大な霊的エネルギーを逆用した結果、もくろみどおり十一人の剣士を擬界から転送させた――というところまで話が進み、なお七人が帰ってこないので、ついに西国巡幸を明かした。

そもそもは式神が探知したること、つぎに以蔵と龍馬をしたがえ後藤邸にのりこんだこと、山内容堂も覚悟を決めたこと、などを。

「いかが思うか、和尚」

「可能と存じまする」

物外は言下にこたえた。

その顔を一風斎はのぞきこみ、容堂に天皇弑逆《しいぎゃく》の如何を問われた男谷精一郎が「それが何か？」と問いかえしたのと同じ色を見出して、満足した。物外の返答が、戦術面の可否判断にのみ焦点されたものであったことにも。

それでも彼は訊いた。

「こともあろうに天皇を弑したてまつるのだ。その点については？」

「沙門不敬王者論《しゃもんふけいおうじゃろん》でござる」

「それは？」

「東晋《とうしん》の僧、支那浄土教の創始者、白蓮社《びゃくれんしゃ》の慧遠《えおん》の言にして、仏教者は世俗の権力者に屈すまじとの基本姿勢にござる。もっとも歴史をかえりみますれば、沙門敬王者論こそが仏教の歩みなのですが」

物外の声が皮肉の色をおびた。

「では、訊く。和尚なら、どこで天皇を襲う」

「一風斎さまは、それをもご立案ずみなのですな」

「もちろん」

「さて、伊勢、大阪、京都、下関、長崎、熊本、鹿児島、丸亀、神戸——拙僧ならば、鹿児島にて決行いたさんと存じまする」

「ほう、わたしもえらんだのは鹿児島だ。なぜ鹿児島で？」

「最初は護衛陣も緊張いたしておりましょう。しかし緊張は疲れをよび、疲れは弛緩《しかん》をよぶ。その頃がちょうど鹿児島あたりかと。——これが第一」

「第二は？」

「鹿児島は最高責任者たる西郷隆盛の故郷。彼ほどの者にして、薩摩はおいどんの土地、という心理が慢心を生みましょう。そして第三には、われら転送衆に田中新兵衛という薩摩人がおりますれば、何かと便利にことを運べる次第に」

「わたしの考えとそっくり同じだ。拳骨和尚のお墨付きを得たる気分だ」

「では、鹿児島に先行すればいいのですな」

と物外は訊く。天皇は軍艦で海を往く。艦隊を追いかけるのは不可能だ。行程が手に入ったからには、事前に鹿児島に潜入して、決行の時を待てばよいのである。寛永の頃、かの荒木又右衛門が伊賀の鍵屋《かぎや》の辻《つじ》で虎視《こし》眈々《たんたん》と宿敵を待ち伏せていたように。

一風斎はうなずいた。

「名づけて〝鹿児島迎撃作戦〟だ」

「ふふ、皮肉なものですな。待ち伏せは、薩摩兵のお家芸なのでござるが。それを地元でやられることになろうとは、西郷隆盛めの面目は丸つぶれ。しかし——」

と、ここで物外は首をかしげた。

「なぜ丸亀が？　これがいささか不審と申せば不審でござる」

彼の不審はもっともだ。伊勢はむろん神宮参拝のためだろうし、大阪、京都はいうにおよばず、下関、熊本、鹿児島は、いずれもかつての雄藩の地だ。長崎と神戸の港は海外貿易のための重要拠点として視察に値する。ひるがえって讃岐丸亀藩は、支藩の多度津藩を併せても石高六万石余にすぎぬ小藩であった。

「一カ所でも四国に上陸せねば、西国巡幸の名が立たぬからであろう」

「されど同じ讃岐には高松藩がござる。伊予国の松山、宇和島両藩も、やはり鹿児島から神戸への航路にあたっておりまする」

高松藩は水戸徳川家の分家で十二万石、松山藩は久松松平《ひさまつまつだいら》氏十五万石、宇和島藩は奥州仙台藩伊達家の分家で十万石と、いずれも石高では丸亀藩にほぼ倍する。

ことに宇和島藩は、藩主の伊達宗城《だてむねなり》が公武合体派として活躍、幕末の〝四賢侯〟に数えられて維新に功績があった。そのうえ、同じ四賢侯の山内容堂がはやばやと新政府を辞職したのとは好対照で、昨年には清国《しんこく》に欽差全権大臣《きんさぜんけんだいじん》として派遣され、日清修好条規を締結しているほどだ。

そんな宇和島、松山、高松ではなく、なぜ丸亀か、というのが物外の疑問なのだ。

「そういう和尚は松山藩のご出身であったな」

「身びいき、お国自慢から申しておるのではござらぬ。丸亀藩主は京極家。宇多源氏は佐々木流の名家にちがいござらんが、ただそれだけのこと。とりたてて視察する地もなく――。ふうむ、となれば鹿児島から神戸にいたる長い航路の、たんに中間休憩地との位置づけでござろうかの」

自問自答、それで物外は納得したふうだが、今度は一風斎のほうがギクリとした顔になった。

「とりたてて視察する地……まさかあそこを？　ばかな、いくら何でも考えすぎだ、そんなことは」

「なんぞ思いあたりの節でも？」

「いや、何」

一風斎は言葉をにごした。話はこれで終わりだというように周囲を見まわして、ふと、隅によせた机の上に硯と筆が並んでいるのを目にとめた。

「和尚、何か書きものでも？」

「おお、そのことでござる」

物外は廊下に出ると、納戸から、れいの大ひょうたんをひっぱりだし、両腕でかかえてきた。

「ほう、それは？」

「ここに書きつけたるは、密教の根本経典『大毘盧遮那成仏神変加持経《だいびるしゃなじょうぶつじんぺんかじきょう》』でござる」

「密教？　しかし、たしか和尚は曹洞宗の――」

「密教とは毘盧遮那仏、すなわち大日如来《だいにちにょらい》がみずからの悟りを説いた深遠秘密の教えにして、加持祈禱を重んじます。たとえて申さば、仏教の中の陰陽道にござろうかの」

「仏教の中の、陰陽道」

「であるからには、当然、仏の法力、神通力による摩訶不思議の術も具現されます。いかにも拙僧は曹洞宗。禅僧なれども、大願成就《たいがんじょうじゅ》のためには、方便として宗派の垣根をこえることもあるのでござる」

「大願？」

物外は、ひょうたんの木栓をはずした。

「願わくは大日如来よ、宇宙の根源にして、理智の法身、一切仏菩薩の本智、一切徳の総摂たる大日遍照如来よ、マハーヴァイローチャナよ。ここに物外不遷の大願を成就せしめ、大逆賊、山田一風斎を仏法の力によって捕らえたまえ」

「物外、おまえは！」

その声が放たれた時、もはや一風斎の姿は消えていた。不意に、彼のいた辺りの空間がねじれるようにゆがんだかと思うと、一瞬後には、室内にいるのは物外不遷ひとりであった。

すばやく物外はひょうたんに木栓を嵌め、

「夕がほの花はふくへの手向けかな。——これ、一風斎よ」

ひょうたんを畳にころがすと、机に着座した。

「油断であったのう。おまえほどの大陰陽師が」

硯滴《けんてき》を傾けて硯《すずり》に適量の水をさす。そして、しずかに墨をすりながら、

「拙僧がおまえの誘いに応じたのは、あのときも申したとおり命ながらえたかったからではなく、釈尊か、くとぅるー神か、正しいのはどちらか、身を以て探求せんと欲したからだ。

答えは擬界にあり、おまえはそう云ったな。たしかに拙僧は擬界にて答えを見つけたぞ。それは、この世にくとぅるー神も存在するし、釈尊の説いた仏菩薩世界も存在するという多元論的な真理であった。

つまり、どちらか一つだけが正しいという絶対的な一元論的世界観はあやまりであったのだ。なぜというに、擬界は存在したし、なれど、その擬界にあってもこの物外不遷の心身は、仏の法力により厳乎として守られてあったからだ。おまえの綱につながれなかったのは、仏のおかげである。

では、なぜ擬界転送衆の一人としておまえの犬になったふりをしていたか、といえば、それはおまえの目的が知りたかったからだ。おぼえておるか、あのとき拙僧が『そも何の目的あって、かかる怪異のわざをなす』と訊き、それに対しておまえが『いずれそのことは、あなたが擬界に転送されてから申しあげる』と答えたのを。

なるほど、拙僧は知らされた、千葉周作をはじめとする無敵の転送剣士団を編制した目的は、新政府の瓦解にあったのだ、と」

墨がすりあがった。物外は小筆をとった。

「そのこと自体はとやかく云わん。ほう、と面白く思ったほどだ。新政府なるもの、皮一枚めくれば薩長の政権だ。幕府も薩長も、この拳骨和尚に何の関係がある。それどころか、一風斎、おまえの思想に共鳴すらしたのだぞ。身分差別をにくみ、その撤廃をめざすおまえの宿志、根本思想に拍手をおくったほどだ。なんとならば、わが釈尊もまた身分差別を心からにくみ、その撤廃に肝胆をくだかれたお方だったからだ。

当時の天竺は、厳しい身分差別社会であった。釈尊は形而上の次元では解脱、すなわち輪廻転生の輪からの脱出、解放を説かれ、現実社会の次元では出家、すなわち身分差別社会の枷《かせ》からの脱出、解放をお説きになられた、と拙僧は信じる。

後に腐敗して権力の犬に、あるいは権力そのものになりさがった仏教団に釈尊の理想はかけらも見出せぬがな。それに較べれば一風斎よ、おまえさんときたら、大したやつだよ」

物外は半紙にすらすらと筆を走らせながら、なおも語をつぐ。

「にもかかわらず、拙僧が引きつづきおまえの飼い犬のふりをしていたのはなぜか。新政府をどうやって瓦解させるのか、おまえの手法に興味をおぼえたからだ。いかな万夫不当の大剣士団であれ、鎮台を擁する明治新政府に立ち向かうのはなまなかなことではあるまいからな。

そのいっぽうで、一風斎、おまえの言辞は過激にすぎた。純粋は、とかく過激に走りがちなものだ。

釈尊はそれをいましめて――いや、今はさようなことを申している時ではない。ともかく、拙僧はおまえの過激さに、これはあるいはひょっとしてと一抹の危惧をおぼえた。その予感が的中した場合にそなえ、おまえを掣肘《せいちゅう》する手立てをこうずることにしたのだ。

それが、おまえが今ひょっこりと幽閉されてしまった鴨津凝《ひょっこり》ひょうたん死魔の呪法《じゅほう》である。どうやっても出られぬぞ。知ってのとおり、ひょうたんは蔓性《つるせい》植物だ。閉じこめられただけでなく、幾百、幾千本の蔓にがんじがらめにされて、どうだな、身動きもとれまい。

これ、一風斎。天皇の弑逆をたくらむとは、何たることぞ。

その昔、わが国が仏教を入れたるは、時の欽明天皇が蘇我稲目《そがのいなめ》をして仏像を拝礼するようお命じあそばされたのがはじめである。欽明天皇の孫にあらせられる聖徳太子が日本仏教の根本土台をおすえになられ、爾来、皇室は連綿として仏教をあつく崇敬してこられたのだ。

皇室と仏教と日本は、いわば三位一体。その、どれひとつ欠けても、なりゆかぬもの、たちゆかぬものだ。

おまえの云う身分差別なき平等社会も、天皇陛下を中心にしてこそ万民平等が実現する、と拙僧は信ずる。

万民平等の庇護者であり、かつ象徴でもある天皇を、こともあろうに身分差別の元兇にすりかえるのは、論理の倒錯もはなはだしい。ともかくも――」

物外は書きおえた。小筆をおいて立ちあがった。

「これより拙僧は、東京にゆく。おそれながら、とその筋に訴え出て、官憲を引き連れてまいる。その時に鵜津凝ひょうたん死魔から出してやるで、それまで己が非を悔いて待っておるがよいぞ」


七剣士がもどってきたのは明け方であった。

九頭龍神社に参拝後そのまま帰るはずが、思いもかけず、くとぅるー様に詣でた、結縁《けちえん》したという興奮さめやらず、それで気が大きくなったものか、おい、どこかで一杯ひっかけて帰ろうではないかと話がまとまった。

誰がそれを云いだしたのか思い出せないほど即決し、一同うちそろって居酒屋にくりだした。

人目をしのぶ七人衆、人に聞かれてはならない話になるのは必定であるから、金の力にものをいわせて店の者をたたきだした。いわば一軒貸し切り状態にして、呑めや歌えやと、どんちゃん騒ぎですごすうち、東の空が白《しら》むのに気づいて、や、これはいかん、うかれすぎたと反省してもどってきた。

「おい、誰もおらんではないか」

「和尚はどうした。おーい、拳骨の」

「あ、いててっ」

と、叫び声とともに、どさっと大きな音がし、燭台に火がつくと、近藤勇が畳の上に尻もちをついていた。

「何だ、これは。誰の仕業だ」

勇が足を引っかけたのは、胡麻つぶのように小さな文字が表面にびっしりと書きつけられた大びょうたんだった。

「あ、それですよ。物外さんが経文を書いていたひょうたんというのは」

沖田総司が云った時、

「おーい、これを見てくれや」

机の上の半紙をのぞきこんでいた大石進が声をあげた。

「何でごわそう」

「和尚の置き手紙だ。酒が切れたので、元箱根か宮ノ下あたりの酒屋に買いにいってくるので、拙僧のことは心配するな、と書いてある」

「そいじゃ、居酒屋に寄ったんは、正解こつごわしたな」

後ろめたさから解放されたような田中新兵衛の声である。

「ありがたいことでござるよ」

と河上彦斎が、室内にもかかわらず、宮ノ下の方角を見当つけて頭をさげた。

近藤勇がぼやくように云った。

「おい、総司。こんな邪魔っけなもの、どこかに片づけておいてくれ」

「はい」

総司がいやな顔ひとつ見せないのは、江戸試衛館以来の師弟関係というより、池田屋での勇の獅子奮迅たる剣鬼ぶりを目に焼きつけているからだ。

総司にとってあれこそが真の近藤勇なのであり、酔ってひょうたんに蹴つまずこうが、カンピョウと芋茎をまちがえようが、それは究極の人斬りたる大剣豪の愛すべき世をしのぶ仮の姿にすぎないのだ。

それはともかく、総司がひょうたんに手をかけた瞬間、彼のふところをスルリとぬけだし、勢いよく宙に飛びあがったものがある。

「あ、お札が――」

その声につられて全員が目をあげ、空中を妖々と飛びまわる白い紙――神印と呪文が書かれた九頭龍神社のお札を見た。と、次の瞬間、お札は一匹の龍に姿を変じた。

いや、それを龍といえるのか――。

似ているのはうろこをまとった長い軀と異形の顔立ちだけで、崇高荘厳な龍にくらべ、こちらは果てしなく汚らわしき生き物としかいいようのない醜怪凄絶の妖態なのである。

「おお、あれは――」

と声をあげたのは、かつて土御門晴景の道場で同じものを目にした千葉周作だ。

「くとぅるー神さまっ」

「なに、くとぅるー神?」

剣士たちの目に続々ともる信仰の燈火。

醜怪の生き物は空中で龍身めいた軀をうねらせると、経文の書かれたひょうたんにむかって急降下した。

「やっ」

剣士たちは瞠目した。

龍とも蛇とも見まがう長軀が、ひょうたんにぐるぐると巻きついたのだ。怪物のうろこがいっせいに逆立った。ぎしぎしと軋む音がする。ひょうたんを締めあげているのである。太い綱のように重なった龍身の間から、しゅうしゅうと音をたてて白い気体が湯気のごとく発生してきた。

取り囲んでいた七剣士は一歩、いや、二歩、三歩と後退する。熱を感知したからだ。白い気体は蒸気のように熱く、龍身もしだいに熱せられたような赤みを帯びはじめた。

次の瞬間、極彩色の閃光が炸裂し、彼らの目をくらませた。

視力がもどってくると、不思議や、九頭竜神社のお札の化身たる怪物の姿も、びっしりと経文の書かれたひょうたんも消えていて、そこに残っていたのは、深緑色をした無数の蔓が織りなすひょうたん形の巨大な繭《まゆ》であった。いや、繭状の何か、であった。

「何でごわすか、こっは」

「果肉では？　つまり、ひょうたんの中身でござるよ」

「ばかをいえ。果肉を取り去り、乾燥させたものがひょうたんだ。中身は空のはず」

「なんだかユウガオの蔓みたいのが、びっしりとこんがらかってるみたいですね」

そのとき、繭状の物体の内側から、くぐもった声が聞こえてきた。

「誰ぞ中におるらしい」

「うむ、助けを呼んでいるように聞こえるが」

「この声……一風斎さまでは」

十四本の腕がいっせいに繭にのびた。

無数の蔓はたちまち引き千切られ、それでもなお全身を蔓にからめとられつつ救い出されたのは、果たせるかな、蒼白の顔をした山田一風斎だった。

「物外を追え！」

一風斎は絶叫した。

――下巻に続く

『大東亜忍法帖』下巻　予告

邪神クトゥルーの威光を負う正体不明の陰陽師・山田一風斎の秘術によって編制された恐るべき超絶の剣士集団、擬界転送衆！

千葉周作、男谷精一郎、岡田以蔵、伊庭軍兵衛、近藤勇、土方歳三……名だたる剣聖あり、剣豪あり、剣鬼あり、人斬りあり、いずれも万夫不当の大剣士——それが、なんと総勢十二人！　まさに、彼らを「敵として、万に一つもいのちある者が、この世にあろうとは思えない」。

彼らのねらいは、発足まもない明治新政府を瓦解させること！　新政府を倒し、日本を渾沌の状況に落とし、クトゥルーの魔手に蹂躙させることにあった！　早くも箱根から東京へ向かう東海道で血闘の幕が切って落とされる！　闇に閃く剣光、うなる刃風、噴きあがる血潮、腕が斬り落とされ、首がとぶ！　時ならぬ明治五年の大チャンバラ！

しかし、東海道を血に染める一大連続剣戟は、ほんの前哨戦にすぎない。新政府壊滅をもくろむ山田一風斎の究極の標的は、警戒厳重な皇居を出て伊勢、大阪、京都、下関、長崎、熊本、鹿児島、丸亀、神戸と、西国巡幸に出発する明治天皇！　この大逆の陰謀を新政府はまだ知らない。

危うし、明治ニッポンの若き青年君主！

かげながら天皇を守って顕正破邪の剣をふるうのは誰か？　山田一風斎を名のる陰陽師は何者か？　そして、最後に姿をあらわす魔海帝とはいったい？

二〇一六年十二月刊行予定

クトゥルー・ミュトス・ファイルズ
The Cthulhu Mythos Files

大東亜忍法帖　上

2016年10月1日　第1刷

著　者
荒山 徹

発行人
酒井 武史

カバーおよび本文中のイラスト　douzen
帯デザイン　山田 剛毅

発行所　株式会社　創土社
〒165-0031 東京都中野区上鷺宮 5-18-3
電話 03-3970-2669　FAX 03-3825-8714
http://www.soudosha.jp

印刷　株式会社シナノ
ISBN978-4-7988-3037-7　C0093
定価はカバーに印刷してあります。

《オマージュ・アンソロジーシリーズ》

遥かなる海底神殿（好評発売中！）

◆「海底軍艦『檀君』」
◆「キングダム・カム」
◆「海底カーニバル」

荒山徹
小中千昭
（読者参加企画）

本体価格・一七〇〇円／四六版
カバーイラスト・小島　文美

「海底軍艦『檀君』」 韓国初の原子力潜水艦、〈檀君〉。この艦の乗務員は、全て女性であった。独島海底で、〈檀君〉は「神殿」のような遺跡を発見する。その翌日から艦内には潮の香りが漂い、乗務員は目の間が離れた顔に変貌していくのだった。

「キングダム・カム」 無人潜水艇の遠隔操縦のスペシャリストであり、現在は指導者と活躍している磯野のもとに、900 メートルの海底を探査してほしいと依頼がまいこむ。その場所は、10 年前、磯野が指導し、その後行方不明となった増岡拓喜司が向かった場所であった──。

「海底カーニバル」樹シロカ・佐嶋ちよみ・高原恵・旅硝子（協力：クラウドゲート株式会社、菊地秀行、山田正紀、朝松健、牧野修）。読者参加型「メイルゲーム」。神話世界の化け物となり、あるモノは退治され、あるモノは料理され、またあるモノは……。